KB057425

심연
2

DARKER

Fifty Shades Darker
as told by Christian

심연2

E L 제임스 지음 | 황소연 옮김

시공사

"오늘 그 여자와 얘기한 거예요?" 그녀가 내게 물었다.

"응."

"무슨 얘기요?"

"네가 만나고 싶어 하지 않는다고, 그런 네 마음 이해한다고. 그리고 몰래 내 사생활 캐는 거 달갑지 않다고도 했어."

"그러니까 뭐라던가요?"

"일축하더군, 엘레나만 할 수 있는 방식으로."

"여긴 왜 왔을까요?"

"모르겠어."

테일러가 거실로 돌아와 말했다. "링컨 부인이 오셨습니다." 엘레나가 우리 둘을 응시하며 서 있었다. 나는 아나를 내 옆으로 끌어당겼다.

"엘레나?" 나는 말했다. 이 여자의 속셈을 알 수가 없었다.

엘레나의 시선이 내게서 아나에게로 이동했다.

"미안해. 손님이 있는지 몰랐네, 크리스천. 오늘은 월요일이잖아."

"여자 친구니까요." 내가 바로잡았다.

서브미시브만 주말에 한정되죠, 링컨 부인. 다 알면서 그러십니까.

"물론이지. 안녕, 아나스타샤. 여기 있는지 몰랐네요. 나와 말하기 싫어하는 거 알아요. 인정할게요."

"그래요?" 아나의 말투가 싸늘했다.

죽겠군, 정말.

엘레나가 우리 쪽으로 다가왔다. "네, 뜻은 알아들었어요. 오늘은 아나를 보러온 게 아니에요. 말한 대로, 크리스천은 주중에 사람을 들이는 법이 별로 없어서." 엘레나는 머뭇거리다가 아나에게 말했다. "문제가 있어서 크리스천과 의논하려고 온 거예요."

"그래요? 한잔할래요?" 내가 물었다.

"그래, 줘."

나는 잔을 가지러 갔다. 돌아오니 두 여자가 부엌 카운터 앞에서 어색한 침묵 속에 앉아 있었다.

"무슨 일이에요?" 나는 엘레나에게 물었다.

엘레나의 시선에 아나에게 꽂혔다.

"아나스타샤는 내 편이니 말해도 돼요." 나는 손을 뻗어 아나의 손을 꽉 쥐었다. 제발 아나가 입을 다물고 있어주기를 바랐다. 엘레나는 할 말을 빨리 끝낼수록 빨리 떠날 것이다.

엘레나는 평소답지 않게 초조해 보였다. 반지를 빙빙 돌리는 모습을 보니 흔들리는 빛이 역력했다. "나 협박당하고 있어."

"어쩌다가?" 나는 물었다. 가슴이 철렁했다.

엘레나는 가방 속에서 쪽지를 하나 꺼냈다. 그걸 만지고 싶지 않았다. "여기 내려놔요. 펼쳐서." 나는 턱으로 대리석 카운터 위를 가리키고는 아나의 손을 꽉 쥐었다.

"만지기 싫지?" 엘레나가 물었다.

"네. 지문이 남으니까."

"크리스천, 내가 이걸 경찰에 가져갈 수 없다는 건 알잖아." 엘레나는 쪽지를 카운터 위에 펼쳐놓았다. 대문자로 쓰인 편지였다.

링컨 부인
5천 달러 내시오.
모두 폭로하기 전에.

"요구 금액이 겨우 5천 달러라니." 앞뒤가 맞지 않았다. "짐작 가는 사람 없어요? 주변 사람 중에?"

"몰라." 그녀가 대답했다.

"링크는?"

"뭐? 이제 와서? 그건 아닐 거야."

"아이작은 알아요?"

"말 안 했어."

"걔한테 알려야 할 것 같은데."

아나가 내 손을 당겼다. 나가고 싶은 모양이다.

"왜?" 나는 아나에게 물었다.

"피곤해요. 그만 자러 갈게요." 아나가 말했다.

그녀의 생각을 알고 싶어 그녀의 얼굴을 보았지만 역시나 알수 없었다.

"그렇게 해." 나는 대답했다. "나도 곧 갈게." 나는 그녀의 손을 놓아주었고, 그녀는 일어섰다.

"잘 자요, 아나스타샤." 엘레나가 말했다.

아나는 냉랭한 목소리로 인사한 후 나갔다. 나는 주의를 엘레나에게 돌렸다.

　"내가 할 수 있는 일이 별로 없을 것 같은데, 엘레나. 돈이 문제라면……." 나는 말을 멈추었다. 나는 그 돈을 줄 용의가 있었고 그녀도 그것은 알고 있었다. "웰치에게 조사해보라고 할까?"

　"아니, 크리스천, 그냥 의논하고 싶었어. 넌 무척 행복해 보이네."

　"행복해요." 조금 전 아나는 나랑 함께 사는 데 동의했다.

　"넌 그럴 자격이 있지."

　"나도 그랬으면 좋겠지만."

　"크리스천." 엘레나의 목소리가 매서웠다. "네가 얼마나 스스로에게 부정적인지 쟤도 알아? 네 문제에 대해서?"

　"세상 누구보다 나를 잘 알아요."

　"어머! 한방 얻어맞은 기분이네."

　"사실인데, 엘레나. 아나는 내게 게임 상대가 아니에요. 그리고 정말이지, 아나 건드리지 마요."

　"걘 대체 왜 그러는 건데?"

　"당신 때문이죠……. 우리 과거 관계. 우리가 과거에 했던 일. 아나는 이해하지 못해요."

　"이해시키면 되잖아."

　"그건 과거예요, 엘레나. 왜 망가진 우리 관계로 그녀를 괴롭혀야 하지? 아나는 착하고 다정하고 순진한 여자인데. 게다가 기적처럼 나를 사랑하고."

　"그건 기적이 아냐, 크리스천. 너 자신을 조금만 믿어봐. 넌 정말로 잡고 싶은 남자야. 내가 몇 번이나 말했잖아. 그리고 쟤도 사랑스러운 것 같긴 해. 강인하고. 너를 감당할 만한 사람이야."

"아나는 우리 둘보다 더 강인한 사람이에요."

엘레나의 눈이 차가워졌다. 생각을 하는 것 같았다. "그럽지 않아?"

"뭐가?"

"네 오락실."

"그거야말로 당신이 상관할 바 아니잖아."

"미안해." 그녀의 비꼬는 말투가 거슬렸다. 전혀 미안한 투가 아니었다.

"이만 가는 게 좋겠어요. 그리고 부탁인데, 오기 전에 전화 좀 해요."

"미안해, 크리스천." 이번에는 정말 미안한 목소리다. "근데 언제부터 이런 걸 따지게 됐지?"

"엘레나, 우리는 수익이 엄청난 사업체를 공유하는 관계예요. 그냥 이런 식으로 지내요. 우리 사이에 있었던 일은 과거의 일부분일 뿐. 아나스타샤는 내 미래예요. 어떤 식으로든 그걸 위험에 빠뜨리고 싶지 않아요. 그러니 허튼소리 그만둬요."

"그렇군." 엘레나는 부러 내 성질을 긁으려는 듯 나를 빤히 응시했다. 마음이 불편해졌다.

"저기, 문제가 생긴 건 정말 안됐어요. 어떻게든 맞서서 극복해 나가봐요."

"난 널 잃고 싶지 않아, 크리스천."

"난 당신 소유가 아니니까 잃고 말고 할 것도 없는데, 엘레나."

"그런 뜻 아닌 거 알잖아."

"그럼 무슨 뜻인데?" 나는 딱딱거렸다.

"너랑 다투고 싶지 않아. 네 우정은 내게 정말 중요해. 아나스타샤는 건드리지 않을게. 하지만 내가 필요하면 언제든 말해. 난 항상 네 편이야."

"아나스타샤는 지난 토요일에 당신이 나를 만났다고 생각해요. 당신이 전화한 것뿐인데. 왜 없는 말을 하고 그래요?"

"알려주고 싶었어, 걔가 떠났을 때 네가 얼마나 분노했는지. 난 걔가 네게 상처 주는 게 싫어."

"아나도 알아요. 내가 말했어요. 간섭은 그만둬요. 당신, 엄마닭처럼 굴고 있어." 엘레나는 웃음을 터뜨렸지만 공허하게 들렸다. 제발 가주었으면 싶었다. "알아. 미안해. 내가 널 아끼는 거 알잖아. 네가 사랑에 빠질 줄은 몰랐어, 크리스천. 정말 감사한 일이지. 하지만 걔가 널 상처 주면 참을 수 없을 거야."

"운에 맡겨야죠." 나는 비꼬았다. "정말 웰치를 시켜 알아볼 필요 없는 거죠?"

"해서 나쁠 건 없겠지."

"좋아요. 아침에 전화하죠."

"고마워, 크리스천. 게다가 미안하네. 방해하려는 건 아니었는데. 갈게. 다음에는 전화하고 올게."

"그래요."

내가 일어서자 그녀가 눈치를 채고 따라 일어섰다. 우리는 현관으로 나갔다. 그녀는 내 뺨에 쪽 하고 입 맞추었다. "난 너를 위해 지켜보는 것뿐이야." 그녀가 말했다.

"알아요. 아, 한 가지 더. 아나와 내 관계에 대해 어머니에게 떠들지 좀 말아줄래요?"

"알았어." 그녀의 입술이 꾹 다물렸다. 기분이 상한 게 분명했다.

엘레베이터 문이 열렸고, 그녀는 안으로 들어갔다.

"잘 가요."

"잘 있어, 크리스천."

문이 닫혔을 때 오늘 아나가 이메일에서 한 말이 떠올랐다.

성가신 부록.

나도 모르게 큭큭 웃음이 났다. 그래, 아나. 네 말이 맞구나.

아나는 침대에 걸터앉아 있었다. 표정으로는 기분이 가늠되지 않았다. "갔어." 아나의 반응이 걱정돼 말했다. 그녀가 무슨 생각을 하는지 알 수 없었다.

"그 여자에 대해 전부 얘기해줄래요? 당신은 그 여자가 당신을 도왔다고 생각하지만, 난 납득이 잘 안 돼요." 아나는 손톱을 내려다보다 나를 올려다보았다. 눈에 의심하는 빛이 가득했다. "혐오스러운 여자예요, 크리스천. 나는 그 여자가 당신에게 막대한 피해를 입혔다고 생각해요. 당신은 친구가 없잖아요. 그 여자가 당신이 친구들을 멀리하게 한 거 아니에요?"

하느님, 맙소사. 돌겠네, 정말. 지금 꼭 이래야 해? "빌어먹을, 대체 왜 그 여자에 대해 알고 싶은 건데? 우리는 오랫동안 연인 관계였어. 가끔 그 여자는 나를 죽도록 때렸고, 나는 네가 상상도 할 수 없는 오만 방식으로 그 여자랑 섹스했어. 그게 다야."

그녀는 기가 막힌 듯했다. 눈빛을 번뜩이며 머리를 어깨 뒤로 넘겼다. "왜 그리 화를 내요?"

"그 거지 같은 짓거리는 진작에 끝난 일이니까!" 이제 나는 소리를 지르고 있었다.

아나는 입술을 꾹 다물고 고개를 돌렸다.

젠장.

이 여자와 있으면 왜 이리 기분이 날뛰는지……?

진정해, 그레이.

나는 그녀 옆에 앉았다. "뭘 알고 싶은 거야?"

"말할 필요 없어요. 끼어들고 싶은 생각 없으니까."

"아나스타샤, 그런 게 아냐. 이 거지 같은 일을 입에 담고 싶지 않을 뿐이야. 나는 몇 년 동안 아무것에도 영향받지 않고 누구에게도 나를 변명할 필요 없는 불안정한 상태로 살아왔어. 그동안 엘레나는 속마음을 터놓는 친구로 항상 내 옆에 있어줬고. 그런데 내 과거와 미래가 뜻밖의 방식으로 충돌하고 있어. 누군가와 미래를 함께할 거라곤 생각한 적 없었어, 아나스타샤. 그런데 너로 인해 난 희망을 얻었고 온갖 가능성을 생각하게 되었어."

네가 나와 같이 살 거라고 말했으니까.

"아까 다 들었어요." 그녀가 속삭였다. 민망해하는 것 같았다.

"뭐? 우리가 나눈 얘기 말이야?" 뭐라고? 내가 무슨 말을 했더라?

"네."

"그래서?"

"그 여자, 당신을 아끼더라고요."

"맞아. 나도 내 나름대로 그 여자 아껴. 하지만 그건 네게 느끼는 감정과는 전혀 달라. 하고 싶은 말이 그런 거라면."

"질투하는 거 아니에요." 그녀는 얼른 말하고 나서 다시 머리채를 어깨 뒤로 넘겼다.

그 말을 믿어야 할지 확신이 들지 않았다.

"지금은 그 여자 사랑하지 않죠?"

나는 한숨을 내쉬었다. "아주 오래전에. 그땐 사랑한다고 생각했었지."

"조지아에 있을 땐 그 여자 사랑하지 않았다고 했잖아요."

"그랬었지."

그녀는 혼란스러운 듯했다.

아, 자기야, 그걸 일일이 다 설명해야 해?

"난 그때 이미 널 사랑하고 있었어, 아나스타샤. 내가 5천 킬로미터를 날아 만나러 간 사람은 네가 유일해. 내가 네게 느끼는 감정은 엘레나에게 느꼈던 감정과는 아주 달라." 아나는 그걸 언제 알았냐고 물었다. "아이러니하게도, 그걸 내게 지적해준 건 엘레나였어. 내게 조지아에 가라고 격려했지."

아나의 표정이 변했다. 신중해 보였다. "그 여자를 갖고 싶었나요? 더 어렸을 땐?"

"그래. 그 여자는 내게 많은 걸 가르쳐줬어. 나 자신을 믿는 법을 가르쳤지."

"하지만 당신을 죽도록 때리기도 했죠."

"그래, 그랬지."

"당신은 그걸 좋아했고요?"

"그땐 그랬어."

"다른 사람에게 똑같이 갚아주고 싶을 만큼?"

"그래."

"그 여자가 그것도 도왔나요?"

"그래."

"당신을 위해 서브도 했나요?"

"그래."

아나는 충격을 받았다. 알고 싶지 않은 건 묻지도 마.

"내가 그 여자를 좋아했으면 좋겠어요?"

"아니. 그리되면 내 인생이 무진장 편해지긴 하겠지만. 네가 내켜하지 않을 만도 해."

"내켜하지 않는다니! 맙소사, 크리스천. 당신 아들이 그랬다면 기분이 어떨 것 같아요?"

별 터무니없는 소리를 다 듣겠군.

내가. 내 아들이라고?

어림없지.

"난 그 여자와 같이 있을 필요 없었어. 그것도 내가 선택한 거야, 아나스타샤."

"링크는 누구예요?"

"그 여자 옛날 남편."

"목재왕 링컨?"

"응, 그 사람."

"아이작은요?"

"현재 서브미시브. 그 남자 20대 중반이야, 아나스타샤. 알다시피, 성관계에 동의할 수 있는 성인."

"당신 또래네요." 그녀가 말했다.

그만. 그만.

"봐, 아나스타샤. 그 여자한테도 말했지만, 그 여자는 내 과거의 일부야. 넌 내 미래고. 그 여자가 우리 사이에 끼어들도록 하지 말자. 그리고 솔직히, 이제 이 얘기는 지겨워. 난 이만 일하러 가볼게." 나는 일어서서 그녀를 내려다보았다. "그냥 넘겨, 제발."

그녀는 평소처럼 고집스럽게 턱을 내밀었다. 나는 그냥 못 본 척하기로 했다.

"아, 깜박 잊을 뻔했군." 나는 덧붙였다. "네 차가 하루 일찍 배달됐어. 지금 차고에 있어. 키는 테일러에게 있고."

그녀의 눈빛이 반짝였다. "내일 운전해도 되죠?"

"안 돼."

"왜 안 되죠?"

"왜 안 되는지 알잖아."

레일라. 그걸 꼭 내 입으로 설명해줘야 해?

"그러고 보니 생각났는데, 사무실 밖으로 나갈 땐 내게 알려줘. 소여가 거기서 너를 지켜보고 있었어. 앞가림은 알아서 한다는 네 말은 이제 못 믿겠어."

"믿을 수 없기는 나도 마찬가지예요. 소여가 나를 지켜본다고 내게 얘기할 수도 있었잖아요."

"그걸로 또 싸우자는 거야?" 내가 물었다.

"우리가 싸웠는지 몰랐는데요. 의사소통한 걸로 생각했지." 그녀가 나를 노려보며 대꾸했다.

나는 눈을 감고 애써 성질을 죽였다. 다 쓸데없는 짓 같았다. "일하러 가야 해." 나는 후회할 말을 하기 전에 침대에 걸터앉은 그녀를 두고 방을 나와버렸다.

무슨 질문이 이리 많은지.

대답을 원치도 않으면서 왜 묻는 걸까?

엘레나마저 열을 받은 상황이다.

나는 책상 앞에 앉았다. 아니나 다를까, 그녀의 이메일이 와 있었다.

보낸 사람: 엘레나 링컨

제목: 오늘 밤

15

날짜: 2011년 6월 13일 21:16
받는 사람: 크리스천 그레이

크리스천,
미안해. 거길 가다니, 내가 뭐에 씌었나봐.
친구인 널 잃을 것만 같아. 내 걱정은 그것뿐이야.
난 네 우정과 충고를 소중히 생각해.
네가 없었다면 지금의 나도 없었을 거야.
그것만은 알아줘.

Ex

엘레나 링컨
에스클라바
당신이라는 아름다움을 위해™

나 역시 그녀 없이는 지금의 내가 없다고 말하고 싶었겠지. 사실이었다.

그녀가 내 머리카락을 움켜잡아 내 머리를 젖힌다.
"무슨 말을 하고 싶은 거야?" 그녀가 다그친다. 그녀의 연파란색 눈이 내 눈을 파고든다.
나는 만신창이다. 무릎이 쑤신다. 등은 곳곳이 부었다. 허벅지가 쓰리다. 더는 참을 수가 없다. 그녀는 내 눈을 들여다본다. 기다린다.
"하버드 그만두고 싶어요, 마님." 내가 말한다. 사악한 고백이다.

하버드는 언제나 내 목표였다. 내 가족들에게도. 그들에게 내 능력을 보여주고 싶었다. 하버드 입학은 그들의 생각과 달리 내가 찌질이가 아니라는 걸 보여주기 위한 방편이었다.

"그만둬? 학교를?"

"네, 마님."

그녀는 내 머리를 놓고 플로거를 이리저리 휘두른다.

"그럼 뭐 할 건데?"

"내 사업을 하고 싶어요."

그녀의 새빨간 손톱이 내 뺨을 쭉 훑어 입가로 내려왔다. "네게 고민이 있는 줄 알았어. 넌 꼭 맞아야 털어놓는구나, 응?"

"네, 마님."

"옷 입어. 같이 의논해보자."

나는 머리를 흔들었다. 지금은 엘레나 생각을 할 때가 아니었다. 다른 이메일로 주의를 돌렸다.

고개를 드니 어느새 10시 30분이었다.

아나.

SIP의 최종 계약서에 깜빡 정신이 팔려 있었다. 잭 하이드의 해고를 인수 조건에 넣을지 고려했지만 그것은 소송의 여지가 있었다.

나는 일어서서 몸을 쭉 펴고는 침실로 향했다.

아나는 침실에 없었다.

거실에도 없었다. 나는 위층으로 달려 올라가 서브 방으로 갔지만 거기도 텅 비어 있었다. 제길.

갈 만한 데가 어디지? 도서실?

나는 서둘러 계단을 내려갔다.

그녀는 도서실 안 안락의자에 웅크려 잠들어 있었다. 연분홍빛 새틴 잠옷 차림에 머리카락은 가슴께에 쏟아져 있고 허벅지에는 책이 펼쳐져 있었다.

대프니 듀 모리에의 《레베카》.

씩 웃음 났다. 할아버지 시어도어의 가문이 콘월 출신이라 소장하게 된(대프니 듀 모리에는 대부분의 생을 콘월에서 살았으며 그녀의 작품 중에는 배경이 콘월인 경우가 많다.-옮긴이) 대프니 듀 모리에.

나는 아나를 안아 들었다. "어이. 잠들었구나. 어딜 갔나 했더니."

내가 그녀의 머리에 키스할 때 그녀는 내 목에 팔을 감고 뭐라 알아들을 수 없는 말을 했다.

"잘 자, 아가씨."

나는 그녀의 이마에 입 맞추고 나서 샤워를 하러 갔다.

내 몸에서 오늘을 씻어버리고 싶었다.

별안간 잠에서 깼다. 심장이 두근두근하고 속 깊은 곳에서 불안감이 요동쳤다. 나는 벌거벗은 채 누워 있었고 옆에는 아나가 곤히 잠들어 있었다. 아, 이 여자는 어쩜 이리 잘 자는지 부러울 지경이다. 침대 옆 전등불이 켜져 있다. 시계를 보니 1시 45분. 불안한 마음이 가시지를 않았다.

레일라?

나는 옷방으로 뛰쳐 들어가 바지와 티셔츠를 입었다. 침실로 돌아와 침대 밑을 살폈다. 발코니 문은 잠겨 있었다. 복도를 지나 테일러의 사무실로 향했다. 문이 열려 있어 노크를 하고 안을 들여다보았다. 라이언이 나를 보고 놀라 일어섰다. "안녕하세요, 사장님."

"안녕, 라이언. 별일 없나?"

"네, 사장님. 잠잠합니다."

"저건 별거 없나……." 나는 CCTV 모니터를 가리켰다.

"없습니다, 사장님. 안전합니다. 레이놀즈가 방금 순찰을 마쳤습니다."

"됐군. 고마워."

"천만에요, 그레이 씨."

나는 문을 닫고 물을 한 잔 마시려고 부엌으로 갔다. 물을 한 모금 마시며 거실 저편 창문 쪽을, 그 너머 어둠을 바라보았다.

어디 있어, 레일라?

그녀의 모습이 눈앞에 선했다. 고개를 숙인 그녀. 고분고분하고 기다리고 원하는 그녀. 내 놀이방에서 엎드린 그녀. 그녀의 방에서 잠이 든 그녀. 내가 서재에서 일하는 동안 내 옆에 엎드린 그녀. 지금 그녀는 시애틀의 거리를 방황하고 있다. 추위와 외로움에 떨며 미치광이처럼 행동하면서.

어쩌면 지금 이 불안감은 아나가 같이 살기로 동의했기 때문일지도 모른다.

내가 그녀를 보호할 수 있는데 그녀는 그걸 원치 않는다.

나는 고개를 절레절레 저었다. 아나스타샤는 당돌했다.

당돌하기 짝이 없다.

사랑에 빠지면 다 그렇죠. 플린의 말이 나를 따라다닌다. 사랑이라는 게 이런 거로군. 혼란스럽고, 들뜨고, 진이 빠지는 일.

나는 그랜드피아노로 건너가 위쪽 뚜껑을 조용조용 내려 줄을 덮었다. 그녀를 깨우고 싶지 않았다. 피아노 앞에 앉아 건반을 가만히 바라보았다. 며칠 동안 피아노를 치지 않았다. 나는 손가락을 건반 위에 올리고 연주를 시작했다. 쇼팽의 야상곡 B 플랫 단조가 조용히 방을 채우며 나와 함께했다. 감상적인 멜로디가 내 마음을 달랬다.

시야 한쪽에서 무언가 움직여 내 주의를 빼앗았다. 아나가 그늘에 서 있었다. 복도에서 들어오는 불빛에 그녀의 눈빛이 반짝였다. 나는 연주를 계속했다. 그녀가 연분홍색 새틴 가운 차림으로 내게 다가왔다. 그녀는 숨 막히게 아름다웠고, 은막에서 걸어 나온 디바였다.

그녀가 가까이 왔을 때 나는 두 손을 건반에서 뗐다. 그녀를 만지고 싶었다.

"왜 그만둬요. 아름다웠는데." 그녀가 말했다.

"지금 이 순간 네가 얼마나 탐스러운 줄 알아?"

"침대로 가요."

나는 손을 내밀었다. 그녀가 내 손을 잡자 나는 그녀를 끌어당겨 무릎에 앉히고는 껴안고 그녀의 맨 목에 키스했다. 입술을 움직여 목덜미의 맥박이 뛰는 부위로 갔다. 그녀가 내 품 안에서 몸을 떨었다.

"우리 왜 싸우는 걸까?" 나는 이로 그녀의 귓불을 간지럽히며 물었다.

"서로 알아가는 과정이라서. 그리고 당신은 고집이 세고, 성미도 고약하고, 변덕스럽고, 어려운 사람이니까." 그녀가 몸을 기울이자 그녀의 목이 더 훤히 드러났다.

나는 그녀의 피부에 대고 빙긋 웃으며 그녀의 목 앞으로 내려갔다.

당돌해.

"그거 다 맞아, 스틸 양. 그런 나를 참아주다니 참 대단해." 나는 그녀의 귓불을 잘근잘근 씹었다.

"음……." 그녀의 신음이 기분이 좋다는 말을 대신했다.

"언제까지 이럴까?" 나는 그녀의 피부에 대고 소곤댔다. 그녀에게 싫증이 나진 않을까?

"모르겠어요." 그녀의 대답은 한숨에 더 가까웠다.

"나도 그래." 나는 그녀의 가운 끈을 풀었다. 가운이 벌어졌고, 가운 밑의 풍경이 드러났다. 가운이 그녀의 몸에 매달린 채 모든 굴곡과 모든 고랑, 모든 동굴을 드러냈다. 내 손이 얼굴에서 젖가슴으로 내려가자 젖꼭지가 단단해지더니 내 손가락이 젖가슴 위에서 둥근 원을 그릴 때 새틴 밑에서 융기했다. 나는 손을 그녀의 허리로, 엉덩이께로 움직였다.

"천 위로 만지는 느낌이 참 좋다. 속이 다 보이기도 하고. 이 것도." 가운 밑으로 음모가 비쳐 보였다. 나는 천 위로 둔덕의 음모를 살짝 잡아당겼다.

그녀가 숨을 흡 들이마셨다. 나는 그녀의 목을 잡고 그녀의 머리카락 속으로 손을 넣어 꼬며 머리를 뒤로 젖혀 그녀에게 키스했다. 그녀의 입술을 어루만지고 혀로는 그녀의 혀를 시험했다.

그녀는 다시 신음을 토해냈다. 그녀의 손가락이 내 얼굴을 감고 턱수염을 쓰다듬었다. 그동안 그녀의 몸은 내 손길 아래에서 부풀어 올랐다.

나는 가운을 살살 위로 끌어 올렸다. 풍부하고 보드라운 새틴의 감촉이 좋았다. 가운 자락이 그녀의 아름다운 몸을 따라 올라오며 길고 미끈한 두 다리를 드러냈다. 내 손이 그녀의 엉덩이를 찾았다. 그녀는 벌거벗고 있었다. 내 손이 그녀의 엉덩이를 감싸 쥐었다가 움직였다. 두 엄지손가락이 그녀의 허벅지 안쪽으로 파고들었다.

그녀를 원했다. 여기서. 내 피아노 위에서.

나는 벌떡 일어서서 깜짝 놀란 그녀를 들어 피아노 뚜껑 위에 앉혔다. 그녀의 발은 건반 위에 놓였다. 어울리지 않는 두 화음이 동시에 방 안에 울려 퍼졌다. 그녀가 나를 쳐다보았고, 나는 그녀의 다리 사이에 서서 그녀의 두 손을 잡았다. "등 대고 누워봐." 나는 그녀를 피아노 위에 천천히 눕혔다. 반들반들한 검은 나무의 가장자리와 건반 위로 새틴 자락이 액체처럼 쏟아졌다.

그녀가 등을 대고 눕자 나는 손을 놓고 티셔츠를 벗고는 그녀의 다리를 벌렸다. 아나의 발이 낮고 높은 음들을 스타카토로 연주했다. 나는 그녀의 오른 무릎 안쪽에 키스했다. 키스를 연발하고 잘근잘근 씹으며 허벅지를 향해 올라갔다. 가운이 점차 올라가며 내 아름다운 여자가 조금씩 드러났다. 그녀가 신음했다. 그녀는 내가 무얼 할 것인지 알고 있었다. 그녀의 두 발이 움츠러들었다. 건반에서 불협화음이 터져 나와 고조되는 그녀의 숨소리에 맞춰 반주처럼 방에 메아리쳤다.

나는 목표점에 도달했다. 그녀의 클리토리스. 다시 그녀에게 키스하며 그녀의 몸을 강타하는 전율을 맛보았다. 음모에 살짝 바람을 불어 혀가 놀 공간을 마련했다. 그리고 그녀의 무릎을 더 넓게 벌리고 그녀가 움직이지 못하게 붙잡았다. 그녀는 내 것이다. 그녀는 자기 몸을 내주었다. 내게. 흡족하다. 나는 그녀의 민감하고 맛난 부위에 혀를 대고 천천히 둥글렸다. 그녀는 울부짖었고, 나는 계속, 계속, 계속했다. 그녀가 내 밑에서 몸을 비틀며 골반을 내게 치켜들었다.

나는 멈추지 않았다.

그녀를 소비했다.

내 얼굴이 축축해질 때까지.

내게서 나온 것으로.

그녀에게서 나온 것으로.

그녀의 다리가 덜덜 떨리기 시작했다.

"아, 크리스천, 제발."

"아, 안 돼. 아직 아냐." 나는 헐떡이며 숨을 크게 들이마셨다. 그녀는 내 앞에 새틴 가운을 걸친 채 누워 있었고, 그녀의 머리카락은 반들거리는 흑단 위에 쏟아져 있었다. 유일한 독서 등 불빛 아래의 그녀는 근사했다.

"안 돼요." 그녀가 애원했다. 내가 그만두는 걸 원치 않았다.

"이건 내 복수야, 아나. 또다시 내게 대들면 어떻게든 네 몸에 갚아줄 거야."

나는 그녀의 배에 키스하면서 내 입술 밑에서 단단해지는 복근을 느꼈다.

아, 우리 아기가 준비가 다 됐군.

내 두 손이 그녀의 허벅지를 여행하며 쓰다듬고 주무르고 지분거렸다.

내 혀가 그녀의 배꼽을 둥글둥글 핥는 동안 엄지손가락은 그녀의 허벅지가 만나는 접점에 도달했다.

"아!" 그녀가 숨이 넘어갈 듯 울부짖는 순간 나는 한 엄지손가락을 그녀 안으로 넣고 다른 엄지손가락으로는 클리토리스를 둥글둥글 문질렀다.

그녀가 피아노 위에서 활처럼 휘었다.

"크리스천!" 그녀가 외쳤다.

이만하면 됐어, 그레이.

나는 그녀의 두 발을 건반에서 들어 올려 잡고 그녀의 몸을 뚜껑 저편으로 쭉 밀었다. 그리고 바지 앞섶을 열고 나서 콘돔을 꺼냈다. 내 바지가 바닥으로 툭 떨어졌다. 나는 위로 기어올라가 그녀의 다리 사이에 엎드린 채 콘돔을 끼웠다. 나를 올려다보는 그녀의 얼굴은 열렬하고 열망으로 가득했다. 몸을 내리자 우리의 얼굴이 맞닿았다. 내 사랑과 욕망이 그녀의 짙은, 짙은 눈 속에 투영됐다.

"널 원해, 지독히." 나는 속삭이며 천천히 그녀를 취했다.

그리고 천천히 빠져나왔다.

다시 천천히 들어갔다.

그녀는 내 이두박근을 움켜잡고 입을 활짝 벌린 채 머리를 기울였다.

그녀의 절정이 가까워졌다.

나는 속도를 올렸고, 그녀의 두 다리가 내 밑에서 수축했다. 그녀가 목이 졸린 듯한 비명을 토해내며 사정하는 순간, 나는 풀어졌다. 그대로 사랑하는 여인의 몸 안에서 나를 잊었다.

그녀는 내 가슴에 얼굴을 묻었고 나는 그녀의 머리카락을 어루만졌다.

"저녁에 차나 커피 같은 것 마셔요?" 그녀가 물었다.

"이상한 질문이네."

"서재로 차를 내갈까 생각했는데 당신이 뭘 좋아하는지 몰라서."

"아, 그랬군. 저녁에는 물이나 와인이 좋아, 아나. 하지만 차도 한번 마셔봐야겠는걸." 내 손이 그녀의 머리에서 등으로 움직이며 그녀를 쓰다듬고 만지고 애무했다.

"우리는 정말 서로에 대해 아는 게 없네요." 그녀가 중얼거렸다.

"그러게." 그녀는 나를 모른다. 나를 아는 날엔…….

그녀가 찌푸린 얼굴로 고개를 들었다. "왜 그래요?"

네게 말할 수 있다면 얼마나 좋겠어. 하지만 그랬다가는 넌 떠나버리겠지.

나는 그녀의 아름답고 다정한 얼굴을 감싸 쥐었다. "사랑해, 아나 스틸."

"나도 사랑해요, 크리스천 그레이. 당신이 무슨 말을 하든 나는 떠나지 않아요."

그건 두고 봐야지, 아나. 두고 보면 알겠지.

나는 그녀를 내 옆으로 옮기고 일어나 앉아 피아노에서 뛰어내려 그녀를 안아서 내려주었다.

"침대로." 나는 속삭였다.

트레브얀 할아버지와 나는 사과를 따고 있다.

이 청사과 나무에 빨간 사과가 열린 것 좀 봐라.

나는 고개를 끄덕인다.

우리가 이걸 여기 붙였었잖아. 너랑 나랑. 기억나니?

우리가 이 늙은 사과나무를 속였지.

이 나무는 여기서 쓴 청사과가 열릴 줄 알았을 거야.

하지만 이렇게 달고 빨간 사과가 열렸잖니.

명심하거라.

나는 고개를 끄덕인다.

할아버지는 사과를 코에 대고 킁킁 냄새를 맡는다.

이 냄새.

냄새가 좋구나. 풍만한 냄새야.

할아버지는 사과를 셔츠에 문지르더니 내게 준다.

맛봐. 나는 한 입 깨문다.

아삭아삭하고 맛좋은 애플파이 같다.

나는 미소를 짓는다. 내 배가 행복해졌다.

이런 사과는 '푸지'라고 불린다.

이거. 청사과 맛도 볼래?

몰라요.

할아버지가 한 입 깨물고는 진저리를 친다.

역겨운 표정이다. 맛이 고약하구나.

할아버지가 내게 그것을 내민다. 웃는 얼굴로. 나도 웃으면서 한 입 깨문다.

머리부터 발끝까지 진저리가 난다.

고약해.

나도 역겨운 표정을 짓는다. 할아버지가 껄껄 웃는다. 나도 하하 웃는다.

우리는 빨간 사과를 따서 바구니에 넣는다.

우리가 나무를 속였다.

그건 고약하지 않다. 달콤하다.

고약하지 않다. 달콤하다.

그 냄새는 좋은 기억을 불러낸다. 할아버지의 과수원. 나는 눈을 뜨고 인간 이불처럼 아나를 돌돌 감았다. 그녀의 손가락이 내 머리카락을 파고들고 그녀의 짓궂은 미소가 나를 향했다.

"안녕, 예쁜이." 내가 말했다.

"안녕, 미남 씨."

내 몸이 다른 환영식을 하겠다고 꿈틀댔다. 내 다리가 그녀의 다리를 감기 전에 얼른 그녀에게 가볍게 입 맞추었다. 팔꿈치로 침대를 짚고 그녀를 내려다보았다. "잘 잤어?"

"네. 간밤에 자다가 방해받긴 했지만."

"흠, 나는 그런 방해 얼마든지 받고 싶은걸." 나는 다시 그녀에게 키스했다.

"당신은요? 잘 잤어요?"

"너랑 자면 난 늘 단잠이야, 아나스타샤."

"악몽도 안 꾸고?"

"안 꿨어."

꿈은 꿨지. 달콤한 꿈.

"악몽은 어떤 악몽을 꿔요?"

허를 찌르는 질문에 네 살 때의 내가 떠올랐다. 무기력하고, 난감하고, 외롭고, 상처받고, 분노로 가득한 나. "아주 어릴 때 기억. 플린 박사에 따르면 그래. 어떤 건 생생하고 어떤 건 아니고."

나는 방치되고 학대받은 아이였다.

내 어머니는 나를 사랑하지 않았다.

나를 보호하지 않았다.

자살하고 나를 버렸다.

그 약쟁이 창녀는 바닥에 죽어 있었다.

그 담뱃불.

그 담뱃불은 안 돼.

아냐. 그 생각은 하지 마, 그레이.

"울고 비명을 지르면서 깨기도 해요?" 아나의 질문에 현실로 돌아와 손가락으로 그녀의 쇄골을 훑으며 그녀와의 접촉을 유지했다. 그녀는 내 꿈자리를 지키는 부적이다.

"아니, 아나스타샤. 운 적은 없어. 내가 기억하는 한."

그 개자식도 나를 울게 하진 못했지.

"행복한 어린 시절의 기억은 없어요?"

"그 약쟁이 창녀가 빵 굽던 생각이 나. 그 냄새가 기억나. 생일 케이크였던 것 같아. 내 생일."

엄마가 부엌에 있다.

좋은 냄새가 난다.

맛나고 따끈한 냄새, 초콜릿 냄새.

엄마가 흥얼거린다.

엄마의 행복한 노래.

엄마가 웃는다. "이거 네 거야, 애벌레."

내 거야!

"어머니와 아버지가 미아를 데려왔던 날도 기억나. 어머니는 내 반응을 걱정했지만, 난 아기 미아를 보자마자 예뻐했어. 내 내 입을 다물다 처음 내뱉은 말이 '미아'였지. 첫 피아노 교습도 생각나. 내 피아노 선생님 캐시 양은 좋은 분이었어. 말도 길렀고."

"어머니가 당신을 구해주셨다면서요. 어떻게 된 거예요?"

어머니? 뻔하지 않나?

"나를 입양해주셨잖아. 처음 만났을 땐 어머니가 천사인 줄 알았어. 하얀 옷을 입은 데다 몹시 상냥하고 차분하게 나를 진찰하셨지. 그 모습 절대 잊지 못할 거야. 만약 그때 어머니가 싫다고 하셨거나 아버지가 싫다고 하셨으면……."

젠장. 지금 나는 죽은 목숨이었겠지.

알람 시계를 보니 6시 15분이었다. "아침에 하긴 좀 무거운 얘기인데."

"당신을 더 잘 알아가겠다고 맹세했는걸요." 아나의 표정은 진지하면서도 장난스러웠다.

"그랬나, 스틸 양? 내가 커피를 좋아하는지 차를 좋아하는지 알고 싶어 하는 줄 알았는데. 그것 말고 나를 알 방법이 하나 더 있는데." 나는 일어선 놈을 그녀에 쿡 밀었다.

"그쪽으로는 이미 알 만큼 알아요."

씩 웃음이 났다. "난 그쪽으론 절대 널 충분히 알지 못할 거야. 네 옆에서 깨니 확실히 이점이 있군." 나는 그녀의 귀에 코를 문질렀다.

"일어나야 하지 않아요?"

"이렇게 일찍은 안 일어나도 돼. 지금 올라가고 싶은 덴 딱 하나야, 스틸 양."

"크리스천!"

나는 그녀 위로 올라가 그녀의 두 손을 잡아 머리 위로 치켜들고 그녀의 목에 키스했다. "아, 스틸 양." 한 손으로 그녀의 두 손을 잡은 채 다른 손으로 그녀의 몸을 훑어 내리다 새틴 가운 자락을 천천히 끌어 올렸다. 일어선 내 성기가 그녀의 성기에 안착할 때까지. "아, 너한테 이걸 하고 싶어." 나는 속삭였다.

그녀는 미소를 지으며 골반을 들어 내게 붙였다.

밝히는 여자 같으니.

우선 콘돔이 필요했다.

나는 침대 옆 탁자로 손을 뻗었다.

아나가 부엌 카운터 내 옆에 앉았다. 연파란색 원피스와 하이힐 구두 차림이다. 역시나 눈이 부시게 예뻤다. 그녀는 아침밥을 삼켰고 나는 그런 그녀를 흐뭇하게 바라보았다. 기분이 좋아졌다. 행복감마저 들었다. 그녀는 나와 함께 살겠다고 말한 데다 오늘 아침을 섹스로 출발했다. 큭큭, 웃음이 났다. 아나는 이게 재밌다고 생각할는지는 모르겠지만. 그녀가 내게 고개를 돌렸다. "운동 강사 클로드는 언제 만나서 그 사람 실력을 시험해

보죠?"

"네가 이번 주에 뉴욕에 갈지 말지에 달렸지. 주중 아침 일찍 만나든가. 안드레아에게 그의 스케줄을 확인해 네게 연락하라고 할게."

"안드레아요?"

"내 비서."

안드레아는 오늘 돌아온다. 천만다행으로.

"당신 금발들 중 한 명요?"

"그 여자는 내 금발이 아냐. 내 밑에서 일하는 거지. 네가 내 거고."

"나도 당신 밑에서 일하잖아요."

아, 그렇군! "너도 그렇구나."

"클로드에게 킥복싱이나 배워야겠다." 아나가 말했다. 하지만 바보처럼 헤 웃었다.

분명 이 여자는 나에 대한 대항술을 더 연마할 것이다. 갈수록 흥미진진해졌다. "덤벼보시지, 스틸 양."

아나는 팬케이크 조각을 먹고는 뒤쪽을 흘끔거렸다. "피아노 뚜껑 다시 세워놓았네요."

"간밤엔 널 깨우지 않으려고 닫아놓은 거야. 소용은 없었지만, 그래서 더 좋긴 했지."

아나가 얼굴을 붉혔다.

그래. 피아노 섹스만 한 것도 없지. 아침에 깨자마자 하는 섹스도 그렇고. 기분 돋우는 덴 그만이다.

존스 부인이 끼어들었다. 그녀가 몸을 숙여 아나의 도시락이 든 종이봉투를 그녀 앞에 놓았다. "나중에 먹어요, 아나. 참치 괜찮죠?"

"그럼요. 감사해요, 존스 부인." 아나는 존스 부인에게 활짝 웃어 보였다. 게일은 미소로 화답하고는 단둘이 있도록 자리를 비켜주었다. 이건 게일에게도 생소한 일일 것이다. 주중에 누군가와 함께하는 것은 내게도 드문 일이다. 주말은 아나와 함께 보내봤지만.

"뭐 하나 물어봐도 돼요?" 아나가 내 생각을 방해했다.

"물론이지."

"화 안 낼 거죠?"

"엘레나 얘기야?"

"아뇨."

"그럼 화낼 일 없지."

"근데 방금 추가 질문이 생각났어요."

"어?"

"그 여자에 대한."

웃음기가 싹 사라졌다. "뭔데?"

"그 여자에 대해 물으면 왜 그리 화를 내요?"

"솔직한 대답 원해?"

"나한테 항상 솔직한 줄 알았는데요."

"그러려고 엄청 노력해."

"어물쩍 넘어가려는 것처럼 들려요."

"난 항상 너에게 솔직해, 아나. 게임하고 싶지 않아. 뭐, 그런 게임 말고."

"어떤 게임이 하고 싶은데요?" 아나가 모른 척 천연덕스럽게 눈을 찡긋거렸다.

"우리 스틸 양은 참 쉽게 산만해져."

그녀가 깔깔 웃었다. 그녀의 웃는 모습과 웃음소리가 내 유머

감각을 다시 끌어냈다. "그레이 씨, 당신이 날 여러모로 산만하게 만들잖아요."

"세상에서 내가 제일 좋아하는 소리는 네가 깔깔 웃는 소리야, 아나스타샤. 그나저나…… 원래 하려던 질문이 뭐였지?"

"아, 맞다. 이전에는 서브들을 주말에만 만났어요?"

"응, 그랬지." 도대체 뭘 묻고 싶은 거야?

"그럼 주중에는 섹스를 안 했겠네요." 그녀가 거실 입구를 슬쩍 쳐다보며 듣는 귀가 없는지 확인했다.

나는 웃음을 터뜨렸다. "아, 하고 싶은 얘기가 그거였군. 내가 주중에 매일 운동하는 이유가 뭐라고 생각해?"

오늘은 특별했다. 주중의 섹스. 그것도 아침 식사 전. 지난번엔 내 서재 책상에서 너랑 했어, 아나스타샤.

"아주 뿌듯해 보여, 스틸 양."

"맞아요, 그레이 씨."

"그럴 만도 하지. 이제 아침 먹어."

우리는 엘리베이터를 타고 내려갔다. 소여와 테일러가 우리와 동행했다. 화기애애한 분위기는 차 안으로 이어졌다. 테일러와 소여는 앞자리에 탔다. 우리는 SIP로 향했다.

얼마든지 이렇게 지낼 수 있겠어.

아나는 생기발랄했다. 그녀가 나를 흘끔거렸다. 내가 그녀를 흘끔거린 건가?

"오늘 룸메이트의 오빠가 온다고 하지 않았어?"

"아, 맞다, 이든." 그녀가 말했다. "잊고 있었네. 알려줘서 고마워요. 오늘 아파트로 돌아가야겠다."

"몇 시에?"

"이든이 언제 올지 모르겠네요."

"너 혼자 어디 가는 거 싫은데."

그녀가 내게 힘겨운 시선을 던졌다. "알아요. 소여는 오늘도 나를 감시…… 아니, 경호할 건가요?"

"그래." 나는 힘주어 말했다.

레일라의 행방이 아직 묘연한 상황이다.

"내가 사브를 운전하는 게 훨씬 더 간편할 텐데." 그녀가 투덜거렸다.

"소여에게 차가 있어. 소여가 널 아파트까지 태워다줄 수 있어. 몇 시가 됐든." 나는 백미러로 테일러를 흘끔 보았다. 테일러가 고개를 끄덕였다.

아나가 한숨을 쉬었다. "알았어요. 이든이 오늘 낮에 연락할 거예요. 그러면 어떻게 할 건지 알려줄게요."

이것은 변수가 정말 많은 약속이었다.

하지만 말다툼은 하고 싶지 않았다.

아주 산뜻하게 출발한 오늘 아침엔.

"그래. 혼자서는 아무 데도 가지 마. 알겠어?" 나는 한 손가락을 흔들었다.

"네, 네, 그러지요." 한 마디 한 마디에 냉소가 뚝뚝 떨어졌다.

오호, 엉덩이를 팡팡 얻어맞고 싶어 안달이로군.

"네 블랙베리를 쓰는 게 좋겠어. 네 블랙베리로 이메일 보낼게. 그럼 우리 IT 부서 직원이 흥미진진한 아침을 보내지 않아도 될 거야. 알겠지?"

"그러죠, 크리스천." 그녀가 눈을 흘겼다.

"이런, 스틸 양, 지금 내 손바닥이 근질거리는 거 알면서 이러는 거야?"

"참 내, 그레이 씨, 당신 손바닥은 항상 근질거리는군요. 정말 어쩜 좋아요?"

나는 웃음을 터뜨렸다. 아나는 정말 재밌다.

휴대폰이 진동했다.

젠장. 엘레나다.

"어쩐 일로?"

"크리스천. 안녕. 나야. 방해해서 미안해. 그 사람한테 연락하지 않았으면 해서. 그 편지 아이작이 보낸 거였어."

"설마요."

"맞아. 민망하게 됐어. 그 난리를 쳤는데."

"난리가 나긴 했지."

"그러니까. 그리고 5천 달러 내라는 말은 진심이 아니었대."

헛웃음이 터졌다. "이 얘기 언제 들었어요?"

"오늘 아침에. 걔한테 먼저 전화했거든. 너를 만나고 왔다고 걔한테 말했어. 아, 크리스천, 정말 미안해."

"아니, 걱정 마요. 사과는 됐어요. 납득이 가는 상황이라 다행이네요. 어쩐지 요구 금액이 터무니없이 낮더라니."

"창피해 죽겠어."

"당신이라면 분명 아주 처절하고 기발한 복수로 대응하겠죠. 불쌍한 아이작."

"사실, 걘 내게 이를 득득 갈고 있어. 오히려 화를 풀어줘야 할 것 같아."

"잘됐네요."

"어쨌든 어제 내 얘기 들어줘서 고마워. 또 연락하자."

"안녕." 나는 전화를 끊고 아나에게 고개를 돌렸다. 그녀가 나를 바라보고 있었다.

"누구였어요?" 그녀가 물었다.

"정말 알고 싶어?"

그녀는 고개를 젓고는 차창 밖을 내다보았다. 입꼬리가 아래를 향했다. "이봐." 나는 그녀의 손을 잡아 손가락 관절에 하나하나 키스하고 나서 새끼손가락을 내 입에 넣고 빨았다. 세게. 그리고 살짝 깨물었다.

그녀는 내 옆에서 꼼지락거리고는 앞 좌석의 테일러와 소여를 불안하게 흘끔거렸다. 그녀의 시선이 내게 돌아왔다.

"그런 걸로 열 내지 마, 아나스타샤. 그 여자는 과거의 사람이야." 나는 그녀의 손바닥에 쪽 하고 입을 맞추고는 손을 놓았다. 그녀는 문을 열었고, 나는 그녀가 SIP로 걸어 들어가는 모습을 바라보았다.

"그레이 사장님, 스틸 양의 아파트를 한번 살펴보고 싶은데요, 오늘 스틸 양이 거기 가실 거라면." 테일러가 말했고, 나는 좋은 생각이라고 동의했다.

그레이 하우스의 엘리베이터에서 내렸을 때 안드레아가 환한 웃음으로 나를 맞이했다. 옆에 유약해 보이는 어떤 여자가 서 있었다. "안녕하세요, 그레이 씨. 여긴 새러 헌터예요. 인턴 사원으로 여기서 일할 겁니다."

새러는 나를 똑바로 응시하며 손을 내밀었다. "안녕하세요, 그레이 씨. 만나뵈서 반갑습니다."

"안녕, 새러. 환영해요." 우리는 딱딱하게 악수를 나누었다.

손아귀 힘이 엄청난 여자였다.

유약하진 않겠군.

나는 손을 뺐다.

"내 방에서 잠깐 좀 볼까, 안드레아?"

"그러죠. 새러에게 커피 한잔 부탁할까요?"

"그러지. 블랙으로. 부탁해요."

새러는 탕비실을 향해 열정적으로 당찬 발걸음을 옮겼다. 나는 저 발걸음이 신경에 거슬리는 일이 없기를 바라며 안드레아를 위해 내 방의 문을 열고 잡아주었다. 그녀가 안으로 들어가자 문을 닫았다.

"안드레아……."

"그레이 씨……."

우리는 둘 다 말을 멈추었다.

"얘기해."

"그레이 씨, 스위트룸 고맙습니다. 멋진 방이었어요. 그러실 것까지는……."

"결혼한다는 얘기 왜 안 한 거야?" 나는 책상 앞에 앉았다.

안드레아는 얼굴을 붉혔다. 자주 볼 수 없는 모습이었다. 안드레아는 할 말을 찾고 있는 듯했다.

"안드레아?"

"그게요. 어. 제 고용 계약서에 사내 교제 금지 조항이 있어서요."

"여기 직원이랑 결혼했군!"

아니, 그걸 어떻게 꼭꼭 숨겼지?

"네, 맞아요."

"그 행운아는 누구지?"

"데이먼 파커. 엔지니어 부서에서 일해요."

"그 호주 사람 말이군."

"그이가 영주권이 필요해서요. 지금은 H1 비자로 체류 중이에요."

"알겠어." 편의를 위한 결혼. 이상한 이유로 실망감이 들었다. 그녀가 딱했다. 실망스럽기도 하고. 그녀는 내 얼굴에 못마땅한 기색을 보고는 서둘러 덧붙였다.

"그래서 그이랑 결혼한 건 아니에요. 사랑해서 한 거죠." 그녀가 평소 그녀답지 않은 말투로 말하며 얼굴을 붉혔다. 그녀의 뺨에 어린 홍조에 그녀에 대한 내 신뢰가 되살아났다.

"축하해. 이거 받아." 나는 그녀에게 어제 서명한 '평생 행복하세요'라 쓰인 카드를 건넸다. 내 앞에서 제발 열어보지 않기를 바랐다. "그래, 결혼해보니 어때?" 나는 카드를 열지 않기를 바라며 얼른 물었다.

"결혼하시라고 추천하고 싶어요." 그녀가 환히 웃었다. 저 표정 알지. 지금 내 기분이 딱 저러니까. 그 말을 들으니 말문이 막혔다.

안드레아가 즉시 직원 모드로 돌변했다. "오늘 일정 말씀드릴까요?" 그녀가 물었다.

"그러지."

결혼. 안드레아가 나간 후 나는 결혼이라는 제도에 대해 곰곰이 생각했다. 안드레아는 그 제도와 맞는 것 같았다. 여자들은 대부분 결혼하고 싶어 한다. 아닌가? 내가 결혼하자고 청하면 아나가 어떻게 나올지 궁금했다. 불쑥 나를 습격한 그 생각에 나는 고개를 절레절레 저었다.

터무니없는 생각 집어치워, 그레이.

오늘 아침을 머릿속에서 재생했다. 매일 아나스타샤 스틸의 옆에서 잠을 깨고, 매일 밤 그녀 옆에서 눈을 감고 잠이 드는 생활.

단단히 홀렸구나, 그레이.

완전 맛이 갔어.

이왕 이렇게 된 거 가능한 한 즐기자.

나는 그녀에게 이메일을 썼다.

보낸 사람: 크리스천 그레이

제목: 해돋이

날짜: 2011년 6월 14일 09:23

받는 사람: 아나스타샤 스틸

아침에 너와 함께 깨어나니 좋더군.

크리스천 그레이

단단히 홀린 CEO, 그레이 엔터프라이즈 홀딩스 Inc.

전송 버튼을 누르는데 헤벌쭉 웃음이 났다.

그녀가 이걸 블랙베리로 읽길 바랐다.

새러가 내 커피를 가져왔다. 나는 최신 SIP 계약서를 펼치고 읽기 시작했다.

휴대폰이 진동했다. 엘레나의 문자 메시지였다.

엘레나

양해해줘서 고마워.

나는 그것을 무시하고 읽던 서류로 돌아갔다. 고개를 들었을 때 아나에게서 답장이 와 있었다. 나는 커피를 한 모금 마셨다.

보낸 사람: 아나스타샤 스틸
제목: 해넘이
날짜: 2011년 6월 14일 09:35
받는 사람: 크리스천 그레이

단단히 홀린 분에게,
　나도 당신과 함께 깨어나니 좋았어요. 침대뿐 아니라 엘리베이터, 피아노, 당구대, 배 안, 책상, 샤워 부스, 욕조, 족쇄 달린 이상한 나무 십자가, 분홍색 새틴 이불보가 깔린 네 기둥 침대, 보트하우스, 어린 시절 침실에서도 좋았어요.

SM&I(만족할 줄 모르는 색광)
xx

보낸 사람: 크리스천 그레이
제목: 촉촉한 연장
날짜: 2011년 6월 14일 09:37
받는 사람: 아나스타샤 스틸

만족할 줄 모르는 색광에게,
지금 막 키보드 위에 커피 뿜었어.
한 번도 그런 적 없었는데.

40

난 위치를 우선시하는 여자가 정말 존경스럽더라.

그나저나 네가 내 몸 때문에 날 원한다고 생각해도 되지?

크리스천 그레이
몹시 아주 아연실색한 CEO, 그레이 엔터프라이즈 홀딩스 Inc.

SIP 계약서를 계속 읽어 내렸지만 얼마 못 가 아나에게서 새 이메일이 도착했다.

보낸 사람: 아나스타샤 스틸
제목: 키득키득, 그리고 촉촉한
날짜: 2011년 6월 14일 09:42
받는 사람: 크리스천 그레이

몹시 아주 아연실색한 분에게,
언제나 환영이죠.
일하러 가야 해요.
그만 방해해요.

SM&I
xx

보낸 사람: 크리스천 그레이
제목: 꼭 그래야 해?
날짜: 2011년 6월 14일 09:50

받는 사람: 아나스타샤 스틸

SM&I에게,
늘 그렇듯 분부대로 하죠.
키득키득하면서도 촉촉하게 젖었다니 좋은데.
이따가 봐, 자기.

x

크리스천 그레이
단단히 홀리고 아연실색한 데다 마법에 걸린 CEO, 그레이 엔터
프라이즈 홀딩스Inc.

나는 월간 회의에 참석했다. 참석자는 로스와 인수합병 책임
자 마르코와 그의 팀원들이었다. 마르코의 팀이 인수 대상으로
선정한 후보군을 보고했다.

마르코가 마지막 후보를 설명했다. "좀 휘청대긴 하지만 곧
광섬유 분야에서 따낼 특허가 네 건 있습니다."

"프레드는 검토했나?" 내가 물었다.

"아주 신났어요." 마르코가 탐욕스러운 미소를 지으며 대꾸
했다.

"해보지, 뭐."

내 휴대폰이 진동했다. 아나의 이름이 화면에 떴다.

"잠깐 실례." 나는 전화를 받았다. "아나스타샤."

"크리스천, 잭이 나더러 점심 사 오래요."

"게을러터진 자식."

"그래서 사러 갈 거예요. 소여의 전화번호를 알려주면 더 편

할 것 같아요. 당신을 귀찮게 하지 않아도 되니까."

"귀찮지 않아, 자기."

"혼자 있어요?"

나는 탁자 주변을 둘러보았다. "아니, 지금 여섯 명이 나를 빤히 쳐다보면서 내가 누구랑 이야기하나 궁금해하고 있어."

"정말요?" 그녀가 소리쳤다.

"응, 정말." 나는 잠시 말을 멈추었다. "내 여자 친구." 나는 사람들에게 말했다. 로스가 고개를 절레절레 저었다.

"다들 당신을 동성애자로 의심했을 텐데."

로스와 마르코가 시선을 교환하는 바람에 나는 웃음이 터졌다. "응, 그런 모양이야."

"어, 끊어야겠어요."

"소여에게 알려주지." 탁자에 둘러앉은 사람들의 반응에 자꾸 웃음이 났다. "친구에게선 소식 왔어?"

"아직요. 당신에게 제일 먼저 알려줄게요, 그레이 씨."

"좋아. 이따 봐, 자기."

"안녕, 크리스천."

나는 일어섰다. "잠깐 전화 좀 하고 올게."

나는 회의실 밖에서 소여에게 전화를 걸었다.

"그레이 씨."

"아나가 점심을 사러 갈 거야. 바짝 따라붙어."

"알겠습니다."

회의실로 돌아오니 회의는 파장 분위기였다. 로스가 내게 다가왔다.

"개인 합병 건인가요?" 그녀가 호기심이 어린 표정으로 물었다.

"그런 셈이야."

"사장님이 들뜰 만도 하네요. 잘됐어요." 그녀가 말했다.

나는 의기양양해 활짝 웃었다.

바스티유는 아주 펄펄 날았다. 나는 이 인간에게 벌써 세 번이나 다운됐다. "가게로 아름다운 숙녀를 데려오셨다고 단테가 그러던데요. 그래서 오늘 이리 말랑말랑한 겁니까, 그레이?"

"어쩌면." 나는 씩 웃었다. "그 숙녀분한테 트레이너가 필요해."

"오늘 아침 비서가 전화했어요. 어서 만나보고 싶군요."

"킥복싱을 배우고 싶대."

"사장님 혼내주게요?"

"응. 뭐 그렇겠지." 나는 그에게 덤벼들었지만 그가 왼편으로 피했다. 그의 주먹이 날아왔고, 그의 번개 같은 돌려차기에 나는 다시 다운됐다.

젠장. 또 뻗어버렸네.

바스티유의 사기가 하늘을 찔렀다. "사장님이 이리 맥없이 싸우시면 그 숙녀분은 맘껏 사장님의 엉덩이를 패겠는데요."

더는 안 봐준다. 이 인간 때려눕혀야지 안 되겠어.

바스티유와 한판 붙고 나서 샤워 후 사무실로 돌아왔다. 안드레아가 나를 기다리고 있었다.

"그레이 씨. 고맙습니다. 정말 과분한 처사세요."

나는 손짓으로 감사 인사를 물리치며 내 방으로 들어갔다. "천만에, 안드레아. 단, 제대로 된 신혼여행 갈 땐 나 없을 때 가는 거야." 잘 웃지 않는 그녀가 미소를 지었고 나는 방문을 닫왔다.

책상 앞에 앉으니 아나에게서 새 이메일이 와 있었다.

보낸 사람: 아나스타샤 스틸
제목: 햇볕 쨍쨍한 나라에서 돌아온 사람들
날짜: 2011년 6월 14일 14:55
받는 사람: 크리스천 그레이

몹시 아주 SS&S하신 분에게,
이든이 돌아왔어요. 아파트 열쇠 받으러 여기로 온대요.
이든이 집에 안착하는 걸 확인하고 싶어요.
퇴근 후에 나 데리러 오지 않을래요? 같이 아파트에 가서 '다 함께' 외식하면 어때요?
내가 쏘면 어떨까요?

여전히 SM&I한
당신의
아나 X

아나스타샤 스틸
편집자 잭 하이드의 비서, SIP

그녀가 또 사무실 컴퓨터를 썼다.
망할. 아나.

보낸 사람: 크리스천 그레이

제목: 외식
날짜: 2011년 6월 14일 15:05
받는 사람: 아나스타샤 스틸

그 계획엔 찬성. 네가 돈 낸다는 건 빼고!
내가 내지.
6시에 데리러 갈게.

x

추신: 어째서 블랙베리를 쓰지 않는 거야!!!

크리스천 그레이
몹시 아주 화가 난 CEO, 그레이 엔터프라이즈 홀딩스 Inc.

보낸 사람: 아나스타샤 스틸
제목: 상사 노릇
날짜: 2011년 6월 14일 15:11
받는 사람: 크리스천 그레이

아, 그렇게 욱하고 발끈할 것 없어요.
모두 암호로 적혀 있으니까요.
6시에 봐요.

아나 x

아나스타샤 스틸
편집자 잭 하이드의 비서, SIP

보낸 사람: 크리스천 그레이
제목: 사람 돌게 하는 여자
날짜: 2011년 6월 14일 15:18
받는 사람: 아나스타샤 스틸

욱하고 발끈한다고!
욱하고 발끈하는 게 어떤 건지 보여주지.
기대해.

크리스천 그레이
   몹시 아주 조금 더 부아가 치밀지만 영문을 몰라 미소 짓는 CEO,
그레이 엔터프라이즈 홀딩스 Inc.

보낸 사람: 아나스타샤 스틸
제목: 약속, 약속
날짜: 2011년 6월 14일 15:23
받는 사람: 크리스천 그레이

어디 덤벼보시죠, 그레이 씨.
나도 기대하죠. :D

아나 x

아나스타샤 스틸
편집자 잭 하이드의 비서, SIP

안드레아가 인터폰으로 말했다. "워싱턴 주립 대학의 체더리 교수님과 전화 연결됐습니다." 그는 환경 공학과 학과장이었는데, 자주 통화하는 사람은 아니었다. "연결해."

"그레이 씨, 희소식이 있어 전화드렸습니다."

"네, 말씀해보세요."

"그래빗 교수팀이 질소 고정에 결정적인 미생물 연구에서 획기적인 성과를 거뒀습니다. 금요일에 그래빗 교수가 사장님께 연구 성과를 발표하겠지만 미리 알려드릴까 해서요."

"굉장한 일 같군요."

"아시다시피, 우리 연구는 더 생산적인 토양을 만들어내는 데 목표를 두고 있는데, 이번 연구가 게임 체인저가 될 겁니다."

"기쁜 소식이네요."

"다 그레이 씨 덕분입니다. GEH의 지원금 덕분이기도 하고요."

"금요일에 더 자세한 내용 기대하죠."

"좋은 하루 보내세요, 사장님."

오후 5시 55분 SIP의 사무실 밖에 아우디를 세워두고 뒷자리에서 아나를 기다렸다.

나는 그녀에게 전화를 걸었다.

"욱하고 발끈한 사람입니다만."

"전 만족을 모르는 색광이고요. 밖에 와 있는 거죠?"

"그래, 스틸 양. 얼른 만나고 싶어."

"동감이에요, 그레이 씨. 곧 나갈게요."

그녀를 기다리는 동안 오늘 오전에 마르코가 얘기한 광섬유 특허에 관한 보고서를 읽었다.

몇 분 후 아나가 나타났다. 그녀의 머리카락이 늦은 오후 햇살에 반짝거리며 어깨에서 큰 물결처럼 일렁였다. 그녀가 나를 향해 다가왔다. 사기가 올랐다. 정말 마법에 걸린 것 같았다.

그녀는 내게 전부였다.

나는 그녀에게 문을 열어주러 차에서 내렸다. "스틸 양, 아침만큼이나 눈을 뗄 수 없을 정도로 매혹적인데." 나는 그녀를 안고 입술에 키스했다.

"그레이 씨, 당신도 그래요."

"네 친구 만나러 가지."

나는 차 문을 열었다. 그녀가 차에 올라탈 때 나는 소여에게 알은체를 했다. 그는 아나에게는 안 보이지만 SIP 건물 밖에 서 있었다. 소여는 고개를 끄덕이고 SIP 주차장 안으로 향했다.

테일러는 아나의 아파트 앞에서 차를 멈추었다. Q7 문손잡이로 손을 뻗으려는데 휴대폰이 부르르 진동했다.

"그레이입니다." 내가 전화를 받자 아나가 문으로 손을 뻗었다.

"그레이 씨."

"로스, 무슨 일이지?"

"일이 생겼어요."

"난 가서 이든을 데려올게요." 아나는 그렇게 말하고 차에서 내렸다.

"잠깐만 기다려, 로스." 아나가 출입구 인터폰을 눌러 이든과 이야기하는 모습이 보였다. 문이 버저 소리와 함께 열리고 그녀는 안으로 들어갔다.

"무슨 일인데, 로스?"

"우즈 일이에요."

"우즈?"

"루커스 우즈."

"아, 어런하시려고. 자기 광섬유 회사를 땅바닥에 처박고 나서 남 탓만 하는 머저리."

"맞아요. 그자가 언론에 쓸데없는 얘기를 하고 있어요."

"그래서?"

"샘은 회사 이미지가 추락할까 걱정하고 있어요. 우즈가 인수 문제를 언론에 떠들었거든요. 우리가 자기네 회사에 끼어들어 자기가 원하는 방향으로 경영하지 못하게 방해했다나요."

나는 코웃음을 쳤다. "틀린 말도 아니네. 그자가 원하는 방향으로 계속 경영했다면 지금쯤 그자는 파산했을 테니까."

"그러니까요."

"샘에게 이렇게 전해. 우즈의 말은 그의 이력을 모르는 사람들에게나 먹힌다고. 그자를 아는 사람들은 그자가 감당할 수 없는 국면에 몰려 최악의 결정을 내린 것을 알 거야. 다 자초한 거지."

"별일 아니라고 보시는군요."

"별일? 천만에. 그자는 허세가 많은 머저리야. 주변 사람들은 다 알아."

"명예훼손으로 그자를 걸면 어떨까요. 그자는 합의서를 위반했어요."

"굳이 뭐 하러? 그자는 언론의 관심을 먹고사는 인간이야. 자기 목을 조를 밧줄을 스스로 매단 셈이야. 이쯤에서 정신 차리고 그만두겠지만."

"사장님이 이렇게 말씀하실지 알았어요. 근데 샘이 불안해하길래."

"샘은 균형감이 좀 필요해. 언론의 악평에 대해 늘 과민반응을 하더군."

차창 밖을 슬쩍 내다보니 더플백을 든 젊은 남자가 보였다. 그는 아파트 문을 향해 걸어오고 있었다.

로스가 계속 뭐라 얘기했지만 나는 그녀의 말을 흘려들었다. 낯익은 남자였다. 긴 금발 머리, 구릿빛 피부. 차림새를 보니 딱 해변족이었다. 누구인지 알 것 같았다. 동시에 불안감이 밀려왔다.

이든 캐버너.

제길. 그럼 아나를 아파트 안으로 들인 사람은 누구지?

"로스, 그만 끊지!" 나는 전화기에 대고 버럭 소리쳤다. 두려움이 가슴을 채웠다.

아나.

나는 차에서 튀어 나갔다. "테일러, 따라와!" 내가 소리쳤다. 우리는 이든 캐버너를 향해 달려갔다. 그는 자물쇠에 열쇠를 넣으려다 말고 놀라 돌아서더니 자기에게 돌진해오는 우리를 발견했다.

"캐버너. 나는 크리스천입니다. 아나가 위층에 어떤 사람과 함께 있는데, 그 사람은 무장했을 가능성이 있어요. 여기서 기다려요." 그는 뭔가 짚이는 듯한 표정이 지었지만 아무 말 못하고—혼란스러운 듯—열쇠를 내주었다. 나는 문을 통과해 계단을 두 칸씩 뛰어 위층으로 달려 올라갔다.

나는 아파트 안으로 뛰어들었다. 그곳에 그들이 있었다.

대결의 현장.

아나와 레일라.

레일라는 권총을 쥐고 있었다.

안 돼. 안 돼. 안 돼. 망할 놈의 권총은.

그리고 아나가 있었다. 홀로. 무방비 상태로. 공포와 분노가 나를 휘감았다.

레일라에게 덤벼들고 싶었다. 총을 빼앗고 싶었다. 그녀를 쓰러뜨리고 싶었다. 하지만 그대로 얼어붙어 아나를 살폈다. 그녀의 휘둥그레진 눈에는 두려움과 단정하기 어려운 뭔가가 어려 있었다. 혹시 연민? 하지만 천만다행으로 아나는 무사했다.

레일라의 모습은 충격적이었다. 권총을 움켜쥐고 있을 뿐 아니라 살이 엄청 빠진 것 같았다. 차림새도 엉망이었다. 걸친 옷은 너덜거렸고, 그늘이 진 갈색 눈은 무표정했다. 나는 왈칵 목이 메었다. 두려움 때문인지, 안쓰러운 마음이 발동한 것인지 알 수 없었다.

하지만 무엇보다 걱정되는 것은, 그녀가 권총을 들고 있는 이 방에 아나가 있다는 점이었다.

아나를 해치려는 걸까?

나를 해치려는 걸까?

레일라의 눈이 내게 꽂혔다. 그녀의 눈빛이 강렬해지더니 생기가 돌았다. 그녀는 내가 정말 눈앞에 있는 것을 믿을 수 없다는 듯 모든 것을 빨아들였다. 불안한 순간이었다. 하지만 나는 그대로 서서 그녀의 시선에 맞섰다.

그녀의 속눈썹이 바르르 떨리는 순간 그녀가 정신을 차렸다. 하지만 권총을 쥔 손에 더욱 힘을 주었다.

젠장.

나는 기다렸다. 언제든 덤벼들 태세를 갖추고. 심장이 널뛰었다. 입안에선 비릿한 공포의 맛이 느껴졌다.

어쩌려는 거야, 레일라?

그 총으로 무얼 하려는 거야?

그녀는 고개를 약간 기울였지만 시선을 여전히 내게 고정한 채 짙은 속눈썹 사이로 나를 응시했다.

내 뒤에서 기척이 느껴졌다.

테일러.

나는 손을 쳐들어 그에게 가만히 있으라고 신호했다.

그는 동요하고 격분한 상태였다. 느낄 수 있었다. 하지만 그는 움직이지 않았다.

내 시선은 레일라에게서 떨어지지 않았다.

그녀는 유령 같았다. 눈 밑에 드리운 짙은 그늘, 양피지처럼 반투명한 피부, 터지고 갈라진 입술.

맙소사, 레일라, 어쩌다 그렇게 된 거야?

시간이 흘렀다. 몇 초. 몇 분. 우리는 서로를 응시했다.

천천히 그녀의 눈빛이 변해갔다. 눈에 총기가 살아나면서 흐리멍덩한 갈색이 녹갈색으로 살아났다. 그리고 내가 알던 레일라의 면모가 언뜻 보였다. 유대감의 불꽃이 튀었다. 함께 즐기고 공유한 사이에서 존재하는 연대감. 우리의 옛정이 등장했다. 나는 우리를 연결한 끈을 감지했다.

그것은 그녀가 내게 내준 것이었다.

그녀의 호흡이 빨라졌다. 그녀가 갈라진 입술을 핥았지만 혀는 입술을 적시지 못했다.

하지만 그것으로 충분했다.

그것만으로도 그녀에게 무엇이 필요한지, 그녀가 무얼 원하는지 분명해졌다.

그녀가 원하는 것은 나였다.

내 주특기.

그녀의 입술이 벌어지고 가슴이 오르내렸다. 뺨에는 혈색이 조금 돌았다.

눈빛이 반짝이고 동공이 커졌다.

그래. 그녀는 이걸 원하는 거야.

통제권을 넘겨주고 싶은 거야.

그녀는 탈출구를 원했다.

더는 감당할 수 없어서.

그녀는 지쳤다. 내 것이 되고 싶은 것이다.

"무릎 꿇어." 나는 그녀의 귀에만 들리도록 속삭였다.

그녀가 타고난 서브미시브인 양 털썩 주저앉아 무릎을 꿇었다. 말이 떨어지자마자. 고분고분하게. 머리를 조아렸다. 권총이 그녀의 손에서 마룻바닥 저편으로 주르륵 굴러가며 우리를 둘러싼 침묵을 깨뜨렸다.

뒤에서 테일러가 안도의 한숨을 내쉬는 소리가 들렸다.

그 소리는 내 안에서도 울려 퍼졌다.

아, 하느님 감사합니다.

나는 천천히 그녀를 향해 다가가 권총을 집어 내 재킷 주머니에 넣었다.

레일라가 직접적인 위협을 거둔 이상 아나를 아파트 밖으로 내보내 레일라에게서 떨어뜨려야 했다. 이런 일을 벌인 레일라를 절대 용서할 수 없었다. 아무리 정상이 아니고 망가진 상태라 해도, 아나를 위협해?

용서할 수 없어.

나는 레일라와 아나 사이에 끼어들어 레일라를 굽어보았다. 레일라는 여전히 내게서 눈을 떼지 않고 바닥에 가만히 무릎을 꿇고 있었다.

"아나스타샤, 테일러와 함께 가." 내가 말했다.

"이든은요?" 그녀가 덜덜 떨리는 목소리로 속삭였다.

"아래층에." 나는 그녀에게 알려주었다.

테일러는 아나를 기다렸지만 아나는 움직이지 않았다.

제발, 아나. 가.

"아나스타샤." 내가 재촉했다.

가.

나는 레일라 옆으로 다가갔다. 아나는 여전히 움직이지 않았다. "젠장할, 아나스타샤, 제발 한 번만이라도 시키는 대로 좀 해. 가라고!" 우리의 눈이 얽혔다. 나는 그녀에게 가라고 애원했다. 아나가 있으면 내 마음대로 할 수가 없었다. 또한 레일라의 상태가 얼마나 안정적인지 확실하지 않았다. 레일라는 도움이 필요한 상태인 데다 아나를 해칠 가능성도 있었다.

나는 내 마음을 실어 간청하는 얼굴로 아나를 바라보았다.

하지만 아나는 사색이 돼 있었다. 충격을 받은 것이다.

제길. 너무 놀라서 그래, 그레이. 그래서 움직일 수가 없는 거야.

"테일러. 스틸 양을 아래로 데려가. 당장."

테일러는 고개를 끄덕이고 아나를 향해 움직였다.

"왜요?" 아나가 속삭였다.

"가. 내 아파트로 돌아가. 레일라와 단둘이 있어야겠어."

제발. 널 위험한 곳에서 빼내려는 거야.

아나는 내게서 레일라 쪽으로 시선을 돌렸다.

아나. 가. 제발. 난 이 문제를 처리해야 해.

"스틸 양, 아나." 테일러가 아나스타샤에게 손을 내밀었다.

"테일러." 내가 재촉하자 테일러는 멈칫하다 아나를 들어 안고 아파트를 나갔다.

지랄 맞게 고맙군.

나는 한숨을 길게 내쉬었다. 내가 지저분하게 엉킨 레일라의 머리카락을 어루만질 때 아파트 문이 닫혔다.

레일라와 단둘이 남았다.

나는 물러섰다. "일어나."

레일라는 멈칫멈칫 일어섰지만 시선은 바닥에 두었다.

"나를 봐." 내가 속삭였다.

그녀는 천천히 고개를 들었다. 얼굴에 고통이 뚜렷했다. 눈에 눈물이 차올라 뺨을 타고 떨어지기 시작했다.

"아, 레일라." 나는 중얼거리고 그녀를 끌어안았다.

망할.

냄새.

그녀에게서 가난과 방치, 노숙자의 냄새가 났다.

순간 나는 디트로이트의 싸구려 주류점 위 작고 침침한 아파트로 돌아갔다.

그녀에게서 그자의 냄새가 났다.

그자의 부츠.

그자의 씻지 않은 체취.

그자의 악취.

침이 입안에 고이며 구역질이 났다. 즉시. 참기 힘들었다.

지옥이 따로 없군.

하지만 그녀는 그걸 의식하지 않았다. 내 품 안에서 울고, 울고, 울었다. 눈물과 콧물이 내 재킷 여기저기를 적셨다.

나는 그녀를 안고 있었다.

구역질을 억누르면서.

악취를 방어하면서.

고통스럽도록 익숙한 악취. 익숙한 만큼 달갑지 않았다.

"쉬잇." 나는 속삭였다. "쉬잇."

그녀가 입을 벌리고 숨을 들이켜며 껙껙댈 때 나는 그녀를 놓아주었다. "너 목욕해야겠다."

나는 손을 잡아 그녀를 케이트의 침실에 딸린 욕실로 데려갔다. 아나가 말한 대로 널찍했다. 샤워기와 욕조, 값비싼 목욕용품들이 즐비했다. 나는 욕실 문을 닫았다. 문을 잠그고 싶었다. 그녀가 도망치는 건 원치 않았다. 그녀는 온순하게 서 있었다. 눈물은 그쳤지만 아직 컥컥 우는 소리를 내며 몸서리를 쳤다. "괜찮아." 나는 중얼거렸다. "나 여기 있어."

나는 수도꼭지를 틀었다. 더운물이 널찍한 욕조 안에 쏟아졌다. 나는 목욕 오일을 조금 짜서 욕조 안에 탔다. 백합 향기가 순식간에 레일라의 악취를 삼켰다.

그녀가 몸을 덜덜 떨기 시작했다.

"목욕하고 싶지?" 내가 물었다.

그녀는 소용돌이치는 비누 거품을 내려다보다 나를 쳐다보았다. 고개를 끄덕였다.

"외투 벗겨줄까?"

그녀가 다시 고개를 끄덕였다. 나는 손끝으로 그녀의 외투를 벗겨냈다. 그 외투는 기부도 못 할 지경이었다. 태워버려야 했다.

외투 아래 옷이 드러났다. 지저분한 분홍빛 블라우스와 색깔이 불분명한 얼룩덜룩한 바지. 역시나 재활용이 불가능한 옷들이었다. 그녀의 손목은 상처투성이인 데다 더러운 반창고가 붙어 있었다.

"이 옷들, 다 벗어야 해. 알지?"

그녀가 고개를 끄덕였다.

"팔 들어."

그녀가 순순히 내 명령에 따랐고, 나는 그녀의 블라우스를 위로 끌어 올려 벗겨냈다. 그녀의 모습에 충격을 받았지만 애써 덤덤한 척했다. 도드라진 뼈, 급격한 굴곡. 예전 레일라의 모습을 찾아볼 수 없는 몹시 수척한 몸이었다. 끔찍했다.

내 탓이었다. 내가 더 일찍 찾아냈어야 했다.

나는 그녀의 바지를 끌어 내렸다.

"발 들어." 나는 그녀의 손을 잡아주었다.

그녀가 시키는 대로 했고, 바지는 누더기 더미에 합류했다.

그녀가 몸을 덜덜 떨었다.

"이봐. 괜찮아. 너를 도와주려는 거야. 알았지?"

그녀는 고개를 끄덕였지만 무표정했다.

나는 그녀의 손을 잡고 반창고를 뗐다. 진작 갈았어야 하는 반창고라 썩은 냄새가 났다. 구역질이 났지만 토하지는 않았다. 손목에 난 상처는 퉁퉁 부어 있었지만 놀랍게도 깨끗했다. 나는 반창고와 붕대를 버렸다.

"이것도 벗어야 해." 나는 지저분한 속옷을 가리켰다. 그녀가 나를 처다보았다. "아니. 네가 해." 나는 말을 마치고 돌아서서 그녀에게 약간의 프라이버시를 허용했다. 그녀가 움직이는 소리가 들렸다. 그녀의 단화가 욕실 바닥에 끌리는 소리도. 그녀가 동작을 멈추었을 때 나는 돌아섰다. 그녀는 벌거벗고 있었다.

그녀의 멋진 굴곡은 간데없었다.

몇 주 동안 제대로 먹지 않은 게 분명했다.

화가 치밀었다.

"여기." 나는 그녀에게 손을 내밀었다. 그녀가 내 손을 잡자 다른 손으로 물 온도를 확인했다. 따끈할 뿐 너무 뜨겁지는 않았다.

"안으로 들어가."

그녀는 욕조 안으로 들어가 거품이 이는 향기로운 물속에 천천히 잠겼다. 나는 재킷을 벗고 셔츠 소매를 돌돌 걷은 후 욕조 가장자리에 걸터앉았다. 그녀는 작고 슬픈 얼굴을 내 쪽으로 돌리고 아무 말도 하지 않았다.

나는 반대편으로 팔을 뻗어 물비누와 목욕 솔을 집었다. 캐버너가 사용하는 것이 분명했지만, 선반에 하나 더 있으니 캐버너는 그리 아쉬워하지 않을 것이다.

"손." 내가 말했다. 레일라가 손을 내밀었고, 나는 요령껏 살살 그녀를 씻기기 시작했다.

몇 주 동안 전혀 씻지 않았는지 그녀는 더러웠다. 때가 나왔다. 여기저기 모든 곳에서.

사람이 어찌 이리 더러울 수가 있지?

"턱 들어."

내가 그녀의 턱 밑과 다른 팔 아래를 문지르자 그녀의 피부가 깨끗해지며 좀 더 분홍빛이 돌았다. 그녀의 상체와 등도 닦았다.

"뒤로 누워봐."

그녀가 욕조 안에서 누웠고, 나는 그녀의 발과 다리를 번갈아 씻겼다.

"머리 감겨줄까?"

그녀가 고개를 끄덕였다. 나는 샴푸를 집었다.

레일라를 전에도 씻겨준 적이 있었다. 여러 번. 대개는 그녀가 놀이방에서 보인 행동에 대한 보답이었다. 그래서 매번 즐거웠다.

이번에는 달랐다.

나는 후딱 그녀의 머리를 문지른 후 샤워기로 비눗기를 씻어냈다.

머리 감기기가 끝날 즈음 그녀는 조금 나아 보였다.

나는 무릎을 구부린 채 허리를 폈다.

"정말 오랜만에 이렇게 해주시네요." 그녀가 말했다. 그녀의 목소리는 낮고 음산한 데다 감정이 전혀 실려 있지 않았다.

"알아." 나는 손을 뻗어 욕조 마개를 당겨 구정물을 빼고 나서 큰 수건을 집었다. "일어나."

레일라는 일어서서 내가 내민 손을 잡고 욕조에서 나왔다. 나는 수건을 그녀에게 덮어주고는 작은 수건으로 머리의 물기를 닦았다.

그녀에게서 악취가 빠지고 향긋한 목욕 오일 냄새가 났지만, 욕실 안은 그녀의 옷가지에서 풍기는 악취가 진동했다.

"가자." 나는 그녀를 안아 거실의 소파에 눕혔다. "여기 있어."

나는 욕실로 돌아가 내 재킷을 집어 주머니에서 휴대폰을 꺼냈다. 플린의 휴대폰으로 전화를 걸었다. 그가 즉시 전화를 받았다.

"크리스천."

"레일라 윌리엄스 찾았어요."

"같이 있나요?"

"네. 상태가 좋지 않아요."

"거기 시애틀입니까?"

"네. 아나의 아파트예요."

"제가 곧 그리로 가죠."

나는 그에게 아나의 아파트 주소를 알려주고 전화를 끊었다. 그리고 그녀의 옷가지를 집어 거실로 돌아왔다. 레일라는 내가 놓아둔 곳에 그대로 앉아 멍하니 벽을 응시하고 있었다.

나는 부엌 서랍을 뒤져 쓰레기봉투를 하나 찾아냈다. 레일라의 외투와 바지 주머니를 뒤져보니 휴지 외에는 아무것도 없었다. 나는 그녀의 옷가지를 쓰레기봉투에 넣은 후 꽁꽁 묶어 현관 옆에 놓아두었다.

"깨끗한 옷을 가져다줄게."

"그 여자 옷이요?" 레일라가 물었다.

"깨끗한 옷."

아나의 방에서 운동복 바지와 민무늬 티셔츠를 찾았다. 아나가 싫어하지는 않을지 걱정됐지만 레일라의 사정이 더 급했다.

돌아가보니 레일라는 아직 그 자리에 그대로 있었다.

"여기. 이거 입어." 나는 옷을 그녀 옆에 놓고 부엌 카운터의 개수대 쪽으로 갔다. 물을 한 잔 따라 옷을 다 입은 그녀에게 건넸다.

그녀는 고개를 저었다.

"레일라, 이거 마셔."

그녀는 유리잔을 받아 한 모금 홀짝였다.

"한 모금 더. 그냥 마셔." 나는 말했다.

그녀가 한 모금 더 마셨다.

"그 남자가 떠났어요." 그녀가 말했다. 고통과 슬픔에 일그러진 얼굴로.

"알아. 안됐군."

"그 남자, 당신과 비슷했어요."

"그랬어?"

"네."

"그랬구나."

그래서 나를 쫓아다닌 거로군.

"나한테 왜 전화 안 했어?" 나는 그녀 옆에 앉았다.

그녀는 고개를 저었다. 눈물이 다시금 눈에 차올랐지만 내 질문에 대답하지 않았다.

"내가 내 친구한테 전화했어. 그 사람이 널 도와줄 수 있어. 그 사람 의사야."

그녀는 지친 데다 무감각했지만 눈물이 얼굴을 타고 줄줄 흘러내렸다. 난감했다.

"내가 너를 계속 찾았어." 나는 그녀에게 말했다.

그녀는 아무 말도 하지 않았지만 격렬하게 몸을 떨기 시작했다.

제길.

팔걸이의자에 담요가 있었다. 나는 그것을 그녀의 어깨에 덮어주었다.

"추워?"

그녀가 고개를 끄덕였다. "너무 추워요." 그녀는 담요 속으로 몸을 옹송그렸다. 나는 헤어드라이어를 찾으러 아나의 방으로 다시 갔다.

소파 옆 소켓에 코드를 꽂고 앉았다. 쿠션을 집어 바닥 위 내 두 발 사이에 놓았다.

"앉아. 여기."

레일라가 천천히 일어나 담요를 바짝 여미고는 내 다리 사이에 놓인 쿠션에 앉아 내 반대쪽으로 방향을 틀었다.

윙 하는 헤어드라이어 소리가 우리 사이의 침묵을 깨뜨리는 동안 나는 그녀의 머리를 말렸다.

그녀는 가만히 앉아 내게 손대지 않았다.

그럴 수 없다는 걸 그녀는 알고 있었다. 그래서는 안 된다는 걸.

그녀의 머리를 몇 번 말려주었더라? 열 번? 열두 번?

정확한 횟수는 기억나지 않아 머리 말리는 일에 집중했다.

그녀의 머리가 다 말랐을 때 헤어드라이어를 껐다. 아나의 아파트가 다시 조용해졌다. 레일라는 내 허벅지 쪽으로 고개를 살짝 기울였다. 나는 그녀를 말리지 않았다.

"가족들은 네가 여기 있는 거 알아?" 내가 물었다.

그녀가 고개를 저었다.

"가족들과 연락해?"

"아뇨." 그녀가 중얼거렸다.

그녀는 늘 부모와 사이가 좋았다.

"그들이 걱정할 거야."

그녀는 어깨를 으쓱거렸다. "말 안 할 거예요."

"너한테? 왜 안 해?"

그녀는 대꾸하지 않았다.

"네가 남편이랑 헤어진 건 안됐어."

그녀는 아무 말도 하지 않았다. 문을 두드리는 소리가 들렸다.

"의사일 거야." 나는 일어나 건너가서 문을 열었다. 플린이 들어오고 나서 병원복을 입은 여자가 따라 들어왔다.

"존, 와줘서 고마워요." 그를 보니 마음이 조금 놓였다.

"여긴 로라 플래너건. 여긴 크리스천 그레이. 로라는 우리 병원 수간호사예요."

되돌아갔을 때 레일라는 담요를 두른 채 소파에 앉아 있었다.

"여긴 레일라 윌리엄스." 내가 말했다.

플린이 레일라 옆에 앉았다. 그녀가 멍한 얼굴로 플린을 응시했다.

"안녕, 레일라." 그가 말했다. "당신을 도우러 왔어요."

간호사는 뒤쪽에서 대기했다.

"저건 레일라의 옷이에요." 나는 현관 옆의 쓰레기봉투를 가리켰다. "태워야 해요."

간호사는 고개를 끄덕이고는 쓰레기봉투를 집었다.

"도와줄 테니 나랑 같이 갈까요? 거기 가면 우리가 도와줄 수 있어요." 플린이 레일라에게 물었다. 그녀는 아무 말도 하지 않았다. 그녀의 음울한 갈색 눈이 내 눈을 찾았다.

"의사랑 같이 가야 해. 나도 따라갈 거야."

플린은 얼굴을 찌푸렸지만 상담을 이어나갔다.

레일라는 내게서 플린에게로 시선을 돌리고는 고개를 끄덕였다.

됐다.

"내가 안고 갈게요." 나는 플린에게 말한 후 그녀를 들어 안았다. 깃털처럼 가벼웠다. 그녀는 눈을 감고 머리를 내 어깨에 기댔고 나는 그녀를 아래층으로 데려갔다. 테일러가 우리를 기다리고 있었다.

"그레이 사장님, 아나 양은 댁으로 가셨습니다……." 테일러가 말했다.

"그건 나중에 얘기하지. 내 재킷을 위층에 두고 왔어."

"제가 가져오죠."

"집 문을 잠가주겠나? 열쇠는 내 재킷 안에 있어."

"그러죠, 사장님."

나는 길거리에서 레일라를 플린의 차에 태우고 나서 그녀 옆에 탔다. 그리고 그녀의 안전벨트를 채웠다. 그동안 플린과 그의 동료는 앞자리에 올라탔다. 플린이 시동을 걸고 차를 몰아 퇴근 시간대의 차들 속으로 들어갔다.

차창 밖을 내다보며 아나가 에스칼라로 돌아갔기를 바랐다. 존스 부인이 아나의 식사를 챙겨줄 것이다. 집에 돌아가면 그녀가 나를 기다리고 있겠지. 그 생각에 기운이 좀 났다.

프리몬트 외곽의 사설 정신병원 건물에 위치한 플린의 진료실은 시내에 있는 그의 진료실에 비하면 단출했다. 소파 두 개, 팔걸이의자 하나뿐이었고 벽난로도 없었다. 그게 전부였다. 나는 작은 방을 이리저리 서성이며 그를 기다렸다. 어서 아나에게 돌아가고 싶었다. 지금 그녀는 가슴을 졸이고 있을 것이다. 휴대폰 배터리가 떨어져 아나나 존스 부인에게 전화해 아나가 잘 있는지 확인할 수도 없었다. 손목시계를 보니 거의 8시가 다 되었다. 나는 창밖을 바라보았다. 테일러는 세워둔 SUV 안에서 대기 중이었다. 어서 집에 가고 싶은 마음뿐이었다.

아나에게로 돌아가고 싶었다.

문이 열리고 플린이 들어왔다. "지금쯤 가셨을 줄 알았는데요." 그가 말했다.

"그녀가 괜찮은지 확인해야 가죠."

"그 아가씨는 환자가 맞지만 차분하고 협조적이에요. 도움을 받고 싶어 해요. 도움을 원한다는 건 언제나 좋은 징조죠. 앉으세요. 몇 가지 묻고 싶은 게 있습니다."

나는 의자에, 그는 소파에 앉았다.

"오늘 어떻게 된 겁니까?"

나는 그가 도착하기 전 아나의 아파트에서 일어난 일을 이야기했다.

"그녀를 씻겨줬다고요?" 그가 놀라 말했다.

"몸이 더러웠어요. 악취가······." 나는 말을 멈추고 진저리를 쳤다.

"알겠어요. 그 얘긴 나중에 따로 얘기하기로 하죠."

"그 여자 괜찮을까요?"

"괜찮을 겁니다. 약으로 슬픔을 치료할 순 없지만요. 자연스러운 과정일 뿐입니다. 하지만 조금 더 깊이 파보고 싶군요. 지금 우리가 어떤 문제를 상대하는지."

"저야 그녀에게 필요하다면 뭐든." 나는 말했다.

"아주 관대하시네요. 당신에게 중요한 여자가 아니라는 걸 고려하면."

"나를 찾아온 사람이니까요."

"그랬죠." 그가 인정했다.

"책임감을 느낍니다."

"그럴 필요 없습니다. 뭐든 알아내면 알려드리죠."

"알겠습니다. 다시 감사드립니다."

"제 일을 하는 것뿐입니다, 크리스천."

테일러는 집으로 가는 내내 시무룩했다. 우리가 쳐놓은 방어막을 레일라가 다시 뚫었으니 성질이 날 만도 했다. 아나의 아파트는 오늘 아침 보안팀이 싹 수색까지 했는데 말이다. 나는 아무 말 하지 않았다. 피곤했고 에스칼라로 돌아가고 싶은 마음뿐이었다. 아나의 가방과 휴대폰은 차 안에 있었다. 테일러는 아나가 이든과 함께 집으로 갔다고 했다. 기분이 상했다. 그래서 무릎에 책을 펴놓고 도서실 안락의자에 웅크린 채 잠이 든 그녀를 떠올렸다. 혼자 있는 그녀를.

조바심이 났다. 내 집으로, 내 여자에게로 돌아가고 싶었다.

주차장으로 들어갈 때 테일러가 말했다. "윌리엄스 양을 찾은 이상, 보안 계획을 수정해야겠습니다."

"그래. 경호원은 이제 필요 없겠지."

"제가 웰치에게 말하죠."

"고마워." 그가 주차를 했다. 나는 즉시 차에서 내려 곧장 엘리베이터로 갔다. 테일러를 기다리지 않고.

아파트에 들어서자마자 아나가 집에 없다는 느낌이 들었다. 적막감이 가득했다.

어디 간 거야?

라이언은 CCTV를 감시하고 있었다. 내가 테일러의 사무실로 들어가자 그가 고개를 들었다.

"그레이 씨?"

"스틸 양 귀가했나?"

"아뇨, 사장님."

"망할." 집에 왔다가 나간 줄 알았는데. 돌아서서 서재로 갔다. 가방도 휴대폰도 안 가지고? 왜 집에 안 온 거지? 경호팀을 보내 시내를 싹 뒤져서라도 그녀를 찾고 싶은 마음이 꿈틀댔다. 하지만 어디서부터 시작한다?

우선 캐버너에게 전화를 거는 게 좋겠다. 테일러는 아나가 그와 같이 갔다고 했다.

제길. 이든과 아나라니.

그 생각이 불쾌한 기분을 끌어냈다.

내겐 이든의 전화번호가 없었다. 엘리엇에게 전화해 케이트 오빠의 전화번호를 알아봐달라고 할까. 하지만 지금 바베이도스는 한밤중이다. 좌절감에 한숨이 절로 나서 도시의 마천루를 바라보았다. 태양이 올림픽 반도 저편 바닷속으로 침전하며 내 아파트에 마지막 빛을 던졌다. 아이러니하게도 이번 주 내내 같은 풍경을 보면서 레일라가 어디 있을까 궁금했는데 이제는 아나의 행방을 궁금해하고 있다. 날이 점차 저물어갔다. 그녀는 어디 있을까?

그녀는 널 떠났어, 그레이.

아니. 그럴 리 없어.

존스 부인이 문을 두드렸다.

"그레이 씨?"

"게일."

"드디어 찾았네요."

나는 얼굴을 찌푸렸다. 아나 말인가?

"윌리엄스 양이요." 게일이 설명했다.

"그런 셈이죠. 지금 병원에 있어요. 입원해야 할 상태예요."

"그렇군요. 뭐 좀 드시겠어요?"

"아니, 괜찮아요. 아나를 기다릴 거예요."

그녀는 잠시 나를 살펴보았다. "마카로니 치즈를 좀 만들었어요. 냉장고에 넣어둘게요."

마카로니 치즈. 내가 제일 좋아하는 것.

"알았어요. 고마워요."

"저는 이만 제 방으로 갈게요."

"잘 자요, 게일."

그녀는 안쓰러운 미소를 짓고는 방을 나갔다.

시계를 보니 9시 15분이다.

젠장. 아나. 집으로 돌아와.

어디 있는 거야?

떠났어.

안 돼.

나는 그 생각을 떨쳐내고 책상 앞에 앉아 컴퓨터를 켰다. 이메일이 몇 통 와 있어 확인하려 했지만 통 집중이 안 됐다. 아나에 대한 걱정이 점점 자라났다. 그녀는 어디 있는 걸까?

곧 돌아올 것이다.

돌아올 것이다.

돌아와야만 한다.

나는 웰치에게 전화해 레일라가 발견돼 필요한 도움을 받게 됐다는 메시지를 남겼다. 전화를 끊고 일어났다. 가만히 앉아 있을 수가 없었다. 오늘 저녁은 생지옥이 따로 없다.

책이라도 읽어볼까.

침실에서 읽던 책을 집어 거실로 돌아갔다. 그리고 기다렸다.

계속 기다렸다.

10분 후 책을 소파에 던져버렸다.

도무지 진정이 안 됐다. 아나의 행방을 모른다는 상황이 점점 버거워 감당이 되지 않았다.

나는 테일러의 사무실로 갔다. 그는 라이언과 함께 있었다.

"그레이 사장님."

"아나의 아파트로 사람 한 명 보내주겠어? 아나가 그 아파트로 돌아간 게 아닌지 확인하고 싶어."

"그러죠."

"고마워."

나는 소파와 돌아와 책을 다시 집어 들었다. 엘리베이터 쪽으로 계속 눈길이 갔지만 그쪽은 잠잠했다.

텅 비어 있었다.

나처럼.

그곳은 텅 비어 있었지만 내 불안감은 점점 자라났다.

그녀는 떠난 거야.

그녀는 널 떠난 거라고.

레일라 때문에 겁먹고 떠난 것이다.

아니. 믿기지 않았다. 이것은 그녀의 방식이 아니다.

내 탓이다. 내게 질린 것이다.

같이 산다고 해놓고 그 약속을 저버린 것이다.

젠장.

나는 일어나 서성이기 시작했다. 휴대폰이 부르르 진동했다. 테일러였다, 아나가 아니라. 나는 실망감을 억누르고 전화를 받았다. "테일러."

"아파트는 비어 있습니다, 사장님. 여긴 아무도 없습니다."

핑 소리가 났다. 엘리베이터. 돌아서니 아나가 조금 휘청거리는 걸음새로 거실로 들어왔다.

"왔군." 나는 테일러에게 딱딱하게 말하고는 전화를 끊었다. 안도감. 분노. 상처. 뒤섞인 감정들의 소용돌이가 나를 덮쳤다. "망할, 대체 어디 갔었어?" 나는 그녀에게 버럭 소리를 질렀다. 그녀가 눈을 깜빡이며 뒷걸음질 쳤다. 얼굴이 빨갰다.

"술 마셨어?" 내가 물었다.

"조금."

"내가 집에 가 있으라고 했잖아. 지금 10시 15분이야. 걱정했잖아."

"이든이랑 술 한 잔, 아니 세 잔 마셨어요, 당신이 옛 여자 친구 시중드는 동안에." 그녀가 '옛 여자 친구'라는 말을 힘주어 내뱉었다.

망했다. 화가 단단히 났군.

그녀가 계속 말했다. "당신이 그 여자랑 얼마나 오래 걸릴지 알 수가 없어서……." 그녀가 화낼 자격이 있다는 듯 분노를 실어 턱을 치켜들었다.

뭐라고?

"그게 무슨 뜻이지?" 나는 그녀의 대답에 혼란스러워 물었다. 내가 레일라와 같이 있고 싶어 한다고 생각한 거야?

아나는 고개를 떨궈 바닥을 보며 시선을 피했다.

아직 안으로 완전히 들어오지도 않고.

뭐가 어떻게 돌아가는 거지?

분노가 잦아들고 불안감이 가슴속에 번졌다.

"아나, 무슨 일이야?"

"레일라는 어디 있죠?" 그녀는 냉랭한 얼굴로 방을 둘러보왔다.

"프리몬트에 있는 정신병원에." 대체 레일라가 어디 있을 거라고 생각한 거지? "아나, 왜 그러는 거야?" 나는 조심스레 두어 걸음 그녀에게 다가갔지만 그녀는 그대로 우두커니 서 있었다. 냉담하고 서먹하게. 내게 손을 내밀지도 않고.

"왜 그러는 거야?" 나는 재차 다그쳤다.

그녀가 고개를 저었다. "난 당신에게 아무 쓸모가 없어요."

두려움에 머리카락이 곤두섰다. "뭐? 왜 그런 생각을 해? 어떻게 그런 생각을 할 수 있어?"

"나는 당신에게 부족한 사람이에요."

"나는 너만 있으면 돼."

"당신이 그 여자랑 같이 있는 걸 보니까……."

맙소사.

"지금 왜 이러는 거야? 이건 너 때문에 생긴 문제가 아니야, 아나. 그 여자가 일으킨 문제지. 그 여자 아주 많이 아파."

"하지만 난 느꼈어요. 두 사람이 함께했던 것."

"뭐? 아니야."

나는 그녀에게 손을 뻗었지만 그녀는 뒷걸음질로 내게서 물러났다. 그녀의 차가운 눈이 내 눈을 만났다. 나를 탐색했다. 그리고 내게서 못마땅한 것을 본 것 같았다…….

"도망가는 거야?"

불안감이 치솟아 내 목을 졸랐다.

그녀는 고개를 돌리고 미간을 찌푸렸지만 아무 말도 하지 않았다.

"그러지 마." 내가 속삭였다.

"크리스천, 난……." 그녀가 말을 멈추었다. 이별을 고하려는 것 같았다. 떠나려는구나. 그런 거구나. 하지만 이렇게나 빨리?

"안 돼. 안 돼!" 나는 또다시 심연의 낭떠러지 끝에 서 있었다.

숨을 쉴 수 없었다.

끝났다. 처음 예감대로.

"난……." 아나가 우물거렸다.

어떻게 그녀를 붙잡지? 나는 지푸라기를 찾는 심정으로 방을 두리번거렸다. 어떻게 하지?

"떠나지 마, 아나. 난 널 사랑해!" 나는 이 관계를, 우리를 구하려고 마지막 안간힘을 썼다.

"나도 당신 사랑해요, 크리스천. 그런데 그게……."

태풍이 나를 삼킬 것 같았다.

그녀는 그만 포기하려는 것이다.

내가 그녀를 밀어냈다.

또다시.

정신이 아득해졌다. 몸을 난도질하는 고통에 나는 두 손으로 머리를 감쌌다. 절망감이 가슴을 후벼 팠다. 더 크게. 더, 더 크게. 이대로 쓰러질 것 같았다. "안 돼. 안 돼!"

행복한 상상을 해.

내 행복한 상상.

좀 더 쉬웠던 시절?

더 쉽게 고통을 외부로 발산하던 시절.

엘레나가 나를 굽어본다. 손에는 가느다란 지팡이를 들고. 얻어맞은 내 등은 붓고 화끈거린다. 맥박이 고통스럽게 고동칠 때마다 피가 쿵쿵 몸을 질주한다.

나는 엎드려 있다. 그녀의 발밑에.

"더 해줘요, 선생님."

괴물을 잠재워줘요.

더요. 선생님.

더.

네 행복한 상상을 찾아, 그레이.

평화를 끌어내.

평화. 그래.

안 돼.

내 몸 안에서 파도가 일어나 철썩이고 부서졌다. 하지만 파도가 물러가며 두려움을 휩쓸어 가버렸다.

넌 할 수 있어.

나는 무릎을 꿇고 주저앉았다.

숨을 크게 들이쉬고 두 손을 허벅지에 올렸다.

그래. 평화.

나는 평온의 풍경 안에 있었다.

너에게 나를 바칠게. 온전히. 나는 네 거야. 네 마음대로 해.

그녀가 어떻게 나올까?

나는 앞쪽을 응시했다. 분명 그녀는 나를 바라보고 있을 테지. 아득히 그녀의 목소리가 들려왔다.

"크리스천, 뭐 하는 거예요?"

나는 천천히 숨을 들이켜 폐부를 채웠다. 가을이 왔다. 아나.

"크리스천! 뭐 하는 거예요!" 목소리가 더 가깝고, 더 크고, 더 날카로워졌다.

"크리스천, 날 좀 봐요!"

나는 고개를 들었다. 그리고 기다렸다.

그녀는 아름다웠다. 창백했다. 근심이 어려 있었다.

"크리스천, 제발. 이러지 마요. 이러는 거 싫어요."

네가 무얼 원하는지 내게 말해. 나는 기다렸다.

"왜 이러는 거예요? 내게 말해봐요." 그녀가 애원했다.

"내가 무슨 말을 했으면 좋겠어?"

그녀가 놀라 숨을 들이켰다. 그 소리에 그녀와 함께한 행복한 기억들이 되살아났다. 나는 그것들을 가둬버렸다. 지금만이 존재하도록. 그녀의 뺨이 젖었다. 눈물. 그녀가 두 손을 부여잡았다.

별안간 그녀가 무릎을 꿇더니 나와 마주했다.

그녀의 눈이 내 눈에 닿았다. 눈동자의 가장자리는 남빛이었다. 남빛은 중앙으로 갈수록 점차 연해져 구름 낀 여름날의 하늘로 변했다. 하지만 그녀의 눈동자가 팽창하더니 중앙에 검은 빛이 나타났다.

"크리스천, 이럴 필요 없어요. 난 도망가지 않아요. 당신에게 말하고 말하고 또 말했잖아요. 도망가지 않겠다고. 그간의 일들. 버거웠어요. 생각할 시간이 필요했어요. 나 혼자 있을 시간. 당신은 왜 항상 최악의 상황부터 가정하는 거예요?"

왜냐하면 최악의 상황이 일어나니까.

항상.

"아까는 당신에게 오늘은 내 아파트로 돌아가 있겠다는 말을 하려던 거였어요. 당신이 내게 시간을 주지 않으니까. 찬찬히 생각할 시간이 필요해서."

아나는 혼자 있고 싶어 한다.

나랑 떨어져서.

"그저 생각할 시간이 필요했어요." 그녀가 말을 이었다. "우리는 서로를 잘 몰라요. 게다가 당신에게 따라붙은 부록들. 시간이 필요해요. 찬찬히 생각할 시간이 필요해요. 그리고 이젠 레일라도…… 그 여자가 지금 어떻든…… 거리를 돌아다니지도, 위협을 가하지도 않잖아요. 그래서 생각하기를, 생각하기를……"

무슨 생각을 했는데, 아나?

"당신이 레일라와 함께 있는 모습은……" 그녀는 고통스러운 듯 눈을 감았다. "정말 충격적이었어요. 당신의 예전 삶이 어땠는지 엿본 기분이랄까……. 그리고……" 그녀는 내게서 시선을 돌려 무릎을 내려다보았다. "다 나 때문이에요. 내가 당신에게 부족한 사람이라. 당신의 삶이 어떤 것인지 깨닫게 된 거죠. 그리고 당신이 내게 싫증을 내고 떠날까 두려웠어요. 나도 레일라처럼 끝날까봐. 그림자로 전락할까봐. 나는 당신을 사랑하니까요, 크리스천. 당신이 나를 떠나면, 내 세상은 빛을 잃게 될 거예요. 온통 어둠뿐인 세상. 도망가고 싶지 않아요. 그저 당신이 떠날까봐 너무 두려울 뿐이에요……"

그녀도 어둠이 겁나는 모양이다.

그녀는 도망치지 않을 것이다.

그녀는 나를 사랑한다.

"당신이 내게 매력을 느끼는 이유를 모르겠어요." 그녀가 속삭였다. "당신은, 그게, 당신은 당신이잖아요. 그런데 나는……" 그녀는 난감한 눈빛으로 나를 쳐다보았다. "이해가 안 돼요. 당신은 아름답고 섹시하고 성공했고 선량하고 친절하고 배려심이 많아요. 그런데 난 그렇지 않잖아요. 게다가 당신이 좋아하는 걸 해줄 수도 없고요. 당신의 욕구를 채워줄 수 없다고요. 당신이 어떻게 나와 행복할 수 있겠어요? 내가 어떻게 당신을 감당해요? 당신이 나의 어딜 보고 나를 좋아하는지 도무지 모르겠어요. 당신이 그 여자와 함께 있는 걸 보니까, 별안간 모든 게 뼈저리게 느껴졌어요."

그녀가 손을 들어 코를 훔쳤다. 울어서 코가 얼룩덜룩하고 분홍빛을 띠었다.

"여기 밤새 무릎 꿇고 있을 거예요? 그럼 나도 그럴 거예요!"

그녀가 나한테 화를 내네.

그녀는 항상 나한테 화를 내.

"크리스천, 제발. 제발요. 말 좀 해봐요."

그녀의 입술이 부드러워졌다. 울고 나면 그녀의 입술은 항상 부드러워진다. 그녀의 머리카락이 그녀의 얼굴을 감싸자 내 가슴이 벅차올랐다.

이보다 더 그녀를 사랑할 수 있을까?

그녀는 아니라고 하지만 그녀는 모든 자질을 갖추고 있다. 하지만 무엇보다 내가 가장 사랑하는 것은 그녀의 연민이었다.

나에 대한 그녀의 연민.

아나.

"제발." 그녀가 말했다.

"난 너무 두려웠어." 나는 나지막이 말했다. "이든이 아파트 밖에 나타난 순간 다른 사람이 너를 안으로 들였다는 걸 눈치챘어. 테일러와 나는 차에서 튀어 나갔어. 직감했지. 그리고 그 여자가 너랑 있는 걸 본 거야. 총을 가지고. 수천 번은 죽다 살아난 기분이야, 아나. 누군가 네 생명을 위협하다니. 최악의 공포가 실현된 거지. 화가 나 미칠 것 같았어. 그 여자한테, 너한테, 테일러한테. 나 자신에게도." 레일라와 그 권총의 이미지가 유령처럼 눈앞에 아른거렸다. "그 여자가 어떻게 돌변할지 알 수 없었어. 어떡해야 할지 난감했어. 그 여자가 어떤 반응을 보일지 알 수 없었어." 레일라가 항복한 것이 떠올라 나는 말을 멈추었다. "그때 그 여자가 내게 실마리를 줬어. 후회하는 표정을 지었거든. 그때 어떻게 해야 할지 깨달았지."

"계속해요." 그녀가 말했다.

"그 여자가 그 지경이 된 걸 보니 그 여자의 정신이 무너진 게 나와 관계가 있을지 모른다는 생각이 들어서……."

달갑지 않은 오래전의 기억이 떠올랐다. 나를 떠날 때 킥킥 냉소를 흘리던 레일라의 모습. 그녀는 자의로 내게 등을 돌렸고 그 결과도 잘 알고 있었다. "항상 장난기가 많고 발랄했던 여자였는데. 그 여자가 너를 해칠 수도 있었어. 그랬다면 내 잘못이었겠지."

아나에게 무슨 일이 생겼다면…….

"하지만 그러지 않았잖아요." 아나가 말했다. "그 여자가 그 지경이 된 것도 당신 책임이 아니에요, 크리스천."

"난 네가 가길 바랐어. 네가 위험에서 벗어나길 바란 거야……. 그런데…… 넌. 도무지. 가질. 않았어." 분노가 되살아나 나는 아나를 노려보았다. "아나스타샤 스틸, 너처럼 고집 센 여자는 세상에 없을 거야." 나는 눈을 감고 고개를 절레절레 저었다. 이 여자를 정말 어떡해야 할까?

그녀가 내 옆에 있다면 말이지만.

눈을 뜨니 그녀는 여전히 내 앞에 무릎을 꿇고 있었다.

"도망가지 않을 거지?" 내가 물었다.

"안 가요!" 그녀가 발끈했다.

그녀는 나를 떠나지 않을 것이다. 나는 숨을 크게 들이마셨다. "내 생각엔……." 나는 말을 멈췄다. "이게 나야, 아나. 이게 다야. 그리고 난 네 거야. 내가 어떻게 해야 네가 이걸 깨닫겠어? 내가 어떻게 해야 이해하겠어? 너를 가질 수만 있다면 어떤 식이든 상관없다는 걸. 내가 너를 사랑한다는 걸."

"나도 사랑해요, 크리스천. 이런 당신의 모습을 보니…….." 그녀는 울음을 삼키느라 말을 멈추었다. "꼭 내가 당신을 망가뜨린 것 같았어요."

"망가뜨려? 나를? 아, 아니야, 아나. 정반대지."

너는 나를 완전하게 해.

나는 손을 내밀어 그녀의 손을 잡았다. "너는 내 생명줄이야." 나는 속삭였다.

네가 필요해.

나는 그녀의 손가락 관절 하나하나에 키스하고 나서 내 손바닥을 그녀의 손바닥에 댔다.

그녀가 내게 어떤 의미인지 어떻게 하면 그녀에게 알려줄 수 있을까?

그녀가 널 만지게 해.

날 만져, 아나.

그래. 나는 두 번 생각하지 않고 그녀의 손을 잡아 내 가슴, 심장 위에 놓았다.

난 네 거야, 아나.

어둠이 내 가슴통을 채우고 호흡이 가빠왔다. 하지만 나는 두려움을 통제했다. 내겐 그녀가 더 필요했다. 나는 그녀의 손을 그대로 두고 내 손을 떨어뜨리고는 그녀의 사랑스러운 얼굴에 집중했다. 그녀의 연민이 거기 있었다. 그녀의 눈 속에 투영돼 있었다.

내게 그것이 보였다.

그녀가 손을 움찔거리는 순간 셔츠 위로 그녀의 손톱이 언뜻 느껴졌다. 그녀가 손을 치웠다.

"안 돼." 나는 본능적으로 그녀의 손을 내 가슴에 대고 눌렀다. "그러지 마."

그녀는 잠시 어리둥절해하다 내게 더 가까이 붙었고, 우리의 무릎이 닿았다. 그녀가 손을 올렸다.

제길. 내 옷을 벗기려는군.

그러자 두려움이 나를 휘감았다. 숨이 막혔다. 그녀는 한 손으로 서툴게 첫째 단추를 풀었다. 내 손 밑에 갇힌 그녀의 손가락이 꿈틀거려 나는 그것을 놓아주었다. 그녀는 두 손으로 내 단추를 차례로 풀고는 셔츠 자락을 펼쳤다. 순간 나는 숨이 턱 막혔지만, 호흡이 돌아와 빨라지기 시작했다.

그녀의 손이 내 가슴 위를 맴돌았다. 그녀는 나를 만지고 싶어 한다. 피부 대 피부로. 살과 살로. 나는 내 마음속으로 깊이 침전했다. 그리고 오래 단련해온 자제력에 의지한 채 그녀의 손길을 대비해 마음을 단단히 먹었다.

아나가 망설였다.

"해." 나는 괜찮다고 속삭이고는 고개를 한쪽으로 기울였다.

그녀의 손가락이 내 흉골에 깃털처럼 살짝 닿으며 가슴 털을 흔들었다. 두려움이 솟구쳐 숨통을 조였다. 아나는 손을 뗐지만 나는 그녀의 손을 잡아 내 피부에 댔다. "안 돼. 해야 해." 내 목소리는 낮고 긴장감으로 팽팽했다.

난 이걸 해야만 해.

그녀를 위해 하는 거야.

그녀는 내게 손바닥을 대고는 손가락 끝으로 선을 그리며 심장을 향해 나아갔다. 그녀의 손가락은 부드럽고 따스했지만 내 피부를 태웠다. 낙인처럼. 나는 그녀의 것이다. 그녀에게 내 사랑을, 내 믿음을 주고 싶었다.

나는 네 거야, 아나.

네가 무얼 원하든.

나는 헐떡거리는 호흡과 공기가 폐부로 빨려드는 것을 의식했다.

아나는 움직였고, 그녀의 눈은 짙어졌다. 그녀는 손가락으로 다시 내 몸을 쓸고 나서 두 손을 내 양 무릎에 얹고 몸을 앞으로 내밀었다.

망할. 나는 눈을 감았다. 이번엔 참기 힘들 것이다. 나는 고개를 뒤로 젖혔다. 기다렸다. 그녀의 입술이 내 가슴에 키스했다. 통렬하면서도 다정한 느낌이 일었다.

신음이 터졌다.

고통스러웠다. 지독하게. 하지만 이것은 아나다. 그녀는 여기 있고, 나를 사랑한다.

"다시." 나는 속삭였다. 그녀가 몸을 내밀어 내 심장 위쪽에 키스했다. 나는 그녀가 무얼 하려는지 알고 있었다. 그녀가 어디에 키스할지도. 그녀는 다시 키스하고 다시 키스했다. 그녀의 입술이 내 흉터마다 살짝살짝 부드럽게 와 닿았다. 나는 그것들이 어디 있는지 알고 있었다. 내 몸이 불에 타며 그것들이 생긴 날부터. 지금 그녀는 아무도 한 적이 없는 일을 하고 있었다. 내게 키스하고 있었다. 나를 받아들이고 있었다. 어둡고 어두운 내 그림자를 받아들이고 있었다.

그녀는 내 악마들을 베어 해치우는 중이다.

나의 용감한 여인.

나의 아름답고 용감한 여인.

내 얼굴이 축축했다. 눈앞이 흐렸다. 하지만 나는 그녀에게 난 길을 더듬어 그녀를 찾아 내 품으로 끌어당겼다. 내 손이 그녀의 머리카락을 파고들었다. 나는 그녀의 얼굴을 내 얼굴 쪽으로 들어 입술을 찾았다. 그녀를 느꼈다. 그녀를 소비했다. 그녀가 필요했다. "아, 아나." 나는 찬사의 말을 속삭이고 그녀의 입을 받들었다. 나는 그녀를 바닥으로 끌어 내렸다. 그녀가 내 얼굴을 감싸 쥐었다. 축축한 것이 그녀의 눈물인지 내 눈물인지 알 수 없었다.

"크리스천, 울지 마요. 당신을 절대 떠나지 않는다고 한 말 진심이었어요. 내가 오해할 만한 일을 했다면 정말 미안해요……. 제발, 제발 날 용서해줘요. 당신을 사랑해요. 영원히 사랑할 거예요."

나는 그녀를 내려다보며 방금 그녀가 한 말을 받아들이려 애썼다.

그녀가 나를 사랑한다고, 나를 영원히 사랑할 거라고 말했어.

하지만 그녀는 나를 몰라.

그 괴물을 몰라.

그 괴물은 그녀의 사랑을 받을 자격이 없어.

"왜 그래요?" 그녀가 말했다. "무슨 비밀이길래, 내가 도망갈 거라고 생각하는 거예요? 그것이 뭐기에 내가 떠날 거라고 굳게 믿는 거예요? 말해봐요, 크리스천, 네?"

그녀는 알 자격이 있다. 우리가 함께하는 한, 이것은 끊임없이 우리 사이에 걸림돌이 될 것이다. 그녀는 진실을 알 자격이 있다. 내키지 않지만 그녀에게 말해야 한다.

나는 일어나 책상다리를 하고 앉았고, 그녀도 일어나 앉아 나를 응시했다. 겁먹고 동그래진 그녀의 눈이 내 감정을 정확히 대변했다.

"아나." 나는 말을 멈추고 숨을 크게 들이마셨다.

그녀에게 말해, 그레이.

"나는 사디스트야, 아나. 너처럼 갈색 머리의 작은 여자들을 때리고 싶어 하는 건 그 여자들이 그 약쟁이 창녀, 내 생모를 닮아서야. 그 이유는 너도 짐작할 수 있겠지." 오래전에 준비를 끝내고 기다려온 듯 그 말이 입에서 술술 쏟아졌다.

그녀는 덤덤하게 있었다. 가만히. 조용히.

제발, 아나.

마침내 그녀가 입을 열었다. 그녀의 목소리는 가녀린 속삭임에 가까웠다. "당신, 사디스트는 아니라고 했잖아요."

"그래, 그냥 도미넌트라고만 말했어. 정확히 말하지 않고 넘어간 게 거짓말이라면 거짓말이겠지. 미안해." 그녀를 쳐다볼 수가 없었다. 부끄러웠다. 나는 내 손가락을 내려다보았다. 그녀가 잘 그러듯. 하지만 그녀가 잠자코 있는 바람에 눈을 들어 그녀를 쳐다보고 말았다. "네가 그걸 물었을 때 내가 예상한 우리 관계는 전혀 다른 차원의 것이었어."

그것은 사실이었다.

아나의 눈이 더 커졌다. 별안간 그녀가 두 손으로 얼굴을 감쌌다. 나를 도저히 쳐다볼 수가 없어서.

"그럼 그게 사실이로군요." 그녀가 속삭였다. 그녀가 손을 내렸을 때 그녀의 얼굴은 하얗게 질려 있었다. "난 당신이 필요한 걸 줄 수 없어요."

뭐? "아니, 아니, 아니야. 아나. 넌 줄 수 있어. 내게 필요한 걸 줄 수 있다고. 제발 내 말 믿어."

"뭘 믿어야 할지 모르겠어요, 크리스천. 이건 정말이지 엉망진창이에요." 감정이 북받쳐 목이 메는 목소리였다.

"아냐, 내 말 믿어. 내가 널 벌주고 네가 떠난 후에 내 세상은 바뀌었어. 그런 느낌을 어떻게든 피하겠다고 한 말은 빈말이 아니었어. 네가 나를 사랑한다고 말했을 때, 그것은 내게 계시였어. 이전에는 아무도 내게 그런 말을 한 사람이 없었어. 그 순간 뭔가를 내려놓는 기분이었지. 아니, 네가 뭔가를 덜어줬다고 해야 하나. 모르겠군. 플린 박사와 나는 아직 그 문제를 집중적으로 얘기하는 중이야."

"그게 무슨 뜻이에요?"

"이제 내겐 그게 필요 없다는 뜻이야. 지금은 그래."

"그걸 어떻게 알아요? 어떻게 그렇게 확신해요?"

"그냥 알아. 네가 실제로 다친다는 건 생각만 해도 혐오스러워."

"이해가 안 돼요. 그 자는요? 손으로도 엉덩이 때렸잖아요? 또 변태 섹스는 어쩌고요?"

"심한 구타 말이야, 아나스타샤. 내가 회초리나 채찍으로 뭘 할 수 있는지 네가 몰라서 그래."

"차라리 모르고 말래요."

"알아. 네가 그걸 하고 싶어 한다면 모르지만, 네가 그럴 리 없지. 난 상관없어. 네가 원하지 않는다면 난 너랑 그런 짓은 할 수 없어. 이전에 한 번 말했지만, 힘을 가진 쪽은 너야. 그리고 네가 돌아온 이후 줄곧 그런 충동은 느낀 적 없어."

"처음 만났을 땐 그걸 원했죠?"

"응, 원했지."

"그 충동이 어찌 그냥 사라지겠어요, 크리스천? 나는 무슨 만병통치약이고 당신은……." 더 나은 말이 없는지 망설인다.

"……치료된 것처럼? 난 이해가 안 돼요."

"'치료됐다'고는 할 수 없지. 내 말 못 믿는 거야?"

"놀라운 말이라는 뜻이에요. 못 믿는 거랑은 달라요."

"네가 날 떠나지 않았다면 난 이런 기분을 느끼지 못했겠지. 네가 떠난 건 우리 둘을 위해 가장 잘한 일이었어. 그 때문에 내가 널 얼마나 원하는지 깨닫게 됐으니까. 난 너만 있으면 돼. 너를 가질 수만 있다면 어떤 식이든 널 받아들일 거라는 말, 진심이었어."

그녀는 나를 물끄러미 보았다. 무감한 걸까? 혼란스러운가? 모르겠다.

"네가 아직 여기 있다니. 지금쯤 문밖으로 도망칠 거라 생각했는데."

"왜요? 당신이 엄마와 닮은 여자들을 때리고 그들과 섹스하는 미치광이라서? 내가 그렇게 생각할 거 같아요? 어째서 그런 생각을 한 거예요?" 그녀가 쏘아붙였다.

죽겠군.

아나는 세워둔 발톱을 이제 내게 박는 중이다.

나는 당해도 싼 놈이다. "나라면 그런 식으로 말하진 않겠지만, 그런 셈이야."

이 여자, 화가 난 걸까? 상처받았나? 그녀는 내 비밀을 알았다. 내 어둡고 어두운 비밀을. 이제 나는 그녀의 판결을 기다린다.

나를 사랑해줘.

아니면 그냥 떠나.

그녀는 눈을 감았다.

"크리스천, 나 지쳤어요. 내일 얘기해도 되죠? 자러 가고 싶어요."

"떠나지 않겠다고?" 믿을 수가 없다.

"내가 떠났으면 좋겠어요?"

"아니! 네가 이 사실을 알면 떠날 줄 알았거든."

그녀의 표정은 더 녹녹했지만 여전히 혼란스러워 보였다.

제발 가지 마, 아나.

네가 가면 난 살아가기 힘들 거야.

"날 떠나지 마." 내가 속삭였다.

"아, 참 나 원! 아니에요!" 그녀가 버럭 소리치는 바람에 나는 깜짝 놀랐다. "떠나지 않는다고요!"

"정말이지?" 믿기지 않는다. 그녀는 이번에도 나를 놀라게 한다.

"어떻게 해야 내가 도망가지 않는다는 걸 믿겠어요? 뭐라고 말해야 믿겠냐고요?" 그녀가 발끈했다.

순간 놀라운 생각이 떠올랐다. 하도 과격하고 내 한계를 벗어난 생각이라 어디서 이런 생각이 튀어나왔는지 어리둥절할 지경이었다. 나는 마른침을 꿀꺽 삼켰다. "네가 할 수 있는 게 하나 있긴 해."

"뭔데요?" 그녀가 퉁명스럽게 물었다.

"나랑 결혼해줘."

그녀의 입이 벌어졌다. 그녀가 멍하니 나를 쳐다보았다.

결혼이라고, 그레이? 아주 실성을 한 거야?

그녀가 왜 너랑 결혼을 하겠어?

그녀는 멍하다가 별안간 입술을 벌리더니 키득키득 웃음을 터뜨렸다. 웃음을 참으려고 입술을 깨물면서 애를 썼지만 실패하고 바닥에 주저앉았다. 키득대던 웃음은 폭소로 변했고, 그녀의 웃음소리가 거실에 울려 퍼졌다.

예상을 빗나간 반응.

그녀의 웃음은 발작처럼 변해갔다. 그녀가 두 손으로 얼굴을 감쌌다. 혹시 흐느끼고 있는 걸까.

어떡해야 할지 난감했다.

나는 살그머니 그녀의 얼굴에서 팔을 들어 올리고 내 손등으로 그녀의 눈물을 닦고는 애써 덤덤한 투로 말했다. "내 청혼이 우스워, 스틸 앙?"

그녀는 훌쩍거리며 손을 들어 내 뺨을 어루만졌다.

이것도 내 예상을 빗나간 행동이었다.

"그레이 씨." 그녀가 속삭였다. "크리스천. 당신의 타이밍 감각은 정말이지⋯⋯." 그녀의 눈이 내 눈을 찾아 미치광이 바보를 바라보듯 보았다. 어쩌면 나는 미치광이 바보인지도 모른다. 하지만 나는 그녀의 대답을 들어야만 한다.

"네가 이렇게 나오니 본론으로 들어갈 수밖에, 아나. 나랑 결혼해줄래?"

그녀는 천천히 일어나 앉아 두 손을 내 무릎에 댔다. "크리스천, 오늘 난 총을 든 당신의 옛 사이코 연인을 만났고, 내 아파트에서 쫓겨난 데다, 당신의 50가지 빛깔 중 핵폭탄급 빛깔을 봤어요⋯⋯."

50가지?

나는 변명을 하려 입을 열었지만 그녀가 손을 쳐드는 바람에 입을 다물었다.

"당신이 고백한 당신의 정보는 솔직하다 못해 충격적이에요. 그것도 모자라 청혼까지 하다뇨."

"그래, 이 상황을 공정하고 정확하게 잘 요약했군."

"당신은 만족을 미루는 걸 좋아한다면서요?" 그녀가 다시 당황스러운 질문을 던졌다.

"그건 옛날 얘기야. 지금은 즉각적인 만족을 열렬히 지지해. 카르페 디엠, 아나."

"크리스천, 당신의 본모습을 안 지 겨우 3분 정도 됐어요. 앞으로 알아야 할 게 정말 많다고요. 게다가 술도 너무 마셨고, 배도 고파요. 피곤해서 침대로 가고 싶어요. 당신이 내게 계약을 제안했을 때처럼 청혼도 심사숙고할 시간이 필요해요. 게다가……." 그녀가 말을 멈추고 입을 다물었다. "별로 낭만적인 청혼이 아니었어요." 희망이 내 가슴을 뒤흔들었다. "좋은 지적이야, 항상 그렇듯이, 스틸 양. 그럼 거절은 아닌 거지?"

그녀가 한숨을 쉬었다. "네, 그레이 씨. 거절은 아니에요. 하지만 승낙도 아니에요. 당신 지금 두려워서 이러는 거예요. 그리고 나를 못 믿어서 이러는 거라고요."

"아니, 마침내 남은 삶을 함께하고픈 사람을 만났기 때문에 이러는 거야. 내게 이런 일이 일어날 줄 나도 몰랐어."

아나, 이건 진실이야.

나는 너를 사랑해.

"생각할 시간을 좀 줄래요? 오늘 있었던 다른 일들에 대해서도? 방금 당신이 나한테 뭐라고 했죠? 인내와 믿음을 달라고 하지 않았나요? 내가 하고 싶은 말이에요, 그레이 씨. 내게도 지금 그게 필요해요."

믿음과 인내.

나는 몸을 앞으로 숙여 그녀의 귀 뒤 뻗친 머리카락을 어루만졌다. 평생이 걸리더라도 그녀의 대답을 기다릴 수 있었다. 그것이 그녀가 떠나지 않을 거라는 뜻이라면.

"그런 거라면 버틸 수 있어." 나는 다시 고개를 숙여 그녀의 입술에 가볍게 키스했다.

그녀는 나를 피하지 않았다.

안도감이 스쳤다. "별로 낭만적이지 않았다고, 응?"

그녀가 고개를 저었다. 엄숙한 표정으로.

"마음과 꽃?" 내가 물었다.

그녀가 고개를 끄덕였고, 나는 미소를 지어 보였다.

"배고파?"

"네."

"밥 안 먹었구나."

"네, 안 먹었어요." 그녀는 스스럼없이 말하고는 무릎 꿇은 채 똑바로 앉았다. "남자 친구가 옛 서브미시브와 친밀하게 교감하는 장면을 보고 나서 내 아파트에서 쫓겨났더니 식욕이 싹 달아나던데요." 그녀는 양손으로 허리를 짚었다.

나는 일어섰다. 아직 그녀가 여기 있다는 사실이 믿기지 않았다. 나는 손을 내밀었다. "먹을 걸 만들어줄게."

"그냥 자면 안 돼요?" 그녀가 손을 내 손에 얹었고 나는 그녀를 일으켜 세웠다.

"아니, 뭐든 먹어야 해. 가자."

나는 그녀를 몇 걸음 떨어진 부엌 카운터 앞 스툴로 데려갔다. 그녀가 스툴에 앉자 나는 냉장고를 뒤적였다.

"크리스천, 나 정말 배고프지 않아요."

나는 못 들은 체하며 냉장고 안을 살폈다. "치즈 어때?" 내가 물었다.

"이 시간엔 별로."

"프레첼?"

"냉장고에 있는 거요? 싫어요."

"프레첼 싫어?"

"11시 30분에는요. 크리스천, 나 그냥 잘래요. 당신은 밤새 냉장고를 뒤지든가 해요. 난 피곤해요. 흥미진진한 하루를 보냈더니만. 잊고 싶은 하루였어요."

그녀가 스툴에서 스르륵 일어섰을 때 마침 존스 부인이 오늘 저녁에 만들어둔 요리를 발견했다.

"마카로니 치즈?" 내가 그걸 들어 올렸다.

아나가 옆으로 나를 쳐다보고는 물었다. "마카로니 치즈 좋아해요?"

좋아하냐고? 마카로니 치즈라면 사족을 못 쓴다. "좀 줄까?" 나는 그녀를 유혹했다.

그녀의 얼굴에 떠오른 미소로 대답은 충분했다.

나는 대접을 전자레인지에 넣고 가열 버튼을 눌렀다.

"전자레인지 쓸 줄 아네요?" 아나가 놀랐다. 그녀는 다시 스툴에 앉았다.

"포장돼 있는 건 대개 처리할 수 있어. 진짜 만들라면 못 하지만."

나는 식탁 매트와 접시, 포크를 두 벌씩 차렸다.

"너무 늦은 시각인데." 아나가 중얼거렸다.

"내일 출근하지 마."

"출근해야 해요. 내일 상사가 뉴욕으로 출장 가거든요."

"이번 주말에 거기 갈래?"

"일기예보 확인했는데, 비 올 것 같아요."

"아, 그럼 뭘 하고 싶어?"

전자레인지에서 땡 소리가 났다. 저녁이 준비됐다.

"지금은 하루하루 헤쳐 나가는 것도 버거워요. 홍미롭지만…… 피곤해요."

나는 전자레인지에서 김이 모락모락 나는 그릇을 행주로 잡아 꺼내 부엌 카운터에 놓았다. 맛있는 냄새가 났다. 다행히 식욕이 돌아왔다. 아나가 양쪽 접시에 한 숟가락씩 더는 동안 나는 내 자리에 앉았다.

모든 걸 털어놓았는데도 그녀가 여전히 내 곁에 있다는 사실에 순간 정신이 멍해졌다. 그녀는 정말이지…… 강인했다. 나를 실망시키는 법이 없다. 레일라와 맞닥뜨렸을 때도 냉정함을 유지했었다.

내가 한 입 먹을 때 그녀도 한 입 먹었다. 내가 딱 좋아하는 순간이다.

"레일라 일은 미안해." 내가 중얼거렸다.

"당신이 왜 미안해요?"

"네 아파트에서 그녀를 발견했으니 엄청 충격을 받았을 거야. 테일러가 거길 먼저 직접 수색했었어. 그래서 그 친구 부글부글 끓고 있어."

"테일러 잘못이 아닌걸요."

"나도 그렇게 생각해. 테일러가 너 찾으러 다녔어."

"정말요? 왜요?"

"네가 어디 있는지 몰라서. 너 가방이랑 휴대폰도 놓고 갔잖아. 그러니 추적도 할 수 없어서. 어디 갔었어?"

"이든이랑 같이 건너편 술집에 갔었어요. 무슨 일이 생기면 볼 수 있게."

"그랬구나."

"아파트에서 레일라와 뭘 했어요?"

"정말 알고 싶어?" 내가 물었다.

"네." 그녀의 대답에는 확신이 실려 있지 않았다. 나는 주저했다. 하지만 또다시 나를 흘끔거리는 그녀의 시선에 있는 그대로 얘기할 수밖에 없었다. "얘기를 나눴고, 내가 레일라를 씻겨줬어. 그리고 네 옷을 입혀줬어. 기분 나쁘게 생각 안 했으면 좋겠어. 하지만 워낙 더러워서."

아나는 아무 말 없이 내게서 시선을 돌렸다. 입맛이 달아났다.

제길. 말하지 말 걸 그랬다.

"할 수 있는 게 그것뿐이라서 그랬어, 아나." 나는 해명했다.

"그 여자에 대한 감정이 남아 있는 거예요?"

"아니!" 슬픈 부랑아 같은 레일라의 모습이 떠올라 나는 눈을 감았다. "너무 낯설고 너무 망가진 그 여자를 보니까……. 그 여자가 걱정돼, 인간 대 인간으로서." 나는 그 이미지를 떨쳐내고 아나에게로 주의를 돌렸다.

"아나, 날 봐."

그녀는 음식에 손을 대지 않고 바라보기만 했다.

"아나."

"왜요?" 그녀가 중얼거렸다.

"그러지 마. 아무 의미 없어. 아이를 돌본 거나 같아. 망가지고 부서진 아이."

그녀는 눈을 감았다. 그녀가 눈물을 터뜨릴 것 같아 가슴이 덜컥했다. "아나?"

그녀는 일어서서 접시를 개수대로 가져가 남은 걸 쓰레기통에 쓸어 넣었다.

"아나, 제발."

"그만해요, 크리스천! '아냐, 제발'이라는 말 좀 그만해!" 그녀가 버럭 고함을 지르더니 눈물을 터뜨렸다.

"오늘 거지 같은 일은 겪을 만큼 겪었어요. 자러 갈래요. 피곤하기도 하고 감정이 앞서요. 그러니 가만 놔둬요."

그녀는 부엌을 나가 침실 쪽으로 갔다. 나를 식어가는, 굳어가는 마카로니 치즈와 남겨두고.

젠장.

　나는 두 손으로 얼굴을 감싸고 문질렀다. 아나에게 결혼하자
고 하다니 제정신인가 싶었다. 그녀는 거절하지 않았지만 승낙
하지도 않았다. 어쩌면 영영 승낙하지 않을지도 모른다.

　아침에 잠에서 깨면 그녀는 정신을 차릴 것이다.

　오늘 출발은 좋았는데. 저녁부터 레일라의 등장 이후 줄곧 연
쇄 충돌 사고다.

　그래도 이제 레일라는 안전해졌고 필요한 도움을 받게 됐다.

　그 대가는 무얼까? 아나?

　이제 아나는 모든 걸 알고 있다.

　내가 괴물이라는 걸 알고 있다.

　하지만 여전히 여기 있다.

　긍정적인 면에 집중해, 그레이.

　아나처럼 나도 입맛이 떨어졌다. 진이 빠졌다. 저녁 내내 감
정에 휘둘렸다. 나는 카운터에서 일어났다. 지난 30분 동안은
끝없이 감정이 북받쳤다.

　그녀가 널 이렇게 만든 거야. 그녀는 널 느끼게 만들지.

　그녀와 함께하면 살아 있는 걸 느껴.

　그녀를 잃을 순 없었다. 이제 막 그녀를 찾아냈는데.

혼란스럽고 벅찬 심정으로 개수대에 접시를 넣고 내 침실로 향했다.

그녀가 승낙하면 여긴 우리의 침실이 될 것이다.

욕실 안에서 숨죽여 우는 소리가 들렸다. 그녀가 울고 있다. 문을 여니 그녀가 바닥에 있었다. 내 티셔츠를 입고 아이처럼 웅크린 채 흐느끼고 있다. 그렇게나 절망한 그녀의 모습을 보니 배를 걷어차인 것처럼 숨이 턱 막혔다. 참기 어려웠다.

나는 바닥에 엎드렸다. "어이." 말을 걸면서 그녀를 내 무릎 위로 끌어당겼다. "제발 울지 마, 아나, 제발." 그녀는 두 팔을 내 목에 꼭 감고 내게 매달렸지만 눈물은 그칠 기미가 없었다.

아, 우리 아기.

그녀의 등을 살살 쓰다듬는데 아나의 눈물에 마음이 무척 쓰렸다. 레일라의 눈물에 비할 수 없을 만큼.

그녀를 사랑하니까.

그녀는 용감하고 강인했다. 그런데 그녀에게 이런 식으로 보답하다니, 그녀를 울게 만들다니.

"미안해, 자기." 나는 속삭이며 그녀를 끌어안고 앞뒤로 몸을 흔들었다. 그녀는 내내 눈물을 흘렸다. 나는 그녀의 머리에 입을 맞추었다. 마침내 눈물이 잦아들고 그녀는 컥컥 마른 눈물을 삼켰다. 나는 그녀를 안고 일어서서 침실로 데려가 침대에 눕혔다. 그녀가 하품을 하고 눈을 감는 사이 나는 바지와 셔츠를 벗었다. 속옷 바람으로 티셔츠를 입고는 불을 껐다. 침대에서 그녀를 꼭 끌어안았다. 곧 호흡이 깊어지면서 그녀는 잠이 들었다. 지쳤을 것이다. 그녀를 깨울 것 같아 꼼짝도 하지 않았다. 그녀는 잠을 자야 했다.

어둠 속에서 오늘 일어난 일들을 곱씹으며 납득하려 애썼다.

너무 많은 일들이 일어났다. 너무 많이, 너무 많이…….

레일라는 내 앞에 서 있다. 비쩍 마른 몰골과 악취에 나는 한 걸음 물러선다.

이 악취. 싫다.

이 악취.

그놈에게도 냄새가 났다. 고약한 냄새. 때. 욕지기가 입안으로 치솟는다.

그놈이 화가 났다. 나는 탁자 밑에 숨는다. 여기 있었구나, 요 쪼그만 쥐새끼.

그는 담배를 들고 있다.

안 돼. 나는 엄마를 부른다. 하지만 엄마는 내 소리를 듣지 못한다. 그냥 바닥에 누워 있다.

담배가 그의 입에서 나온다.

그가 와하하 웃는다.

그리고 내 머리꼬덩이를 움켜쥔다.

담뱃불. 나는 비명을 지른다.

담뱃불은 싫다.

엄마는 바닥에 있다. 나는 엄마 옆에서 잔다. 엄마 몸이 싸늘하다. 나는 내 담요를 엄마에게 덮어준다.

놈이 돌아왔다. 화가 났다.

미친. 머저리. 잡년.

저리 비켜, 이 우라질 멍청이 꼬맹이 새끼. 그가 나를 때리고 나는 쓰러진다.

그가 간다. 문을 잠근다. 이제 엄마와 나 둘뿐이다.

그런데 엄마가 사라졌다. 엄마 어디 갔지? 엄마 어디 갔지?

그놈이 내 앞에서 담배를 쥐고 있다.

안 돼.

놈이 뻐끔 연기를 내뿜는다.

안 돼.

놈이 그걸 내 살에 대고 누른다.

안 돼.

고통. 냄새.

안 돼.

"크리스천!"

나는 눈을 떴다. 환했다. 여긴 어디지? 내 침실이다.

아나가 침대 밖에서 내 어깨를 붙잡고 나를 흔들었다.

"네가 없었어. 네가 없었어. 어디 갔었구나." 나는 두서없이 지껄였다. 그녀가 내 옆에 걸터앉았다. "나 여기 있어요." 그녀가 손바닥을 내 뺨에 댔다.

"네가 없었어."

네가 여기 없으면 나는 악몽을 꾼단 말이야.

"물 마시러 갔었어요. 목말라서."

나는 눈을 감고 얼굴을 문지르며 상상과 현실을 분리시키려 애썼다. 그녀가 떠난 게 아니었다. 그녀는 나를 내려다보았다. 친절하고 친절한 아나. 내 여자. "너 여기 있구나. 아, 다행이다." 나는 그녀를 끌어 내려 내 옆에 뉘었다.

"그냥 뭐 좀 마시러 갔었어요." 그녀가 말할 때 나는 그녀를 두 팔로 끌어안았다. 그녀가 내 머리카락과 뺨을 어루만졌다. "크리스천, 제발. 나 여기 있어요. 아무 데도 안 가요."

"아, 아나." 내 입이 그녀의 입을 차지했다. 그녀에게서 오렌지 주스 냄새…… 달콤한 냄새, 집 냄새가 났다.

그녀에게 키스하자 내 몸이 반응했다. 그녀의 귀, 그녀의 목. 이로 그녀의 아랫입술을 당기며 그녀의 몸을 애무했다. 내 손이 그녀의 티셔츠를 밀어 올렸다. 젖가슴을 움켜쥐자 그녀가 몸을 떨었다. 내 손가락이 젖꼭지를 찾는 순간 그녀가 신음을 토해냈다. "널 원해." 내가 속삭였다.

네가 필요해.

"나 여기 있어요, 당신을 위해서. 오로지 당신을 위해서, 크리스천."

그녀의 말이 내 안의 불꽃을 당겼다. 나는 다시 그녀에게 키스했다.

제발 나를 떠나지 마.

그녀가 내 티셔츠를 잡았다. 나는 그녀가 쉽게 벗기도록 움직였다. 그녀를 일으켜 앉히고 그 옆에 엎드려 그녀의 티셔츠를 벗겼다. 나를 올려다보는 그녀의 짙어진 눈빛에 굶주림과 열망이 가득했다. 나는 그녀의 얼굴을 감싸고 키스했다. 우리는 매트리스로 쓰러졌다. 그녀의 손가락이 내 머리카락 속을 파고들고 그녀가 키스로 반응하며 내 열정을 돋웠다. 그녀의 혀가 내 입안에서 열렬히 애원했다.

아, 아나.

그녀가 갑자기 몸을 떼고 내 팔을 밀어냈다. "크리스천. 멈춰요. 못 하겠어요."

"뭐? 왜 못 하는데?" 나는 그녀의 목에 대고 웅얼거렸다.

"안 돼, 제발. 못 하겠어요, 지금은. 시간이 필요해요, 제발……."

"아, 아나. 생각 너무 많이 하지 마." 불안감이 다시 고개를 들었다. 정신이 번쩍 들었다. 그녀가 나를 거부한다. 안 돼. 애가 탔다. 나는 그녀의 귓불을 물고 당겼다. 내 손길에 그녀가 몸을 활처럼 휘며 헐떡였다. "나는 똑같아, 아나. 널 사랑해. 네가 필요해. 날 만져. 제발." 나는 말을 멈추고 코를 그녀의 코에 문지르고는 그녀를 내려다보았다. 두 팔로 몸을 지탱하고 그녀의 대답을 기다렸다.

우리의 관계는 지금 이 순간에 달렸다.

그녀가 이걸 할 수 없다면…….

나를 만질 수 없다면.

내가 그녀를 가질 수 없다면.

나는 기다렸다.

제발, 아나.

그녀는 머뭇머뭇 손을 올려 내 가슴에 댔다.

열기와 고통이 가슴속에 스멀스멀 피어나며 어둠이 발톱을 드러냈다. 나는 숨을 멈추고 눈을 감았다.

나는 이걸 할 수 있다.

그녀를 위해.

내 여자를 위해.

아나를 위해.

그녀가 손을 내 어깨 쪽으로 올렸다. 손가락 끝이 불처럼 내 피부에 닿았다. 나는 신음했다. 이것을 지독히 원하면서도 지독히 두려웠다.

연인의 손길을 두려워하다니. 나는 얼마나 망가졌길래 이 모양일까?

그녀가 나를 아래로 끌어 내리고 두 손을 내 등에 감았다. 그녀의 두 손바닥이 내 살에 맞닿았다. 내게 낙인을 찍듯. 나는 울부짖고 싶었지만 숨이 막혀 반쯤 끅끅 신음하고 반쯤 흐느꼈다.

나는 그녀의 목에 얼굴을 묻고 고통으로부터 도망쳐 위안을 구했다. 그녀에게 키스하고 그녀를 사랑했다. 그동안 그녀의 손가락이 내 등에 두 개의 상처를 냈다.

견디기 힘들었다.

나는 그녀에게 열렬히 키스하며 그녀의 혀, 그녀의 입에 몰두했다. 오직 입술과 손을 이용해 내 안의 악마들과 싸웠다. 내 입술과 손이 그녀의 몸을 배회하는 동안 그녀의 손은 내 몸 위를 움직였다.

어둠이 소용돌이치며 그녀를 몰아내려 했지만 아나의 손가락은 내게 닿아 있었다. 나를 어루만졌다. 나를 느꼈다. 다정하게. 사랑을 담아. 그리고 나는 마음을 단단히 먹고 두려움과 고통에 맞섰다.

나는 입술을 그녀의 젖가슴으로 내려 젖꼭지를 물고 당겼다. 젖꼭지가 단단해지고 바짝 섰다. 그녀의 몸이 신음을 대동하고 상승해 내 몸에 밀착했다. 그녀의 손톱은 내 등 근육을 긁어댔다. 버거웠다. 두려움이 가슴속에서 폭발해 심장을 강타했다. "아, 빌어먹을, 아나." 나는 울부짖고는 그녀를 내려다보았다. 그녀는 헐떡거렸고, 반짝이는 눈엔 관능이 찰랑댔다.

오히려 이것이 그녀를 흥분시킨 것이다.

젠장.

생각 너무 많이 하지 마, 그레이.

남자답게 굴어. 밀고 나가.

날뛰는 심장을 진정시키려 숨을 크게 들이마시고 나서 머리를 그녀의 하체로 내렸다. 그녀의 배로, 음순으로. 나는 그녀를 움켜쥐었다. 그녀의 기대감이 내 손가락을 적셨다. 손가락을 천천히 그녀의 안으로 넣고 돌리자 그녀가 골반을 들어 내 손을 밀어댔다.

"아나." 그녀의 이름은 주문이었다. 나는 그녀를 놓고 상체를 일으켰다. 그녀의 손이 떨어져 나가 더는 내 몸을 만지지 않았다. 안도감과 상실감이 동시에 밀려왔다. 나는 사각팬티를 벗어 내 음경을 풀어주고 침대 옆 탁자로 손을 뻗어 콘돔을 집었다. 그것을 그녀에게 건넸다. "하고 싶어? 싫다고 해도 돼. 언제든 싫다고 해도 돼."

"내게 생각할 기회를 주지 마요, 크리스천." 그녀가 헐떡이며 말했다. "나도 당신을 원해요." 그녀는 이로 포장을 찢고 달달 떠는 손가락으로 그것을 내 위에 씌웠다.

그녀의 손가락이 일어선 내 몸에 고문처럼 닿았다. "살살해. 어차피 내 정력은 다 네 것이니까, 아나."

그녀가 내게 슬쩍 웃음을 흘렸다. 그 미소 속에서 소유욕이 엿보였다. 그녀가 콘돔을 다 씌웠을 때 나는 그녀에게 손을 뻗었다. 하지만 그녀도 이걸 원하는지 알아야 했다. 나는 몸을 굴려 우리의 자세를 뒤집었다.

"네가 나를 가져." 나는 그녀를 올려다보며 속삭였다.

그녀는 입술을 핥고는 내 위에 천천히 내려앉으며 조금씩 나를 취했다.

"아." 나는 고개를 뒤로 젖히고 눈을 감았다.

난 네 거야, 아나.

그녀는 나와 손을 맞잡고 위아래로 움직이기 시작했다.

아, 자기.

그녀가 몸을 숙여 내 턱에 키스하고는 이로 내 턱을 훑었다.

사정할 것 같아.

제길.

나는 두 손으로 그녀의 엉덩이를 움켜잡아 그녀를 멈췄다.

천천히, 자기야. 제발, 천천히 해줘.

그녀의 눈에 열정과 흥분이 가득했다.

나는 다시 마음을 단단히 먹었다. "아냐, 날 만져, 제발."

그녀의 눈이 순전한 쾌락으로 커다래졌다. 그녀는 쫙 편 두 손을 내 가슴에 댔다. 지독히 뜨거웠다. 나는 울부짖으며 그녀 안으로 깊숙이 찔렀다.

"아." 그녀가 흐느꼈다. 그녀의 손톱이 내 가슴 털 속을 돌아다녔다. 나를 애태웠다. 나를 놀렸다. 하지만 손길이 닿는 곳마다 어둠이 고개를 디밀었다. 내 피부를 대차게 물어뜯었다. 너무나 고통스럽고 너무나 강렬해서 눈에 눈물이 차올랐다. 눈물이 앞을 가려 아나의 얼굴이 흐려졌다.

내가 몸을 뒤트는 바람에 그녀가 내 밑에 깔렸다. "충분해. 그만. 제발."

그녀가 손을 올려 내 얼굴을 감싸 쥐고는 눈물을 닦고 나서 나를 끌어 내렸다. 그녀의 입술이 내 입술에 닿았다. 나는 그녀 안으로 질주했다. 평정을 찾으려 했지만 빠져들었다. 그녀에게 빠져들었다. 그녀의 숨소리가 귓가로 날아왔다. 짧고 가쁜 숨소리. 그녀는 달려갔다. 절정의 턱밑에 도달했다. 하지만 뒷걸음질 쳤다.

"놓아버려, 아나." 내가 속삭였다.

"안 돼요."

"괜찮아." 나는 애원하고는 엉덩이를 꿈틀대고 빙빙 돌리며 그녀 안을 채웠다.

그녀가 더 크고 더 분명하게 신음했다. 다리에 힘이 들어갔다.

"얼른, 자기. 난 이게 필요해. 내게 줘."

우리에겐 이게 필요해.

그녀가 놓아버렸다. 나를 감싼 채 경련하고 울부짖었다. 그녀의 두 팔과 두 다리가 나를 감고 있는 동안 나는 해방됐다.

그녀가 손가락으로 그녀의 가슴에 얹힌 내 머리카락을 어루만졌다. 그녀는 여기 있다. 떠나지 않았다. 고개를 흔들어 그녀를 다시 잃을 뻔했다는 생각을 떨쳐냈다. "다시는 떠나지 마." 내가 속삭였다. 위쪽에서 그녀의 머리가 움직이는 것이 느껴졌다. 으레 그렇듯 그녀가 고집스레 턱을 치켜드는 느낌. "나한테 눈 흘기는 거 다 알아." 그렇게 덧붙였지만 그녀가 그러는 것이 좋았다.

"날 너무 잘 아네." 그녀의 목소리에 장난기가 어렸다.

하느님, 감사합니다.

"더 잘 알고 싶어."

"다시 당신 이야기나 해요, 그레이 씨." 그녀는 무슨 악몽을 꿨냐고 물었다.

"평소와 같아."

그녀가 구체적으로 말해달라고 졸랐다.

아, 아나, 정말 알고 싶은 거야?

그녀는 입을 다물고 기다렸다.

나는 한숨을 쉬었다.

"내가 세 살 때쯤 그 약쟁이 창녀의 포주가 미쳐 날뛴 적이 있었어. 놈은 줄담배를 피웠어. 한 대, 또 한 대. 그런데 재떨이가 없었지."

이 개똥 같은 이야기를 그녀에게 알려줘야 할까? 그 담뱃불.

그 냄새. 그 비명.

그녀가 내 밑에서 긴장했다.

"아팠어." 나는 말했다. "그 고통이 기억나. 그래서 악몽을 꾸는 거야. 게다가 그 여자가 그놈을 말리지 않은 것 때문에."

아나가 나를 더 꽉 끌어안았다.

나는 고개를 들어 그녀와 눈을 맞췄다. "넌 그 여자와 달라. 그런 생각은 하지도 마. 제발."

그 약쟁이 창녀는 나약했다. 안 돼, 애벌레. 지금은 안 돼.

그 여자는 스스로 목숨을 끊었다. 나를 버리고.

"가끔 꿈속에서 그 여자는 그냥 바닥에 누워 있기도 해. 나는 그 여자가 잔다고 생각해. 하지만 그 여자는 움직이지 않아. 꼼짝하지 않아. 나는 배가 고파. 배가 엄청 고파. 큰 소리가 나고 그놈이 돌아와. 그놈은 나를 후려치고 약쟁이 창녀에게 욕을 퍼붓지. 놈은 언제나 다짜고짜 주먹이나 허리띠로 매질부터 했어."

"그래서 남이 손을 대는 걸 싫어하는 거예요?"

나는 눈을 감고 그녀를 더 꼭 안았다. "복잡해." 나는 젖가슴 사이의 고랑에 코를 묻고 그녀의 정기에 둘러싸였다.

"말해요." 그녀가 물었다.

"그 여잔 날 사랑하지 않았어." 그 여자는 나를 사랑할 수 없었다. 나를 보호하지 않았다. 나를 떠났다. 나를 혼자 두고. "나도 나를 사랑하지 않았고. 내가 아는 손길이란…… 폭력뿐이었어. 문제는 거기에서 비롯된 거야."

나는 어머니의 다정한 손길을 느껴본 적이 없어, 아나.

한 번도.

그레이스는 내 한계선을 존중해줬다.

그 이유는 지금도 모르겠다.

"이건 플린이 나보다 더 잘 설명하겠지."

"나 플린 박사 만나봐도 돼요?"

"50가지 빛깔이 네게 옮기라도 했나?" 분위기를 밝게 하려고 툭 던졌다.

"겸사겸사." 아나가 꼼지락거렸다. "지금은 옮아서 기분 좋은 데요."

그녀가 가볍게 받아들이니 좋았다. 그녀가 이 문제를 가지고 농담을 할 수 있다면 희망이 있다. "그래, 스틸 양. 나도 좋아." 나는 그녀에게 키스하고 그녀의 따뜻하고 깊은 눈동자를 들여 다보았다. "넌 내게 너무나 소중해, 아나. 너랑 결혼하고 싶다 는 말 진심이었어. 서로를 알아가면 돼. 난 너를 돌봐줄 수 있 어. 너도 날 돌봐주고. 네가 원한다면 아이도 갖자. 네 발밑에 내 세상을 바칠게, 아나스타샤. 난 널 원해. 네 몸과 영혼을. 영 원히. 부디 생각해봐."

"생각해볼게요, 크리스천. 정말로. 그런데 플린 박사와 꼭 얘 기해보고 싶어요, 당신만 괜찮다면."

"너를 위해서라면 뭐든 괜찮아. 뭐든. 언제 만나고 싶은데?"

"빠르면 빠를수록 좋죠."

"좋아. 아침에 약속 잡도록 하지." 나는 시계를 보았다. 새벽 3시 44분. "밤이 깊었다. 자자." 나는 불을 끄고 그녀를 끌어당 겼다. 우리는 포개진 숟가락 두 개처럼 누웠다. 오직 나만이 아 나와 숟가락처럼 누울 수 있다. 나는 그녀의 목에 코를 비볐다. "사랑해, 아나 스틸. 내 옆에 있어줘, 언제나. 이제 자."

시끄러운 소리에 잠에서 깼다. 아나가 나를 펄쩍 뛰어넘어 바닥에 뛰어내리더니 욕실로 뛰어갔다.

떠나려는 건가?

안 돼.

나는 시간을 확인했다.

제길. 늦었다. 오늘 늦잠 기록을 경신했다. 아나는 출근을 하려는 것 같았다. 나는 고개를 저으며 인터폰으로 테일러에게 전화했다.

"안녕하세요, 그레이 사장님."

"테일러, 안녕. 오늘 스틸 양을 직장까지 태워주겠나?"

"기꺼이 그러죠, 사장님."

"좀 늦은 모양이야."

"정문 밖에서 대기하겠습니다."

"그래. 나를 데리러 돌아와야 해."

"그러죠, 사장님."

나는 일어나 앉았다. 아나가 허둥지둥 욕실에서 나와 머리를 말리면서 옷을 주섬주섬 입었다. 코미디쇼가 따로 없었다. 특히 검정 레이스 팬티스타킹을 신으며 한 벌인 레이스 브라를 찰 때는.

좋네. 온종일 구경해도 질리지 않겠어.

"근사해. 그냥 아프다고 전화해도 되잖아." 내가 꾀었다.

"아뇨, 크리스천. 그건 안 돼요. 나는 가고 싶을 때 가고, 오고 싶을 때 오는 아름다운 미소의 과대망상증 CEO가 아니거든요."

아름다운 미소? 과대망상증? 웃음이 절로 났다. "원할 때 뿅간다는 부분이 특히 좋은데."

"크리스천!" 그녀가 소리치며 수건을 내게 던졌다.

나는 웃음을 터뜨렸다. 그녀는 여전히 여기 있고 나를 미워하지도 않는 것 같았다. "아름다운 미소라 이거지, 어?"

"그래요. 당신 미소가 내게 미치는 효과를 알잖아요." 그녀는 손목시계를 손목에 두르고 고정하느라 말을 멈추었다.

"정말?"

"알면서. 모든 여자들에게 똑같은 효과를 낸다고요. 여자들이 하나같이 넋이 나가는 걸 보는 것도 이제 지쳐."

"정말?" 나는 드러내놓고 좋아했다.

"순진한 척하지 마요, 그레이 씨. 정말로 안 어울리니까." 그녀는 머리를 뒤로 넘겨 한데 묶고 나서 검은 하이힐을 신었다.

우리 자기가 검은색으로 차려입었군. 근사해 보였다.

그녀가 가기 전에 내게 키스하려고 몸을 숙였을 때 나는 그녀를 잡아 침대에 눕혔다.

계속 여기 있어줘서 고마워, 아나.

"어떻게 하면 출근 못 하게 꼬실 수 있지?"

"그건 불가능해요." 그녀가 툴툴거리고는 나를 밀쳐내려고 꼼지락거렸다. "놔줘요."

나는 입술을 비쭉거렸고 그녀는 빙긋 웃었다. 그녀가 손가락으로 내 입술의 윤곽선을 쓰다듬고는 웃는 얼굴을 들어 내게 키스했다. 나는 눈을 감고 내 입술에 닿는 그 입술의 감촉을 즐겼다.

나는 그녀를 놓아주었다. 그녀는 가야 한다. "테일러가 데려다줄 거야. 주차할 데를 찾느니 그편이 더 빨라. 테일러가 건물 밖에서 기다리고 있어."

"네, 고마워요." 그녀가 말했다.

"게으름뱅이 아침 잘 보내요. 그레이 씨. 나도 집에 있고 싶지만 회사 주인이 뜨거운 섹스 때문에 땡땡이치는 직원은 가만두지 않을 거라서요." 그녀가 가방을 집었다.

"내 생각엔 말이지, 스틸 양, 회사 주인은 틀림없이 허락할 거야. 오히려 독려할지도 모르지."

"왜 아직까지 침대에 있는 거예요? 당신답지 않게." 나는 깍지 낀 두 손을 베고 그녀를 향해 활짝 웃었다. "나는 그럴 능력이 되니까, 스틸 양."

그녀는 못 말린다는 듯 고개를 절레절레 저었다. "이따 봐요, 자기." 그녀는 내게 키스를 날리고는 서둘러 문을 나섰다. 그녀의 발소리가 복도를 따라 총총 이어지다 잠잠해졌다.

아나가 출근을 했다.

벌써 그녀가 그리웠다.

나는 그녀에게 이메일을 보내려고 휴대폰을 집었다. 뭐라고 말하지? 할 말은 간밤에 실컷 했다. 그녀가 겁먹고 달아나면 안 된다. 나의 또 다른…… 계시 때문에.

간단하게 해, 그레이.

보낸 사람: 크리스천 그레이
제목: 그립군
날짜: 2011년 6월 15일 09:05
받는 사람: 아나스타샤 스틸

부디 블랙베리를 쓰기를.
X

크리스천 그레이

CEO, 그레이 엔터프라이즈 홀딩스 Inc.

　침실을 둘러보았다. 그녀가 없는 방은 정말이지 쓸쓸했다. 그녀의 개인 계정으로 이메일을 썼다. 그녀가 휴대폰을 쓰게끔 단속해야 했다. SIP의 누군가가 우리의 이메일을 읽는 것은 원치 않았다.

　보낸 사람: 크리스천 그레이
　제목: 그립군
　날짜: 2011년 6월 15일 09:06
　받는 사람: 아나스타샤 스틸

　네가 없는 침대는 쓸데없이 너무 커.
　나도 일이나 하러 가야겠어.
　과대망상증 CEO도 할 일은 필요해.
　X

　크리스천 그레이
　따분해 몸부림치는 CEO, 그레이 엔터프라이즈 홀딩스 Inc.

　이 이메일이 미소를 불러냈으면 좋겠다. 전송 버튼을 누른 후 플린의 진료실로 전화를 걸어 메시지를 남겼다. 아나가 플린을 만나고 싶어 한다면 만나야 할 것이다. 메시지를 남기면서 침대를 나와 욕실로 향했다. 오늘은 시장과의 미팅 약속이 잡혀 있다.

어제저녁에 난리를 치른 터라 배가 고파 죽을 지경이다. 저녁
도 못 먹었다. 존스 부인이 아침상을 푸짐하게 차려놓았다. 달
걀, 베이컨, 햄, 해시브라운, 와플, 토스트. 게일은 평상시처럼
시내에 볼일을 보러 가고 없었다. 먹고 있는데 아나가 답장을
보냈다. 회사 이메일로!

보낸 사람: 아나스타샤 스틸
제목: 누구는 괜찮겠지만
날짜: 2011년 6월 15일 09:27
받는 사람: 크리스천 그레이

내 상사가 화났어요.
이게 다 늦게까지 잠을 못 잔 탓이에요, 당신의 그…… 공작 때문에.
부끄러운 줄 알아요.

아나스타샤 스틸
편집자 잭 하이드의 비서, SIP

아, 아나, 지금 내가 얼마나 부끄러운지 넌 상상도 못 할 거야.

보낸 사람: 크리스천 그레이
제목: 웬 공작?
날짜: 2011년 6월 15일 09:32
받는 사람: 아나스타샤 스틸

넌 굳이 일하지 않아도 돼, 아나스타샤.

공작이라니 정말이지 어처구니없군.

그치만 난 널 늦게까지 못 자게 하는 게 좋아. ;)

제발 블랙베리를 써.

아, 나랑 결혼해줘, 제발.

크리스천 그레이

CEO, 그레이 엔터프라이즈 홀딩스 Inc.

내가 식사하는 동안 존스 부인이 뒤에서 서성였다.

"커피 더 드릴까요, 그레이 씨?"

"주세요."

아나의 답장이 내 휴대폰에 떴다.

보낸 사람: 아나스타샤 스틸

제목: 생계유지

날짜: 2011년 6월 15일 09:35

받는 사람: 크리스천 그레이

귀찮게 조르는 당신의 타고난 성향은 알지만 그만 좀 해요.

우선 당신 정신과 의사랑 얘기를 해야겠어요.

그 대답은 그 후에 할게요.

동거하는 데는 반대하지 않아요.

아나스타샤 스틸

편집자 잭 하이드의 비서, SIP

제기랄, 아나, 제발 좀!

보낸 사람: 크리스천 그레이
제목: **블랙베리**
날짜: 2011년 6월 15일 09:40
받는 사람: 아나스타샤 스틸

아나스타샤, 플린 박사 이야기를 꺼낼 거라면 부디 **블랙베리를
써.**
이건 요청이 아냐.

크리스천 그레이
이젠 열 받은 CEO, 그레이 엔터프라이즈 홀딩스 Inc.

휴대폰이 울렸다. 플린의 비서였다. 플린이 내일 저녁 7시에
상담할 시간이 난다고 했다. 비서에게 플린과 통화하고 싶으니
전화를 부탁한다고 말했다. 아나를 진료 시간에 데려가도 좋을
지 그와 상의해야 했다.
"전화 통화가 가능한지 알아보겠습니다."
"고마워요, 재닛."
오늘 아침 레일라의 상태가 어떤지도 알고 싶었다.
나는 아나의 이메일 계정으로 다른 메일을 보냈다. 이번에는
조금 완화된 어조로.

보낸 사람: 크리스천 그레이
제목: 신중할 때

날짜: 2011년 6월 15일 09:50
받는 사람: 아나스타샤 스틸

용기가 빛을 발하는 법이야.

부디 신중해……. 네 직장 이메일은 검열되고 있어.

몇 번이나 말해야 해?

맞아. 진한 글씨, 호통치는 거야. **네 블랙베리를 쓰란 말이야.**

플린 박사가 내일 저녁 만나주겠대.

X

크리스천 그레이

여전히 열 받은 CEO, 그레이 엔터프라이즈 홀딩스 Inc.

이게 그녀에게 통해야 할 텐데.

"저녁 식사는 2인분 준비할까요?" 게일이 물었다.

"네, 존스 부인. 고마워요."

나는 커피를 마저 마시고 나서 잔을 내려놓았다. 아나와 티격태격하면서 아침을 먹으니 좋았다. 그녀와 결혼한다면 그녀는 매일 아침 여기 있을 수 있다.

결혼. 아내.

그레이, 지금 무슨 생각하는 거야?

그녀가 청혼을 받아들인다면 나는 어떤 변화를 감내해야 할까? 일어서서 욕실을 향해 슬렁슬렁 걸어갔다. 위층으로 난 계단 옆에서 걸음을 멈췄다. 충동적으로 계단을 올라 놀이방으로 향했다. 잠긴 문을 열고 안으로 들어갔다.

이 방에 얽힌 마지막 기억은 결코 유쾌하지 않다.

넌 엉망진창으로 망가진 개자식일 뿐이야.

아나의 말이 귓전을 맴돌았다. 눈물과 고통으로 얼룩진 그녀의 얼굴이 떠올랐다. 나는 눈을 감았다. 마음이 뻥 뚫린 것처럼 공허하고 아렸고, 통렬한 후회감이 뼛속을 파고들었다. 그녀의 그런 불행한 모습은 다시 보고 싶지 않았다. 어젯밤에도 그녀는 눈물을 흘렸다. 가슴이 터지도록 통곡했다. 하지만 이번에는 내 위로를 받아들였다. 지난번과는 큰 차이가 있었다.

그렇지 않나?

나는 방을 둘러보았다. 이 방은 이제 어떻게 될까?

여기서 즐거운 시간을 보냈었다…….

십자가 위의 아나. 수갑으로 침대에 묶인 아나. 엎드린 아나.

난 당신의 변태 섹스도 좋았어요.

한숨을 내쉬었을 때 휴대폰이 진동했다. 테일러의 문자. 그가 밖에서 나를 기다리고 있었다. 한때 나의 피난처였던 그곳을 마지막으로 둘러본 후 나는 문을 닫았다.

개인적으론 별다르지 않은 아침이지만 오늘은 GEH 전체에 어떤 흥분감이 돌았다. 내가 단체나 회사의 대표를 초대하는 일이 드물긴 해도 시장의 방문은 눈에 띄게 사내에 들뜬 분위기를 조성했다. 이른 아침에 몇 건의 미팅을 가졌는데, 모두 순조롭게 진행되는 것 같았다.

11시 30분에 내 방으로 돌아왔을 때 안드레아가 플린의 전화를 연결했다.

"존, 전화해줘서 고마워요."

"레일라 윌리엄스가 용건일 줄 알았는데, 내 스케줄을 확인했더군요. 내일 저녁에 만나죠."

"아나에게 청혼했어요."

존이 아무 말 하지 않았다.

"놀랐군요?" 내가 물었다.

"솔직히, 아뇨."

뜻밖의 반응이었다. 하지만 이미 말해버렸다.

그가 말했다. "크리스천, 충동적이군요. 게다가 사랑에 빠졌고. 그녀가 뭐라고 하던가요?"

"당신과 이야기하고 싶대요."

"그녀는 내 환자가 아니에요, 크리스천."

"내가 당신 환자잖아요. 그리고 부탁할게요."

그가 잠시 침묵을 지켰다. "좋아요." 마침내 그가 말했다.

"부탁인데 그녀가 알고 싶어 하는 건 뭐든 대답해주세요."

"원하신다면."

"내가 원하는 바예요. 레일라는 좀 어떤가요?"

"잘 잤고 오늘 아침엔 협조적이었어요. 내가 그녀를 도와줄 수 있을 겁니다."

"잘됐군요."

"크리스천." 그가 망설였다. "결혼은 엄중한 약속입니다."

"알아요."

"당신이 정말 원하는 게 결혼이라고 확신해요?"

이번에는 내가 머뭇거렸다. 남은 평생을 아나와 함께 보내는 것이다…… . "네."

"항상 장밋빛 꽃길만 있진 않을 거예요." 존이 말했다. "고생을 각오해야죠."

장밋빛? 꽃길? 개소리!

"난 한 번도 고생을 마다해본 적이 없어요, 존."

존이 웃었다. "맞아요. 두 분 내일 뵙죠."
"고마워요."

휴대폰이 진동했다. 엘레나의 문자였다.

> 엘레나
> 저녁 같이 할까?

지금은 안 돼, 엘레나. 지금은 그녀를 상대할 여력이 없다. 삭제를 눌렀다. 정오가 지난 시각인데 아나에게서 아무런 소식이 없다. 나는 얼른 이메일을 썼다.

보낸 사람: 크리스천 그레이
제목: 똑똑, 계세요?
날짜: 2011년 6월 15일 12:15
받는 사람: 아나스타샤 스틸

답장이 없네.
괜찮다고 말해줘.
내가 얼마나 걱정할지 알잖아.
테일러를 보내 네 안부를 확인할 수도 있어!
X

크리스천 그레이
노심초사하는 CEO, 그레이 엔터프라이즈 홀딩스 Inc.

다음 일정은 시장 일행과의 점심 식사였다. 그들이 회사를 구경하고 싶어 하는 터라 홍보부 책임자는 신이 나 있었다. 샘은 회사 홍보에 열심이었는데 가끔은 본인 자랑에 더 열을 올리기도 했다.

안드레아가 노크를 하고 문을 열었다. "샘이 왔습니다, 그레이 씨."

"들여보내. 참, 내 휴대폰 연락처 업데이트 좀 해주겠어?"

"그러죠." 나는 그녀에게 내 휴대폰을 넘겨주었고, 그녀는 샘이 들어오도록 옆으로 비켜섰다. 샘은 내게 거만한 미소를 짓더니 소개할 후보지들의 다양한 사진들을 연달아 보여주기 시작했다. 샘은 허세가 많은 남자라 나는 최근 그를 고용한 내 결정을 후회하는 중이었다.

노크 소리가 난 후 안드레아가 고개를 디밀었다. "사장님 휴대폰으로 아나스타샤 스틸 양이 전화를 하셨는데, 휴대폰을 사장님 방으로 가져갈 수가 없어요. 지금 연락처를 다운로드하는 중인데, 다운로드를 중단할 엄두가 나지 않아서요."

나는 샘을 무시하고 벌떡 일어나 안드레아를 따라 그녀의 책상으로 갔다. 그녀가 내게 휴대폰을 건넸지만 휴대폰이 짧은 전선에 연결돼 있어 나는 안드레아의 책상 위로 몸을 숙여야 했다.

"괜찮아?" 내가 물었다.

"네, 괜찮아요." 아나가 대답했다. 천만다행이다.

"크리스천, 내가 괜찮지 않을 이유가 뭐 있어요?"

"보통은 내 이메일에 금방금방 답하잖아. 어제 그런 얘기를 한 터라 걱정이 됐지." 나는 목소리를 낮춰 말했다. 안드레아나 새로운 여직원이 내 말을 듣는 건 원치 않았다.

"그레이 씨." 안드레아가 자기 휴대폰을 목덜미에 대고 내 주의를 끌었다. "시장님 일행이 아래층 접수계에 계신답니다. 그 분들 올라오시게 하라고 할까요?"

"아니, 안드레아. 기다리라고 해."

안드레아가 곤란한 표정을 지었다. "너무 늦은 것 같은데요. 이미 올라오는 중이에요."

"아니, 기다리라고 했잖아."

젠장.

"크리스천, 바쁜 것 같네요. 나 괜찮다고 알려주려고 전화했어요. 나 정말 괜찮아요. 그냥 오늘 엄청 바빴어요. 잭이 채찍질로 사람을 몰아대서. 어…… 그러니까, 그게……." 그녀가 말꼬리를 흐렸다.

참으로 흥미로운 단어 선택이다.

"채찍질을 했다고, 응? 그놈을 행운아라고 부를 날이 올 줄은 몰랐군. 그놈을 네 등에 태우지만 마."

"크리스천!" 그녀가 버럭했다.

나는 씩 웃었다. 아나가 기겁을 하니 재밌다. "그냥 조심하라는 말이야. 괜찮다니 다행이네. 몇 시에 데리러 갈까?"

"이메일 쓸게요."

"블랙베리로." 내가 강조했다.

"네, 사장님."

"이따가 봐, 자기."

"안녕."

고개를 드니 엘리베이터가 이사실 층에 머물러 있었다. 시장이 올라오고 있었다.

"끊어요." 아나가 말했다. 그녀의 목소리에서 웃음기가 느껴졌다.

"오늘 아침 널 출근시키지 말 걸 그랬어."

"정말 그럴걸. 어쨌든 나 지금 바빠요. 끊어요."

"네가 먼저 끊어." 나는 싱글벙글했다.

"전에도 이런 적 있었는데." 그녀가 놀리는 투로 말했다.

"너 입술 깨물고 있구나."

그녀가 숨을 훅 들이켰다.

"넌 내가 널 모른다고 생각하지, 아나스타샤. 하지만 네가 생각하는 것보다 난 널 잘 알아."

"크리스천, 나중에 얘기해요. 지금은 나도 오늘 출근하지 말걸 후회하는 중이에요."

"이메일 기다리지, 스틸 양."

"좋은 하루 보내요, 그레이 씨."

그녀가 전화를 끊었을 때 엘리베이터 문이 열렸다.

3시 45분경 나는 내 방으로 돌아왔다. 시장의 방문은 성공적 끝났고 GEH의 홍보에 큰 도움이 됐다. 안드레아가 인터폰을 했다.

"응?"

"미아 그레이 씨가 전화하셨습니다."

"연결해."

"크리스천 오빠?"

"안녕."

"토요일에 오빠 생일 파티 할 거야. 난 아나스타샤도 초대하고 싶어."

"'안녕? 오빠 잘 지내?'는 어디 팔아먹었니?"

미아가 못마땅한 투로 대꾸했다. "강의는 나중에 하세요, 오라버니."

"토요일에 나 바빠."

"취소해. 파티 할 거야."

"미아!"

"구구절절 핑계 대봤자 안 통해. 아나 전화번호 뭐야?"

나는 한숨을 쉬고 입을 다물었다.

"오빠!" 미아가 전화 저편에서 소리쳤다.

맙소사. "문자로 알려줄게."

"도망가기 없기다. 엄마랑 아빠, 나, 엘리엇 오빠까지 모두 실망할 거야!"

또 한숨이 나왔다. "마음대로 해, 미아."

"좋았어! 그럼 그때 봐. 안녕." 미아는 전화를 끊었고 나는 휴대폰을 멍하니 바라보았다. 짜증도 나고 재밌기도 했다. 내 누이동생은 정말이지 골칫거리다. 생일이라면 질색인데. 내 생일이라. 나는 망설이다가 미아에게 아나의 전화번호를 문자로 보냈다. 군대를 풀어놓는 기분이었다. 이제 애먼 사람이 내 누이의 희생양이 될 것이다.

나는 읽던 보고서로 돌아갔다.

보고서를 다 읽고 나서 이메일을 확인하니 아나의 이메일이와 있었다.

보낸 사람: 아나스타샤 스틸

제목: 옛날 사람

날짜: 2011년 6월 15일 16:11

받는 사람: 크리스천 그레이

그레이 씨,

정확히 언제 내게 말할 생각이었어요?

우리 영감 생신 선물로 무얼 사드리면 좋을까나?

보청기에 넣을 새 건전지?

A x

아나스타샤 스틸

편집자 잭 하이드의 비서, SIP

미아가 뱉은 말을 실천했나보다. 동작 한번 빠르기도 하지. 나는 즐겁게 답장을 썼다.

보낸 사람: 크리스천 그레이

제목: 원시인

날짜: 2011년 6월 15일 16:20

받는 사람: 아나스타샤 스틸

노인을 놀리면 안 되지.

네가 살아서 발길질하니 좋네.

미아랑 연락이 된 것도.

건전지는 언제나 유용하지.

내 생일 축하는 별로 내키지 않지만.

X

크리스천 그레이

가는귀먹은 CEO, 그레이 엔터프라이즈 홀딩스 Inc.

보낸 사람: 아나스타샤 스틸
제목: 흐으음
날짜: 2011년 6월 15일 16:24
받는 사람: 크리스천 그레이

그레이 씨,
입술 비쭉거리며 마지막 문장을 쓰는 당신의 모습이 눈에 선하네
요.
참 감동적인 장면이에요.
A xox

아나스타샤 스틸
편집자 잭 하이드의 비서, SIP

아나의 답장에 너털웃음이 터졌다. 그나저나 대체 어떻게 해
야 그녀는 휴대폰을 쓸까?

보낸 사람: 크리스천 그레이
제목: 눈 흘기기
날짜: 2011년 6월 15일 16:29
받는 사람: 아나스타샤 스틸

스틸 양,
블랙베리를 쓰라니까!!!
X

크리스천 그레이
손바닥이 근질거리는 CEO, 그레이 엔터프라이즈 홀딩스 Inc.

나는 그녀의 답장을 기다렸다. 역시나 나를 실망시키지 않는
답이 왔다.

보낸 사람: 아나스타샤 스틸
제목: 영감
날짜: 2011년 6월 15일 16:33
받는 사람: 크리스천 그레이

그레이 씨,
아…… 당신의 근질근질한 손바닥은 도대체 가만히 있질 못하나
봐요?
플린 박사가 그건 뭐라고 할지 궁금한데요?
당신 선물로 뭘 줘야 할지는 알겠어요. 내 몸은 쓰리겠지만…….
;)
A x

마침내 그녀가 휴대폰을 썼다. 게다가 쓰리도록 해달란다. 내
마음이 그 선물을 받고 일어날 일을 상상하며 날뛰기 시작했다.
나는 자리에서 꿈지럭거리며 답장을 썼다.

보낸 사람: 크리스천 그레이
제목: 협심증
날짜: 2011년 6월 15일 16:38

받는 사람: 아나스타샤 스틸

스틸 양,
그런 메일을 또 받으면 내 심장은 버텨내지 못할 거야. 내 바지
도.
얌전하게 굴어.

크리스천 그레이
CEO, 그레이 엔터프라이즈 홀딩스 Inc.

보낸 사람: 아나스타샤 스틸
제목: 닦달
날짜: 2011년 6월 15일 16:42
받는 사람: 크리스천 그레이

크리스천,
난 닦달이 심한 상사 밑에서 애쓰는 중이에요.
그러니 방해 그만하고 닦달하지도 마요.
당신의 마지막 이메일엔 불붙을 뻔했어요.
x

추신: 6시 30분에 데리러 올래요?

보낸 사람: 크리스천 그레이

제목: 그때 가지
날짜: 2011년 6월 15일 16:47
받는 사람: 아나스타샤 스틸

내게 이보다 더 큰 기쁨은 없을 거야.
생각해보니 더 큰 기쁨이 될 만한 것들이 있긴 한데, 모두 너랑
관련된 것들이야.
X

크리스천 그레이
CEO, 그레이 엔터프라이즈 홀딩스 Inc.

테일러와 나는 6시 27분에 그녀의 사무실 밖에 차를 세웠다.
이제 기다림은 몇 분 후 끝날 것이다.
그녀가 내 청혼을 생각해보았을지 궁금했다. 물론 플린과 먼
저 이야기를 해야 할 테지만. 플린은 그녀에게 어리석게 굴지
말라고 말할지 모른다. 그 생각에 우울해졌다. 우리의 날들이
종착점에 다다른 걸까. 하지만 그녀는 최악을 알고도 아직 남아
있다. 아직 희망은 있었다. 손목시계를 확인하고—6시 28분—
건물 정문을 응시했다.
아나는 어디 있을까?
갑자기 그녀가 거리에 나타났다. 그녀 뒤에서 문이 흔들렸다.
하지만 그녀는 차 쪽으로 다가오지 않았다.
무슨 일이지?
그녀는 가만히 서서 두리번거리다 천천히 주저앉았다.
망할.

차 문을 열었을 때 시야 한구석에 건물 문을 여는 테일러가 보였다.

나와 테일러는 아나를 향해 달려갔다. 아나는 보도에 앉아 있었는데, 어지러운 듯 보였다. 나는 그녀 옆에 앉았다. "아나, 아나! 왜 그래?" 나는 뭐가 잘못되었는지 보려고 그녀를 안아 내 무릎 위에 앉히고 두 손으로 그녀의 머리를 감쌌다. 그녀는 눈을 감고 내게 기대며 안도의 한숨을 내쉬었다. "아나." 나는 그녀의 두 팔을 잡고 흔들었다. "무슨 일이야? 어디 아파?"

"잭." 그녀가 속삭였다.

"빌어먹을." 아드레날린이 몸을 휘저으며 살인 충동을 일깨웠다. 나는 테일러 쪽을 흘끔 보았다. 그는 고개를 끄덕이고는 건물 안으로 사라졌다. "그 재수 없는 새끼가 너한테 무슨 짓을 한 거야?"

아나가 키득키득 웃음을 터뜨렸다. "무슨 짓은 내가 했죠." 그녀는 웃음을 멈추지 않았다. 히스테리 발작. 놈을 죽여버리고 싶었다.

"아나!" 나는 그녀를 한 번 흔들었다. "그 새끼가 널 건드린 거야?"

"딱 한 번요." 아나는 속삭이고 나서 웃음을 멈추었다.

그녀를 안고 일어섰다. 근육이 분노로 꿈틀거렸다. "그 새끼 어디 있어?" 건물 안에서 어렴풋이 고성이 들려왔다. 나는 아나를 내려놓았다. "설 수 있겠어?"

그녀는 고개를 끄덕였다. "안에 들어가지 마요. 그러지 마요, 크리스천."

"차에 들어가 있어."

"크리스천, 안 돼요." 그녀가 내 팔을 붙잡았다.

"빌어먹을 차에 들어가 있어, 아나."

저 새끼 죽여버릴 거야.

"안 돼요! 제발!" 그녀가 애원했다. "여기 있어요. 나 혼자 두지 마요."

나는 머리를 쓸어 넘기며 노력했지만 날뛰는 분노는 수그러들 줄 몰랐다. 그동안 건물 안에서는 고함이 점점 높아지다 별안간 뚝 끊겼다.

나는 휴대폰을 꺼냈다.

"크리스천, 그 사람이 내 이메일을 가지고 있어요."

"뭐?"

"내가 당신에게 보낸 이메일. 당신의 이메일은 어디 있냐고 하더군요. 나를 협박했어요."

심장이 터질 것만 같았다.

저 후레자식이.

"씨발!" 나는 분통을 터뜨리며 바니에게 전화했다.

"바니. 그레이야. SIP 메인 서버에 들어가서 아나스타샤 스틸이 내게 보낸 이메일들 싹 삭제해. 잭 하이드의 개인 데이터 파일에도 들어가서 거기에 저장된 것들이 있는지도 확인하고. 저장이 돼 있으면 그것도 삭제해."

"하이드요? 하. 이. 드."

"그래."

"전부 다요?"

"전부 다. 당장. 처리한 후 보고해."

"알겠습니다."

나는 전화를 끊고 로치의 번호를 눌렀다.

"제리 로치입니다."

"로치. 나 그레이입니다."

"안녕하십니까……."

"하이드 말인데, 그자 해고했으면 합니다. 당장."

"하지만……." 로치가 반발했다.

"지금 당장. 보안팀 불러요. 그자더러 즉시 책상 비우라고 해요. 아니면 내일 아침 댓바람에 이 회사를 팔아버릴 겁니다."

"그럴 만한 근거라도……." 로치가 다시 반론을 제기했다.

"그자를 해고할 만한 근거는 차고 넘칠 텐데요."

"그 사람의 기밀 파일을 읽으셨군요?"

나는 그의 질문을 무시했다. "이해했지요?"

"그레이 씨, 이해하고말고요. 회사 인사부 책임자가 늘 그자를 싸고돕니다. 제가 처리하죠. 안녕히 계세요."

나는 전화를 끊었다. 화가 좀 누그러졌다. 아나에게 말했다. "블랙베리를 쓰라고 했잖아!"

"나한테 화내지 마요."

"화가 나 죽겠어." 나는 쏘아붙였다. "차에 타."

"크리스천, 제발……."

"젠장, 차에 타라고, 아나스타샤. 내 손으로 태우기 전에."

"바보짓 하지 마요." 그녀가 말했다.

"바보짓!" 나는 속이 터졌다. "내가 그 빌어먹을 블랙베리 쓰라고 몇 번이나 말했어! 바보짓이라는 말은 하지도 마. 망할 놈의 차에 당장 타, 아나스타샤! 당장!"

"알았어요." 그녀가 양손을 쳐들었다. "하지만, 정말이지 조심해요."

그녀에게 고함지르지 마, 그레이.

나는 잠자코 차를 가리켰다.

"제발 조심해요." 그녀가 다시 속삭였다. "당신에게 무슨 일이 생기는 건 싫어요. 그랬다간 나도 죽을 거예요."

거기에 그게 있었다. 그녀의 애정. 나를 아끼는 그녀의 마음이 그녀의 말에, 다정하고 걱정스러운 표정에 어려 있었다.

진정해, 그레이. 나는 숨을 크게 들이마셨다.

"조심할게." 나는 그렇게 말한 후 그녀가 걸어가 아우디에 올라타는 것을 지켜보았다. 그녀가 차에 올라탄 순간 뒤로 돌아 건물 안으로 들어갔다.

어디로 가야 할지 모호했지만 일단 하이드의 목소리를 따라갔다.

짜증이 섞인 징징거리는 놈의 목소리.

테일러가 중역실 밖에 서 있었는데, 옆에 있는 책상은 아나의 것이 분명했다. 하이드는 방 안에서 통화 중이었고, 보안요원 한 명이 팔짱을 낀 채 옆에서 그를 굽어보고 있었다.

"염병, 내 알 바 아니에요, 제리." 하이드가 수화기에 대고 항의 중이었다. "그년이 먼저 꼬리를 쳤다고요."

더는 못 들어주겠다.

나는 놈의 방으로 쳐들어갔다.

"뭐야……." 하이드가 나를 보고 놀라 뇌까렸다. 놈의 왼쪽 눈 위에 긁힌 자국이, 뺨에는 퍼런 멍이 들어 있었다. 테일러가 자기 방식대로 버릇을 고쳐준 게 분명했다. 나는 전화기로 손을 내려 종료 버튼을 눌러 통화를 끝내버렸다.

"고양이 새끼가 기어들었군." 하이드가 냉소를 흘렸다. "잘나신 신동 나리."

"짐 싸서 나가. 그럼 고소만은 면할 거야."

"개소리 마, 그레이. 고소할 사람은 나니까. 그년이 아무 이유

없이 애먼 내 불알을 찼다고……. 함부로 주먹질하는 너희 무뢰배도 감옥 갈 준비해. 안녕, 미남 씨." 그가 테일러를 부르며 키스를 날렸다.

테일러는 냉정함을 유지했다.

"다시 말하지 않겠어." 나는 그 개뼈다귀를 노려보았다.

"나야말로 다시 말하지만, 개소리 마. 쳐들어와서 완력을 휘두른다고 통하지 않아."

"이 회사는 내 소유야. 당신은 이 일을 하기엔 너무 잘난 인간이야. 나가, 제 발로 걸어 나갈 수 있을 때." 나는 나지막이 말했다.

하이드의 얼굴에서 핏기가 싹 가셨다.

그래. 내 거야. 그만 찌그러져, 하이드.

"그럴 줄 알았어. 어쩐지 뭔가 찜찜하더라니. 그 쪼그만 년이 네 스파이 맞지?"

"두 번 다시 아나스타샤를 들먹이면, 머릿속에 생각만 해도, 그녀를 생각하는 생각만 해도, 넌 내 손에 죽는 거야."

그가 실눈을 떴다. "그 여자가 네 불알을 걷어차면 넌 좋겠냐?"

나는 놈의 코를 후려쳤다. 놈이 뒤로 나자빠지면서 선반에 머리를 부딪치고는 바닥에 나동그라졌다

"그 여자 거론하지 말라고. 일어나. 책상 비워. 그리고 나가. 넌 해고야."

놈의 코에서 피가 흘렀다.

테일러가 갑 티슈를 가지고 방 안으로 들어와 하이드를 위해 그것을 책상에 놓았다.

"당신 목격자야." 하이드가 보안요원에게 징징거렸다.

"당신 혼자 쓰러졌잖아." 보안요원이 말했다. 명찰을 보니 그는 M. 마터였다. 일 잘하는군.

하이드는 비틀비틀 일어서서 휴지를 잔뜩 뽑아 코를 틀어막았다. "고소할 거야. 그년이 나를 공격했어." 하이드는 계속 칭얼댔지만 물건을 상자 안에 챙기기 시작했다.

"뉴욕과 시카고에서 무마된 직장 내 괴롭힘이 세 건, 여기서도 경고 처분이 두 건이야. 과연 고소한다고 뜻대로 될까 싶은데."

그의 검은 눈이 내게 날아왔다. 혐오로 활활 타오르는 눈초리.

"짐이나 싸. 넌 끝났어." 내가 내뱉었다.

나는 돌아서서 놈의 방에서 나와 테일러와 같이 기다렸고, 그동안 하이드는 물건을 챙겼다. 더는 개입하지 않는 편이 좋았다.

놈을 죽이고 싶었다.

놈은 시간을 질질 끌긴 했지만 묵묵히 짐을 챙겼다. 화가 나서. 단단히 화가 나서. 놈의 피가 부글부글 끓는 냄새가 났다. 놈은 가끔씩 표독한 눈빛을 내게 던졌지만 나는 담담히 있었다. 엉망이 된 놈의 얼굴에 마음이 조금 풀렸다.

마침내 놈이 짐을 다 싸고 상자를 들었다. 마터가 건물 밖까지 놈을 따라 나갔다.

"이 정도에서 마무리할까요, 그레이 사장님?" 테일러가 물었다.

"일단은."

"아까 놈이 바닥을 데굴데굴 굴렀습니다, 사장님."

"그랬어?"

"스틸 양은 스스로 자기 몸을 지킬 줄 아는 것 같습니다."

"참 사람 놀라게 하는 재주가 있는 여자야. 가지."

우리는 하이드를 따라 건물에서 나와 아우디로 향했다. 아나가 앞자리에 타고 있었기 때문에 테일러는 내게 키를 주었고 나는 운전석에 올라탔다. 테일러는 뒤에 탔다.

아나는 침묵을 지켰다. 나는 차를 몰아 움직이는 차들 속으로 들어갔다.

그녀에게 무슨 말을 해야 할지 알 수 없었다.

카폰의 벨소리가 울렸다.

"그레이입니다." 내가 응답했다.

"그레이 씨, 바니입니다."

"바니, 지금 스피커폰이고 다른 사람들도 있어."

"사장님, 지시하신 일 끝냈습니다. 그런데 하이드 씨의 컴퓨터에서 발견된 것이 있어서 보고 드릴까 하고요."

"목적지에 도착하면 내가 전화하지. 고마워, 바니."

"알겠습니다, 그레이 씨." 그가 전화를 끊었고 나는 정지 신호에 차를 세웠다.

"지금 나 야단치는 거예요?" 그녀가 물었다.

나는 그녀를 흘끔거렸다. "아니." 나는 툴툴거렸다. 아직 화가 다 안 풀렸다. 질이 안 좋은 놈이라고 내가 그렇게 말했건만. 그리고 휴대폰으로 이메일 보내라고 말했는데도. 내 말이 다 맞았다. 억울하게 의심받다 무죄 판결을 받은 기분이다.

그레이, 어른답게 굴어, 지금 어린애처럼 행동하고 있잖아.

플린의 말이 뇌리를 맴돌았다. 내가 보기에 당신은 한 번도 사춘기를 겪은 적이 없어요, 정서적 측면에서 말이죠. 그러다 이제야 사춘기를 치르고 있는 겁니다.

뭔가 재밌는 말이 떠오르기를 바라면서 그녀를 흘끔 보았지만 그녀는 차창 밖만 응시했다. 그냥 집까지 가기로 했다.

에스칼라 밖에 도착하자 나는 차 밖으로 나가 아나 쪽 차 문을 열었다. 그 사이 테일러는 운전석에 올라탔다.

"가자." 내가 말했고 그녀는 내 손을 잡았다.

함께 엘리베이터를 기다릴 때 아나가 소곤거렸다. "크리스천, 나한테 왜 이렇게 화내는 거예요?"

"왜인지 알잖아."

엘리베이터에 탔을 때 나는 키패드에 비밀번호를 입력했다. "세상에, 네가 무슨 일을 당했다면 그놈은 지금쯤 죽은 목숨일 거라고. 어차피 그놈의 경력은 내 손에 박살이 날 테니 놈이 다시는 남자라는 한심한 핑계로 젊은 여자들을 농락하는 일은 없을 거야." 아나가 무슨 일을 당했다면……. 어제는 레일라. 오늘은 하이드. 망할.

그녀가 나를 바라보며 천천히 이로 아랫입술을 깨물었다.

"아, 아나!" 나는 그녀를 끌어당겨 엘리베이터 구석에 밀어붙였다. 그리고 그녀의 머리카락을 움켜잡아 얼굴을 젖히고 입술을 덮쳤다. 내 두려움과 절박함을 키스에 쏟아냈다. 그녀의 두 손이 내 이두박근을 움켜잡았다. 그녀가 키스로 응답했다. 그녀의 혀가 내 혀를 찾았다. 나는 몸을 뗐다. 둘 다 숨을 몰아쉬었다. "네가 무슨 일을 당했으면, 놈이 널 해쳤으면 어쩔 뻔했어……." 나는 진저리를 쳤다. "블랙베리. 지금부터. 알겠어?"

그녀가 고개를 끄덕였다. 진지한 표정으로. 나는 고개를 들고 그녀를 놓았다. "그놈 말로는 네가 거기를 찼다고 하던데."

"네."

"잘했어."

133

"레이 아빠가 군인 출신이잖아요. 교육을 잘 받았죠."

"교육받길 잘했어. 그 점 나도 명심할게." 엘리베이터에서 내릴 때 나는 그녀의 손을 잡았다. 우리는 현관을 통과해 거실로 들어갔다. 존스 부인이 부엌에서 요리를 하고 있었다. 좋은 냄새가 났다.

"바니랑 통화해야 해. 오래 걸리지 않을 거야."

서재 책상 앞에 앉아 전화기를 들었다.

"그레이 씨."

"바니, 하이드의 컴퓨터에서 뭘 발견했나?"

"그게요, 사장님, 조금 거북한 것들이에요. 사장님과 사장님 어머니와 아버지, 형님과 누이동생의 기사와 사진들이 '그레이' 라는 폴더 안에 저장돼 있었습니다."

"참 희한한 일이군."

"그러니까요."

"그거 내게 좀 보내주겠나?"

"그러죠, 사장님."

"당분간 이 일은 우리 둘만의 비밀로 해두고."

"그러죠, 그레이 씨."

"고마워, 바니. 그만 퇴근해."

"네, 사장님."

바니의 이메일은 곧장 들어왔다. 나는 '그레이'라는 폴더를 열었다. 부모님과 부모님의 자선 활동에 관한 온라인 기사, 나와 내 회사에 관한 기사, 찰리 탱고와 걸프스트림. 그리고 엘리엇과 부모님과 내가 함께 찍은 사진. 이건 미아의 페이스북에서 찾았을 테지. 마지막으로 아나와 내가 같이 찍은 사진 두 장. 그녀의 졸업식과 사진작가의 전시회에서 찍은 사진이었다.

하이드 이 인간은 대체 무슨 꿍꿍이로 이런 짓을 한 걸까? 어처구니가 없었다. 놈이 아나에게 마음이 있는 건 알고 있었다. 한결같이 아나에게 들이댔으니까. 하지만 내 가족? 나? 우리에게 집착하지 않고서야 이럴 순 없다. 아니면 순전히 아나 때문에? 이상했다. 솔직히 몹시 불쾌했다. 아침에 웰치에게 전화해 상의하기로 했다. 그가 뒷조사를 해서 해답을 가져다줄지 모른다.

나는 이메일을 닫았다. 받은 메일함에 마르코가 보낸 최종 합병 계약서 두 건이 있었다. 이건 오늘 밤에 읽어야 했다. 우선은 저녁 식사부터.

"안녕, 게일." 나는 거실로 돌아가 게일을 소리쳐 불렀다.

"안녕하세요, 그레이 씨. 10분 후에 저녁 내올게요. 괜찮으시죠?"

아나는 식탁에 앉아 와인 잔을 기울이고 있었다. 그런 새끼를 상대했으니 그럴 만도 했다. 나는 그녀에게 건너가 상세르 병을 집어 내 잔을 채웠다.

"좋죠." 나는 게일에게 대꾸하고 나서 아나에게 와인 잔을 들었다. "딸들 교육을 잘 시키는 전직 군인들을 위해."

"건배." 그녀가 말했지만, 풀이 죽은 목소리였다.

"왜 그래?"

"직장에서 쫓겨나지나 않을지 몰라서요."

"계속 일하고 싶은 거야?"

"물론이죠."

"그럼 그렇게 될 거야."

그녀는 나를 보고 눈을 흘겼고 나는 씩 웃으며 와인을 한 모금 더 마셨다.

"바니랑 통화했어요?" 그녀가 물었다. 나는 그녀 옆에 앉았다.

"했지."

"그런데요?"

"뭐가 그런데야?"

"잭 컴퓨터에 뭐가 있었는데요?"

"별거 아니야."

존스 부인이 우리 앞에 음식을 내려놓았다. 치킨 포트파이. 내가 좋아하는 음식 중 하나.

"고마워요, 게일."

"맛있게 드세요, 그레이 씨. 아나." 그녀는 유쾌하게 말하고는 부엌을 나갔다.

"나한테 말 안 해줄 거죠, 응?" 아나가 졸랐다.

"뭐 말이야?"

그녀는 한숨을 내쉬더니 입을 꾹 다물었다가 저녁밥을 한 입 먹었다.

잭의 컴퓨터에 있던 것 때문에 아나가 걱정하는 것은 원치 않았다.

"호세가 전화했었어요." 그녀가 화제를 바꾸었다.

"그래?"

"금요일에 당신 사진을 배달하겠대요."

"직접 배달까지 해주네." 왜 화랑이 아니고 예술가가 직접 나서지? "친절도 하셔라."

"같이 외출하고 싶대요. 한잔하러. 나하고."

"그래."

"케이트와 엘리엇도 돌아올 거예요."

나는 접시에 포크를 내려놓았다. "부탁하려는 게 정확히 뭐야?"

"부탁하는 게 아니에요. 내 금요일 계획을 알려주는 거지. 나호세 만나고 싶어요. 그리고 호세가 하룻밤 잘 데가 필요하대요. 여기서 지내거나 내 아파트에 지내거나. 만약 호세가 내 아파트에서 머물게 되면 나도 거기서 자야 해요."

"그 친구, 너한테 들이댔어."

"크리스천, 그건 한참 지난 일이에요. 술김에 그런 거고, 그땐 나도 취했었는데, 당신이 구해줬잖아요……. 그런 일 다시는 없을 거예요. 맙소사, 호세는 잭과 같은 인간이 아니라고요."

"이든이 거기 있잖아. 친구해주겠지."

"호세는 나를 보러 오는 거예요, 이든이 아니라."

나는 그녀에게 인상을 썼다.

"호세는 그냥 친구예요." 그녀는 물러서지 않았다.

벌써 잭의 일을 잊은 모양이다. 로드리게스가 술에 취해 아나에게 다시 접근한다면? "난 마음에 안 들어."

아나가 심호흡을 했다. 냉정함을 유지하려 애쓰는 것 같았다. "걘 내 친구예요, 크리스천. 전시회 이후로 한 번도 못 봤다고요. 그때도 짧게만 봤고. 당신에게 친구는 그 지독한 여자 외에 없다는 건 알지만, 당신이 그 여자 만난다고 내가 징징대진 않잖아요."

이것과 엘레나가 무슨 상관? 문득 엘레나의 문자에 답장하지 않았다는 게 기억났다.

"난 호세 만나고 싶어요." 그녀가 말했다 "명색이 친구인데 그동안 걔한테 잘 해주지도 못했다고요."

"정말 그렇게 생각해?"

"그렇게 생각하다니, 뭘요?"

"엘레나. 내가 그 여자 안 만났으면 좋겠어?"

"물론이죠. 안 만났으면 좋겠어요."

"왜 말 안 했어?"

"그건 내가 이러쿵저러쿵할 사안이 아니니까요. 그 여자가 유일한 친구라면서요." 그녀가 발끈했다. "내가 호세를 만날지 말지도 당신이 이러쿵저러쿵할 사안이 아닌 것처럼요. 모르겠어요?"

"여기 묵으면 되겠네. 그러면 내 눈으로 지켜볼 수 있을 테니."

"고마워요! 알다시피, 나 여기서 살게 되면⋯⋯." 그녀가 말꼬리를 흐렸다.

아무렴. 여기로 친구들을 초대해야 하겠지. 맙소사. 그 생각을 못 했네.

"여기 방이 모자라는 것 같지도 않고요." 그녀가 한 손을 휘둘러 아파트를 쭉 가리켰다.

"지금 나 비웃는 거야, 스틸 양?"

"왜 아니겠어요, 그레이 씨."

그녀는 일어나 우리 둘의 접시를 치웠다.

"게일이 할 거야." 그녀가 식기세척기 쪽으로 가자 내가 말했다. 하지만 너무 늦었다.

"벌써 다 했어요."

"나 잠시 일을 좀 해야 해."

"좋아요. 나도 할 일을 찾을게요."

"이리 와."

그녀는 내 다리 사이로 들어와 내 목에 두 팔을 감았다. 나는 그녀를 바짝 끌어안았다. "괜찮아?" 나는 그녀의 머리카락에 대고 소곤거렸다.

"괜찮다뇨?"

"그 새끼랑 그런 일 겪었잖아? 게다가 어제 일도 있고." 나는 고개를 뒤로 빼고 그녀의 표정을 살폈다.

"그럼요." 그녀가 힘주어 딱 잘라 말했다.

나를 안심시키려는 걸까?

나는 두 팔을 더 조였다. 지난 이틀은 정말이지 괴상한 날들이었다. 너무나 많은 일들이 일어났고 너무 순식간에 지나갔다. 나의 옛 삶이 새 삶을 위협했다. 그리고 아나는 아직 내 청혼에 대답을 하지 않고 있다. 지금 대답해달라고 재촉해서는 안 되겠지.

그녀도 나를 꽉 안았다. 오늘 아침 이후 처음으로 평온감과 안정감이 들었다. "싸우지 말자." 나는 그녀의 머리에 키스했다. "평소처럼 천상의 향기가 나네, 아나."

"당신도요." 그녀가 내 목에 키스했다.

나는 마지못해 그녀를 놓았다. 계약서를 읽어야 했다. "두 시간 정도 걸릴 거야."

눈이 피로했다. 나는 얼굴을 문지르고 나서 콧날을 누르고는 창밖을 보았다. 날이 저물고 있었지만 두 건의 계약서 검토를 마쳤다. 내 메모가 적힌 계약서를 마르코에게 전달했다.

이제 아나를 찾으러 갈 시간이다.

그녀는 텔레비전을 보고 싶어 할지 모른다. 텔레비전이라면 질색인데, 그녀와 함께라면 같이 앉아 영화를 보고 싶었다.

도서실에 있나 가보았지만 그녀는 거기 없었다.

목욕이라도 하나?

거기도 없었다. 침실에도, 욕실에도.

서브 방을 확인하기로 했다. 하지만 가는 길에 놀이방 문이 열려 있는 것을 발견했다. 안을 보니 아나가 침대에 걸터앉아 혐오스러운 눈초리로 회초리들을 물끄러미 보다가 인상을 쓰며 고개를 돌렸다.

저것들 다 없애야겠다.

나는 문설주에 기대 조용히 그녀를 지켜보았다. 그녀는 침대에서 일어나 소파에 앉더니 두 손으로 부드러운 가죽을 쓰다듬었다. 그리고 서랍장을 가만히 보다 일어나 그쪽으로 건너가 맨 위 서랍을 열었다.

와하, 뜻밖의 행동이로군.

그녀는 서랍에서 커다란 버트 플러그를 꺼내 매료된 듯 살펴보다가 손으로 무게를 가늠했다. 초심자가 애널의 쾌락을 위해 사용하기엔 좀 지나치게 컸지만, 나는 홀린 듯한 그녀의 표정에 매료됐다. 그녀의 머리카락은 촉촉했고 운동복 바지와 티셔츠 차림이었다.

브라 없이.

끝내준다.

그녀는 고개를 들다 문간에 선 나를 발견했다. "안녕." 그녀가 숨을 몰아쉬며 초조한 어조로 말했다.

"뭐 하고 있어?"

그녀가 얼굴을 붉혔다. "그게, 지루하기도 하고 궁금하기도 해서."

"아주 위험한 조합인데." 나는 방 안으로 슬슬 들어가 그녀에게 다가갔다. 그녀를 굽어보며 열린 서랍 안에 또 무엇이 있는지 보았다. "그래, 정확히 뭐가 궁금했지, 스틸 양? 어쩌면 내가 알려줄 수도 있을 거야."

"문이 열려 있길래." 그녀가 얼른 말했다. "나는 그저……." 그녀는 말을 멈췄다. 죄지은 사람처럼.

그녀를 곤경에서 구출해줘, 그레이.

"오늘 여기 들어왔었어. 이걸 다 어떻게 해야 하나 생각했지. 문 잠그는 걸 깜빡했나봐."

"그래요?"

"하지만 지금 네가 여기 있으니 여전히 호기심이 발동하는데."

"화난 건 아니죠?"

"내가 왜 화가 나겠어?"

"멋대로 들어온 것 같아서요. 게다가 당신은 나한테 항상 화내니까."

내가? "그래, 멋대로 들어온 건 맞지만, 화 안 났어. 내 희망대로, 언젠가 네가 여기서 나와 같이 살게 되면, 이것들은 모두……." 나는 손으로 방을 쭉 가리켰다. "네 것이기도 해. 그래서 오늘 여기 들어왔던 거야. 어떻게 할지 결정하려고." 나는 그녀의 표정을 지켜보며 그녀가 방금 한 말을 곱씹었다. 내가 화를 내는 대상은 대부분 나 자신이었다, 그녀가 아니라. "내가 너한테 항상 화를 내? 오늘 아침엔 안 그랬던 것 같은데."

그녀가 씩 웃었다. "장난스러웠죠. 난 장난스런 크리스천이 좋더라."

"그래?" 나는 한쪽 눈썹을 추켜올리며 그녀에게 미소를 돌려주었다. 그녀가 칭찬해주니 좋았다.

"이건 뭐죠?" 그녀가 살펴보던 것을 들어 올렸다.

"또 정보에 굶주리셨군, 스틸 양. 그건 버트 플러그야."

"그래요?" 그녀는 놀란 듯했다.

"널 위해 샀어."

"날 위해서?"

나는 고개를 끄덕였다.

"매번…… 장난감을 사나봐요……. 서브미시브마다 새 걸로?"

"가끔은. 맞아."

"버트 플러그도?"

물론. "그래."

그녀는 그것을 경계하는 눈으로 보다 서랍 안에 도로 넣었다.

"이건요?" 그녀는 애널 비드를 내게 흔들었다.

"애널 비드."

그녀는 손가락으로 그것을 주르륵 훑었다. 신기하다는 듯이.

"오르가즘을 느끼는 중에 꺼내면 꽤 효과가 있어."

"이것도 날 위한 거예요?" 그녀는 구슬을 보며 물었다. 누가 들을세라 목소리를 낮추면서.

"널 위한 거야."

"그렇다면 이건 엉덩이 서랍인가봐요?"

나는 터지는 웃음을 꾹 참았다. "원한다면 그렇게 불러."

그녀는 얼굴을 사랑스러운 분홍빛으로 물들이며 서랍을 닫았다.

"엉덩이 서랍이 마음에 안 드나봐?" 내가 놀렸다.

"크리스마스 선물 목록에 가장 먼저 올리고 싶진 않아요."

아나의 똑똑한 입이 발동했다. 그녀가 두 번째 서랍을 열었다. 아하, 이거 재밌겠다. "다음 서랍에는 각종 바이브레이터가 있지."

그녀가 그 서랍을 얼른 닫았다. "다음은요?"

"더 흥미로운 것들."

그녀가 다음 아래 서랍을 천천히 열고 장난감을 꺼내 내게 보여주었다.

"성기 집게." 그녀가 얼른 그것을 서랍 안에 내려놓고 다른 걸 골랐다. 내 기억으로 그것은 그녀에겐 고정 한계였다. "어떤 건 고통을 위한 거지만, 대부분은 쾌락을 위한 거야." 나는 그녀를 안심시켰다.

"이건 뭐죠?"

"유두 집게. 둘 모두를 위한 것이지."

"둘? 두 젖꼭지요?"

"뭐, 집게가 두 개니까, 맞아, 두 젖꼭지. 하지만 내 말은 그게 아니었어. 쾌락과 고통 모두를 위한 거라는 뜻이야." 나는 그걸 그녀에게서 건네받았다. "새끼손가락 내밀어봐."

그녀가 시키는 대로 하자 나는 그녀의 손끝을 집게로 집었다. 그녀가 숨을 멈추었다. "감각은 아주 강렬하지만 떼어낼 때 극심한 통증과 쾌락이 동시 일어나지." 그녀가 집게를 뗐다. "이거 모양이 마음에 들어요." 허스키해진 그녀의 목소리에 나는 웃음이 났다.

"그래, 스틸 양? 그런 것 같군."

그녀는 고개를 끄덕이고 클립을 서랍에 도로 넣었다. 나는 몸을 숙여 그녀에게 보여주려고 다른 걸 꺼냈다.

"이건 조절 가능해." 나는 그걸 들어 그녀에게 보여주었다.

"조절 가능?"

"아주 꽉 조일 수도 있고, 아닐 수도 있어. 기분에 따라서."

그녀의 시선이 집게에서 내 얼굴로 이동했다. 그녀가 아랫입술을 핥았다. 그녀가 다른 장난감을 꺼냈다. "이건요?" 그녀가 흥미를 보였다.

"와텐베르크 핀휠이야." 나는 조절 가능한 집게를 서랍에 도로 넣었다.

"용도는?"

나는 그걸 그녀에게서 건네받았다. "손 줘봐. 손바닥을 위로 하고." 그녀가 손을 내밀자 나는 비쭉비쭉한 바퀴를 그녀의 손바닥에 대고 중앙으로 쭉 밀었다.

"아!" 그녀가 숨을 들이켰다.

"이게 가슴에 닿는다고 상상해봐."

그녀는 손을 홱 뺐지만, 빠르게 오르내리는 가슴이 흥분감을 드러냈다.

이게 그녀를 흥분시키는군.

"쾌락과 고통은 종이 한 장 차이야, 아나스타샤." 나는 핀휠을 다시 서랍에 넣었다.

그녀가 다른 장치를 쳐다보았다. "빨래집게?"

"빨래집게로 할 수 있는 건 많아."

하지만 이건 너한테 맞지 않을 거야, 아나.

그녀는 서랍장에 몸을 기대 서랍을 닫았다.

"구경 다 했어?" 나도 흥분되는 걸……. 그녀를 아래층으로 데려가야겠어.

"아뇨." 그녀는 고개를 젓고 나서 네 번째 서랍을 열고 내가 좋아하는 장치를 꺼냈다. "공 재갈. 입을 다물릴 때 쓰는 거야." 나는 그녀에게 알려주었다.

"유동 한계네요."

"나도 기억해. 그래도 숨은 쉴 수 있어. 이로 공을 무는 거니까."

나는 그걸 그녀에게서 받아 손가락으로 공을 입에 무는 흉내를 해 보였다.

"당신도 이거 입에 문 적 있어요?" 그녀가 언제나처럼 호기심에 물었다.

"응."

"비명을 막으려고요?"

"아니, 이건 그런 데 쓰는 게 아냐."

그녀는 어리둥절해 고개를 한쪽으로 기울였다.

"이것의 핵심은 통제야, 아나스타샤. 묶인 데다 말까지 못 하면 얼마나 무기력한 기분이겠어? 또한 나를 전적으로 신뢰해야 가능하겠지? 내가 네게 강력한 힘을 행사한다는 걸 의식할 테니 말이야. 또한 나는 말이 아니라 네 몸짓과 반응을 읽어야만 하니까. 그래서 넌 더 의존적이 되고, 나는 절대적인 통제권을 갖는 거야."

"아쉬워하는 것처럼 들리네요." 그녀가 들릴 듯 말 듯한 목소리로 말했다.

"알고 있는 걸 애기했을 뿐이야."

"이미 당신은 내게 힘을 행사하고 있어요. 알잖아요."

"그래? 너 때문에 나는…… 무기력한 기분이 들어."

"말도 안 돼." 그녀가 반박했다. 충격을 받은 것처럼. "왜요?"

"너는 내게 심한 타격을 줄 수 있는 유일한 사람이니까."

네가 떠났을 때 난 무너졌어.

나는 그녀의 머리카락을 귀 뒤로 넘겼다.

"아, 크리스천. 그건 서로 마찬가지예요. 당신이 나를 원하지 않았다면……." 그녀는 몸을 부르르 떨고는 손가락을 내려다보았다. "당신에게 상처 주는 일, 나는 정말 원치 않아요. 나 당신 사랑해요."

그녀는 두 손으로 내 얼굴을 어루만졌고, 나는 그 감촉을 즐겼다. 그녀의 손길에 내 몸은 기지개를 켰고, 내 마음은 위안을 얻었다. 나는 재갈을 서랍 속에 떨구고 그녀를 끌어안았다. "이제 물건 발표 시간은 끝난 거지?"

"왜요? 뭘 하고 싶었는데요?" 그녀의 어조가 도발적이었다.

나는 부드럽게 키스했고, 그녀는 몸을 내 몸에 밀착시켜 의사를 분명히 드러냈다. 나를 원한다는. "아나, 너 오늘 큰일 날 뻔 했어."

"그래서요?" 그녀가 숨을 몰아쉬었다.

"'그래서'라니?" 성질이 났다.

"크리스천, 나 괜찮아요."

정말이야, 아나?

나는 그녀를 더 바짝 당겨 꽉 끌어안았다.

"네가 무슨 일을 당했을지 모른다는 생각만 해도……." 나는 그녀의 머리카락에 얼굴을 묻고 체취를 들이마셨다.

"내가 보기보다 강하다는 걸 언제야 알겠어요?"

"네가 강하다는 건 알아." 넌 나를 참아내잖아. 나는 그녀에게 키스한 후 그녀를 놓아주었다.

그녀는 입을 비쭉거리고는 놀랍게도 손을 내밀어 서랍에서 또 다른 토이를 꺼냈다. 끝난 게 아니었나? "그건 발목과 손목을 묶는 스프레더바야."

"어떻게 쓰는데요?" 그녀의 눈동자가 속눈썹 사이로 나를 올려다보았다.

아하, 자기야, 나 그 표정 잘 알아.

"보여줄까?" 나는 눈을 감고 그녀가 수갑과 족쇄를 차고 애원하는 모습을 상상했다. 내 물건이 꿈틀댔다.

몸부림을 쳤다.

"네. 시범 보여줘요. 나 묶이는 거 좋아해요."

"아, 아나." 나는 속삭였다. 나도 그러고 싶어. 하지만 여기서는 안 돼.

"왜요?"

"여기선 안 돼."

"무슨 소리예요?"

"침대에서 하고 싶어. 여기 말고. 가자."

나는 스프레더바를 들고 그녀의 손을 잡아 그녀를 방에서 데리고 나갔다.

"여기서는 왜 안 되는데요?"

나는 계단에서 멈춰 섰다. "아나, 넌 그 방으로 돌아갈 준비가 되었는지 몰라도 난 아니야. 지난번 거기서 네가 날 떠났잖아. 몇 번이나 말했는데 언제쯤 이해할 거야? 그 일이 있고 나서 내 성향은 송두리째 바뀌었어. 삶을 바라보는 시각이 뒤바뀐 거야. 이 얘긴 이미 했지. 아직 하지 않은 이야기는……." 나는 말을 멈추고 적당한 말을 골랐다. "난 재활 중인 알코올중독자나 같아. 알겠어? 생각나는 비유가 그것밖에 없군. 강박감은 사라졌지만 유혹을 가까이하고 하고 싶진 않아. 네게 상처 주기 싫어."

그리고 네가 무얼 하고 무얼 하지 않겠다고 내게 정말 말할지 확신이 없어.

그녀가 인상을 썼다. "네게 상처 준다면 난 견딜 수 없어. 너를 사랑하니까." 내가 덧붙였다. 그녀의 눈이 부드러워지더니 말릴 새도 없이 그녀가 내게 덤벼들었다. 나는 같이 계단 아래로 굴러떨어지지 않으려다 스프레더바를 떨어뜨리고 말았다. 그녀는 나를 벽으로 밀어붙였다. 그녀가 나보다 위 계단에 서 있었기 때문에 우리의 입술은 그대로 맞닿았다. 그녀는 두 손으로 내 얼굴을 감싸고 내게 키스하며 혀를 내 입안에 밀어 넣었다. 그녀의 손가락이 내 머리카락을 파고들었고 그녀의 몸은 내 몸에 밀착했다. 그녀의 키스는 열정적이고 관대하고 거리낌 없었다.

나는 신음하다 그녀를 살며시 밀어냈다. "여기 계단에서 널 가지면 어떨까?" 내가 소곤거렸다. "지금 당장 말이야."

"좋아요."

나는 그녀의 몽롱한 얼굴을 바라보았다. 그녀가 원한다. 계단에서의 섹스는 해본 적이 없어 마음이 동했지만, 불편할 게 분명했다.

"아냐. 널 침대에서 갖고 싶어." 나는 그녀를 들어 어깨 위에 둘러멨다. 고맙게도 그녀는 즐거운 비명을 내질렀다. 내가 그녀의 엉덩이를 탁 때리자 그녀는 다시 비명을 지르고 웃음을 터뜨렸다.

나는 몸을 굽혀 스프레더바를 주워 그녀와 함께 침실로 향했다. 나는 침실에 아나를 내려놓고 스프레더바를 침대 위에 놓았다.

"당신은 내게 상처 주지 않아요." 그녀가 말했다.

"나도 네게 상처 줄 거라곤 생각 안 해." 나는 두 손으로 그녀의 머리를 감싸고 거세게 키스했다. 혀로 그녀의 입을 탐험했다. "널 미치게 원해. 괜찮겠어? 오늘 그런 일이 있었는데?"

"네. 나도 당신을 원해요. 당신 옷을 벗기고 싶어요."

젠장. 널 만지고 싶대, 그레이.

하라고 해.

"좋아." 어제도 해냈으니까.

그녀는 내 셔츠 단추로 손을 뻗었다. 두려움을 억누르느라 숨을 참아야 했다.

"당신이 원하지 않으면 안 만질게요."

"아니야. 해. 괜찮아. 난 괜찮아."

나는 마음을 굳게 먹고 어둠과 함께 닥쳐올 혼란과 두려움에 대비했다. 그녀는 단추를 하나씩 하나씩 풀었다. 그녀의 손가락이 아래로 아래로 내려가는 동안 나는 그녀의 열중한 얼굴을, 그 아름다운 얼굴을 바라보았다. "여기에 키스하고 싶어요."

"내게? 내 가슴에?"

"네."

내가 숨을 흡 들이켤 때 그녀는 다음 단추를 풀었다. 그녀는 나를 올려다보고는 천천히, 천천히, 천천히 몸을 앞으로 숙였다.

그녀가 내게 키스하려고 한다.

나는 숨을 참았다. 겁이 나기도 하고 매혹되기도 했다. 그녀는 내 가슴에 보드랍고 다정하게 입을 맞추었다.

어둠은 침묵을 지켰다.

그녀는 마지막 단추를 끄른 후 셔츠를 벌렸다. "점점 쉬워지네요, 그죠?"

나는 고개를 끄덕였다. 훨씬 쉬워졌다. 그녀는 셔츠를 내 어깨너머로 밀어 바닥에 떨어뜨렸다. "나를 어떻게 한 거야, 아나? 그게 무엇이든 그만두지 마."

나는 그녀를 품에 안고 그녀의 머리카락을 움켜쥐고 뒤로 젖혀 그녀에게 키스하고 그녀의 목을 깨물었다.

그녀가 신음했다. 그녀의 손가락이 내 바지 허리춤 속으로 들어와 단추와 앞섶을 열었다.

"아, 자기." 나는 속삭이며 그녀의 귀 뒤에 키스했다. 귀 뒤에서 맥박이 욕망에 발맞춰 빠르고 고르게 뛰었다. 그녀의 손가락이 일어선 내 몸을 쓰다듬었다. 그녀가 별안간 내 앞에 엎드렸다.

"후아!"

내가 숨을 들이켜기도 전에 그녀가 내 바지를 잡고 입술로 내 발기한 물건을 휘감았다.

맙소사.

그녀가 입을 조이고는 나를 세게 빨았다.

그녀의 입에서 눈을 뗄 수 없었다.

그것이 나를 감쌌다.

나를 안으로 빨아들였다.

밖으로 밀쳐냈다.

그녀가 이로 나를 긁고는 쥐어짰다.

"젠장." 나는 그녀의 머리를 감싸 쥐고 엉덩이를 움츠려 그녀의 입안으로 더 깊이깊이 들어갔다.

그녀가 혀로 나를 애태웠다.

입을 밀었다 뺐다 움직였다.

다시. 다시.

나는 그녀의 머리를 꽉 움켜쥐었다.

"아나." 나는 경고하고 뒤로 물러나려 했다.

그녀는 내 음경을 깊게 빨아들이면서 내 엉덩이를 움켜잡았다.

나를 절대 놓지 않을 기세였다.

"제발." 그녀가 멈추기를 바라는지 계속하기를 원하는지 나도 알 수 없었다. "나 할 것 같아, 아나."

그녀는 무자비했다. 그녀의 입과 혀가 기교를 부렸다. 멈출 기미가 없었다.

아, 망할.

나는 그녀의 머리를 잡고 몸을 지탱하며 그녀의 입안에서 절정에 올랐다.

눈을 떠보니 그녀가 승리자처럼 나를 올려다보다 미소를 지으며 입술을 핥았다.

"아, 이렇게 나온다 이거지, 스틸 양?" 나는 그녀를 일으켜 세웠다. 내 입술이 그녀의 입술을 찾았다. 혀를 그녀의 입안에 넣어 달콤한 그녀의 맛과 짭짤한 내 맛을 보았다. 짜릿했다. 나는 신음했다. "내가 이런 맛이구나. 네가 더 맛있어." 나는 그녀의 티셔츠 밑자락을 잡아 위로 당겨 벗겨내고는 그녀를 들어 올려 침대에 던졌다. 그녀의 바지 자락을 잡아 확 당기자 그녀는 단번에 나체가 되었다. 나는 그녀에게 시선을 고정하고 내 옷을 벗었다. 그녀의 짙은 눈이 점점 커다래지는 동안 나 역시 알몸이 되었다. 나는 그녀를 굽어보았다. 그녀는 님프처럼 침대에 쭉 뻗고 누워 있었다. 머리카락은 갈색 후광 같았고, 따뜻한 눈은 나를 반겼다.

내 여자의 몸을 구석구석 감상하는 사이 내 연장이 다시 고개를 들고 점점 커졌다.

그래. 근사한 여자야.

"넌 참 아름다운 여자야, 아나스타샤."

"당신도 아름다운 남자예요, 크리스천. 그리고 엄청 맛있어."
그녀의 미소는 섹시하고 요염했다.

나는 그녀에게 짓궂은 미소를 지었다.

스틸 양에게 반격 개시.

나는 내내 그녀에게 시선을 떼지 않고 그녀의 왼발을 잡고 족
쇄를 채웠다. "이젠 네 맛을 좀 볼까. 내 기억에 넌 드문 진미였
어, 스틸 양."

그녀의 오른쪽 발목도 잡아 족쇄를 채웠다. 그리고 스프레더
바를 든 채 물러나 내 작품을 감상했다. 그녀는 안전했고 줄이
너무 꽉 조이지 않아 만족스러웠다. "이 스프레더바의 장점은
신축성이 좋다는 거야." 나는 그녀에게 알려주고 나서 클립을
채우고 바깥쪽으로 당겼다. 바가 늘어나며 그녀의 다리 간격이
더 넓게 벌어졌다.

아나가 숨을 들이켰다.

"아, 이걸로 좀 놀아볼까, 아나." 내가 손을 아래로 내려 바를
휙 비틀자 아나가 엎어졌다. "내가 널 어떻게 할 수 있는지 봤
지?" 나는 다시 바를 비틀어 그녀를 똑바로 눕혔다.

그녀가 헐떡거렸다. 젖가슴이 오르내렸다.

"다른 수갑은 손목에 채울 건데, 그건 나중에 생각해보자. 네
가 착하게 굴면."

"착하게 굴지 않으면요?" 그녀의 목소리는 욕망에 젖어 허스
키했다.

"그러고 보니 몇 가지 불량 행동이 생각나는군." 내가 손가락
으로 그녀의 발바닥을 쓸자 그녀가 몸을 비틀었다. "가령 블랙
베리라든가."

"어떻게 할 건데요?"

"아, 작전을 미리 알려줄 순 없지."

지금 그녀가 얼마나 섹시한지 그녀는 알지 못할 것이다. 나는 천천히 침대로 기어올라가 그녀의 두 다리 사이에 자리를 잡았다.

"흠. 노출이 심한데, 스틸 양." 나는 속삭였다. 우리의 시선이 얽히는 사이 내 손가락은 동그라미를 그리며 그녀의 다리 위쪽으로 올라갔다. "관건은 기대감이야, 아나. 내가 널 어떻게 할 것 같아?"

그녀는 내 밑에서 꿈틀댔지만, 묶여 있었다.

내 손가락은 더 높이높이 허벅지 안쪽으로 올라갔다. "잊지 마, 내키지 않으면 멈추라고 말해야 해." 나는 몸을 숙여 그녀의 배에 키스했다. 내 코가 그녀의 배꼽을 벨처럼 눌렀다.

"아, 제발. 크리스천."

"아, 스틸 양. 너도 가차 없이 내게 사랑의 맹공을 퍼부었잖아. 호의는 호의로 갚아줘야지." 나는 그녀의 배에 키스했다. 내 입술이 남쪽으로 이동했고, 손가락은 북쪽으로 나아갔다.

나는 천천히 손가락을 그녀의 안에 넣었다. 그녀가 골반을 들며 손가락을 감쌌다.

나는 신음했다. "넌 나를 끝없이 놀라게 해, 아나. 흠뻑 젖었군."

그녀의 음모가 내 입술을 간지럽혔지만 나는 탐험을 계속했다. 내 혀가 앙증맞고 관심에 목마른 클리토리스를 찾아냈다.

"아." 그녀가 소리치며 족쇄를 팽팽히 당겼다.

아, 자기야, 넌 내 거야.

나는 혀를 빙빙 돌리면서 손가락을 천천히 둥글게 돌리며 넣다 빼기를 반복했다. 그녀는 침대 위로 활처럼 휘어지며 솟아올랐다. 시야 가장자리로 그녀가 시트를 움켜쥐는 것이 보였다.

쾌락을 빨아들여, 아나.

"아! 크리스천!" 그녀가 외쳤다.

"알아, 자기." 나는 그녀에게 숨을 훅 불었다.

"아! 제발!" 그녀가 애원했다.

"내 이름을 말해."

"크리스천." 그녀가 탄식했다.

"다시."

"크리스천, 크리스천, 크리스천 그레이!" 그녀가 외쳤다.

임박했다.

"넌 내 거야." 나는 소곤대고 나서 그녀를 빨고 할짝거렸다.

그녀는 교성을 내지르며 내 손가락을 감싼 채 절정에 올랐다. 그녀가 오르가즘의 소용돌이에 휘말려 있는 동안 나는 상체를 일으켜 그녀를 뒤집어 엎드리게 하고는 그녀의 상체를 일으켜 내 무릎에 앉혔다.

"이렇게 해보자, 자기. 별로거나 불편하면 말해. 멈출 테니."

그녀는 혼미한 상태로 숨을 헐떡였다.

"엎드려, 자기. 머리와 가슴을 침대에 대."

그녀가 엎드리자마자 나는 그녀의 두 손을 등 뒤로 돌려 스프레더바에 달린 수갑을 채웠다. 그녀의 손목이 발목 옆에 놓였다.

아, 대단해. 그녀는 엉덩이를 공중에 치켜든 채 숨을 거칠게 몰아쉬었다. 나를 기다렸다.

"아나, 참 아름다워."

나는 콘돔을 집어 포장을 재빨리 뜯고 그것을 내 몸에 끼웠다.

나는 그녀의 등뼈를 따라 아래로 쭉 훑어 내려와 그녀의 엉덩이에서 멈추었다. "네가 준비가 되면, 이것도 갖고 싶어." 내가 엄지손가락으로 그녀의 엉덩이 사이를 쓰다듬자 그녀가 긴장하며 숨을 들이켰다. "오늘은 아냐, 달콤한 아나." 나는 그녀를 안심시켰다. "하지만 언젠가는. 난 널 모든 면에서 원하니까. 네 모든 걸 소유하고 싶어. 너는 내 거니까."

나는 그녀의 안에서 손가락을 천천히 돌렸다. 그녀는 여전히 젖어 있었다. 나는 그녀 뒤에 엎드려 그녀 안으로 들어갔다.

"악! 살살!" 그녀가 소리쳤다.

나는 멈췄다. 제길. 나는 그녀의 엉덩이를 잡았다. "괜찮아?"

"부드럽게." 그녀가 말했다. "익숙해질 때까지."

부드럽게. 부드럽게 할 수 있어.

나는 천천히 뒤로 빠졌다가 천천히 앞으로 나아가며 그녀를 채웠다. 그녀가 신음했고, 나는 천천히 빠졌다가 앞으로 천천히 나아갔다. 다시.

다시.

다시.

천천히.

"좋아. 이제 됐어요." 그녀가 중얼거렸다.

나는 신음하며 조금 더 빠르게 움직였다. 매번 찌를 때마다 그녀는 교성을 흘리기 시작했다. 나는 속도를 더 높였다. 그녀의 눈이 질끈 감기고 입이 벌어지며 매번 돌격마다 숨을 토해냈다.

젠장. 끝내주게 좋아.

나는 눈을 감고 그녀의 엉덩이를 꽉 움켜쥔 채 그녀에게 빠져들었다.

달리고, 달렸다.

마침내 그녀가 나를 안으로 빨아들이는 느낌이 났다.

그녀가 울부짖으며 정상에 도달해 나를 끌어올렸고, 나는 그녀 안에서 절정을 맛보았다. 그녀의 이름을 불렀다. "아나."

나는 그녀 옆으로 무너졌다. 기운이 하나도 없었다. 잠시 그렇게 누워 해방감에 젖었다. 아나를 묶은 상태로 둘 수는 없어 나는 일어나 앉아 스프레더바를 풀었다. 그녀는 내 옆에 웅크리고 누웠고, 나는 그녀의 발목과 손목을 문질러주었다. 그녀가 손가락과 발가락을 꼼지락거릴 때 나는 도로 누워 그녀를 끌어안았다. 그녀가 뭐라 뭐라 알아들을 수 없는 말을 웅얼거리는가 싶더니 잠이 들었다.

나는 그녀의 이마에 키스하고는 이불을 당겨 그녀에게 덮어주고 다시 일어나 앉아 그녀를 바라보았다. 그녀의 머리카락을 한 가닥 쥐고 손가락 사이에 문질렀다.

정말 부드러웠다.

집게손가락에 돌돌 감아보았다.

보여? 난 이렇게 너에게 꽁꽁 묶였어, 아나.

나는 그녀의 머리카락 끝에 키스하고 나서 물러나 앉아 캄캄한 하늘을 내다보았다. 저 아래 땅 위는 어둡겠지만, 여기 위쪽은 아직 낮의 마지막 흔적이 하늘에 분홍과 오렌지, 오팔 빛깔을 더했다. 우리는 아직 빛 가운데 있었다.

아나는 내게 그런 존재였다.

내 삶에 빛을 가져왔다.

빛과 사랑을 가져왔다.

하지만 아직 내게 대답은 하지 않았다.

하겠다고 해, 아나.

내 아내가 되어줘.

제발.

그녀가 움직거리며 눈을 떴다. "네가 자는 모습은 아무리 봐도 질리지 않아, 아나." 나는 그녀의 이마에 다시 키스했다.

그녀는 나른한 미소를 짓고는 눈을 감았다.

"널 절대 보내고 싶지 않아."

"나도 가고 싶지 않아요." 그녀가 소곤거렸다. "날 보내지 마요."

"네가 필요해." 나는 속삭였다. 그녀의 입술이 올라가며 다정한 미소를 끌어냈고, 규칙적으로 숨을 들이쉬고 내쉬었다.

그녀는 잠이 들었다.

할아버지가 껄껄 웃는다. 미아가 엉덩방아를 찧는다. 미아는 아기다.

미아. 엄마와 아빠는 담요 위에 앉아 있다. 우리는 과수원에 있다.

내가 좋아하는 곳.

엘리엇은 나무들 사이를 요리조리 뛰어다닌다.

나는 미아를 일으켜 세우고, 미아는 다시 걷는다. 아장아장.

하지만 나는 미아를 따라다닌다. 아기를 지켜본다. 아기와 함께 걷는다.

나는 아기를 안전하게 지킨다.

우리는 소풍을 나왔다.

나는 소풍을 좋아한다.

엄마가 사과 파이를 만들었다.

미아가 담요 위로 걸어온다. 일제히 환호한다.

고맙구나, 크리스천.

미아를 잘 돌봐줘서, 하고 엄마가 말한다.

미아는 아기잖아요. 아기에겐 지켜볼 사람이 필요해요, 라고 나는 엄마에게 말한다.

할아버지가 나를 쳐다본다.

애가 이제 말을 하네?

네.

그거 참 잘됐구나. 할아버지가 엄마를 쳐다본다.

할아버지의 눈에 눈물이 그렁그렁하다. 하지만 할아버지는 행복하다. 행복한 눈물이다.

엘리엇이 뛰어 우리 옆을 지나간다. 풋볼 공을 가지고.

같이 놀자.

사과 조심해.

나는 고개를 든다. 나무 뒤에서 잭 하이드가 우리를 훔쳐보고 있다.

나는 즉시 잠에서 깼다. 심장이 날뛰었다. 두려워서가 아니라 꿈에서 뭔가를 보았기 때문에.

그게 뭐였지?

기억이 나지 않았다. 밖은 환했고, 아나는 내 옆에서 곤히 잠들어 있었다. 시간을 확인했다. 6시 30분이 다 됐다. 알람이 울리기 전에 먼저 깨버렸다. 한동안 없던 일인데. 옆에 꿈자리를 지키는 부적이 있는 동안에는 없던 일이다. 라디오가 켜졌지만 나는 바로 꺼버리고 아나에게 파고들어 그녀의 목에 얼굴을 묻었다.

그녀가 꼼지락거렸다.

"좋은 아침, 자기." 나는 속삭이며 그녀의 귓불을 깨물었다. 손을 올려 젖가슴을 살살 애무하자 내 손바닥 안에서 젖꼭지가 단단해졌다. 그녀가 내 옆에서 몸을 쭉 폈다. 나는 그녀의 피부를 엉덩이까지 쓰다듬고는 그녀를 바짝 끌어안았다. 내 발기한 몸이 그녀의 볼기 사이 고랑에 안착했다.

"날 봐서 반가운가봐요." 그녀는 꼼지락거리며 내 물건을 쥐었다.

"만나서 무척 반가워." 내 손가락이 그녀의 배를 지나 음부로 미끄러져 들어갔다. 나는 그녀를 여기저기 애무하며 함께 깨어날 때 누리는 이점을 그녀에게 일깨웠다. 그녀는 따스했고 나를 받아들일 준비가 돼 있었다. 나는 침대 옆 탁자 위로 손을 뻗어 콘돔을 집었다. 그녀 위에 올라가 팔꿈치로 몸을 지탱했다. 그녀의 다리를 천천히 벌리고 나서 엎드려 포일 포장을 찢었다. "토요일까지 못 기다려."

그녀가 열렬한 눈으로 나를 올려다보았다. "생일 파티?"

"아니. 그땐 이 거지 같은 물건을 안 써도 되니까." 나는 콘돔을 꼈다.

"그럴싸하게 갖다 붙이네요." 그녀가 키득거렸다.

"지금 웃는 거야, 스틸 양?"

"아니요." 그녀는 웃음을 참으려 했지만 얼굴에 번지는 웃음을 막지 못했다.

"지금 키득거릴 때가 아닐 텐데." 나는 어디 또 웃어보라는 듯 그녀를 내려다보았다.

"내가 키득거리면 좋아하는 줄 알았는데요."

"지금은 아니야. 때와 장소를 가려 키득거려야지. 지금은 둘 다 아니야. 그만 웃게 해야겠다. 방법은 내가 잘 알지."

나는 천천히 그녀 안으로 들어갔다.

"아." 그녀가 내 귀에 대고 신음을 토했다.

우리는 달콤하고 느긋하게 사랑을 나누었다.

키득대는 웃음은 없었다.

나는 옷을 차려입고 나서 존스 부인에게 받아 든 커피 컵과 커다란 쓰레기봉투로 무장하고 놀이방으로 올라갔다. 아나가 샤워를 하는 동안 꼭 처리해야 할 일이 있었다.

놀이방 문을 열고 안에 들어가 커피를 내려놓았다. 이 방을 디자인하고 채우는 데만 수개월이 걸렸다. 이제 언제쯤 이것들을 다시 사용하게 될지 알 수 없었다.

고민할 것 없어, 그레이.

나는 여기 올라온 이유와 마주했다. 한쪽 구석에 있는 회초리들. 그중에 몇 개는 전 세계에서 구해온 것들이었다. 나는 가장 아끼는, 장미목과 최상품 가죽으로 만든 회초리를 쓰다듬었다. 내가 직접 런던에서 사 온 놈이었다. 다른 것들은 대나무, 플라스틱, 탄소 섬유, 목재, 스웨이드 가죽으로 만들었다. 나는 그것들을 모두 쓰레기봉투 안에 찬찬히 넣었다.

이놈들을 떠나보내려니 섭섭했다.

이것 참. 안타까운 마음이 드는 건 어쩔 수 없었다.

아나가 이것들을 좋아할 리 만무했다. 그녀에게 맞지 않는 것들이었다.

네게 맞는 건 뭐야, 아나?

책들.

회초리는 절대 아닐 것이다.

나는 놀이방 문을 잠그고 서재로 향했다. 나중에 처리할 요량으로 그 회초리들을 수납장 안에 넣었다. 그녀가 이것들을 다시 볼 일은 당분간 없을 것이다.

나는 책상 앞에 앉아 커피를 마저 마셨다. 곧 아나는 아침 먹을 준비를 마칠 것이다. 나는 아나와 아침을 먹으러 부엌으로 가기 전 웰치에게 전화를 걸었다.

"그레이 씨?"

"좋은 아침. 잭 하이드에 관해 얘기 좀 할까 하고."

아나는 회색 옷 차림으로 아침을 먹으러 부엌에 들어왔다. 아름답고 우아했다. 그녀는 더 자주 치마를 입어야 한다. 다리가 저리 멋진데. 가슴이 벅차올랐다. 사랑으로. 자긍심으로. 그리고 겸손함으로. 당연하게 느껴지지 않고 매번 신선하고 설레는 기분이 들었다.

"아침 뭐 먹고 싶어요, 아나?" 게일이 아나에게 물었다.

"간단히 그래놀라 먹을게요. 고마워요, 존스 부인." 그녀가 카운터 앞 내 옆에 앉았다. 뺨이 발그레 물들었다.

지금 무슨 생각을 할까? 오늘 아침? 어젯밤? 스프레더바?

"예쁘네." 내가 말했다.

"당신도요." 그녀가 단정한 미소를 지었다. 아나는 내면의 광기를 감쪽같이 숨긴다.

"같이 치마 몇 벌 사러 가야겠다. 사실, 너 데리고 쇼핑 가고 싶어."

그녀는 크게 반색하지 않았다. "오늘 업무가 어떻게 될지 모르겠어요." 그녀가 화제를 바꾸고 싶은지 SIP 얘기를 꺼냈다.

"그 재수 없는 자식의 대타를 찾아야 할 거야." 나는 일단 그렇게 말했지만 시기는 짐작할 수 없었다. 직원 감사가 끝날 때까지 채용 유예 조치를 내려둔 상태였다.

"새 상사로 여자가 왔으면 좋겠어요."

"왜?"

"그래야 내가 상사랑 출장을 가는 걸 당신이 반대 안 하죠."

아, 자기야, 넌 여자들도 혹하는 타입이야.

존스 부인이 내 앞에 오믈렛을 놓는 바람에 아나가 다른 여자와 함께 있는 고혹적인 상상이 금세 사라졌다.

"뭐가 그리 웃겨요?" 아나가 물었다.

"너. 그래놀라나 먹어. 다. 그것만 먹을 거라면."

그녀는 입을 꾹 다물었다가 아침을 퍼먹기 시작했다.

"오늘 사브 운전해도 되죠?" 그녀가 마지막 숟가락질을 끝내고 물었다.

"테일러와 내가 직장까지 태워주면 되잖아."

"크리스천, 사브를 차고 안에 장식품으로 가져다둔 건 아니죠?"

"아니." 물론 아니지.

"그럼 출퇴근할 때 쓰게 해줘요. 이제 레일라는 위협이 아니잖아요."

왜 매번 전투를 치러야 하는 걸까?

그건 아나의 차야, 그레이.

"네가 원한다면." 나는 동의했다.

"원하고말고요."

"나랑 같이 타고 가."

"네? 나 혼자 갈 수 있어요."

나는 다른 전술을 구사했다. "같이 가고 싶어서 그래."

"뭐, 정 그러시다면." 아나는 속는 척 고개를 끄덕였다.

아나는 입이 귀에 걸렸다. 그 차를 정말 좋아했다. 내가 하는 말을 듣고 있는지조차 알 수 없었다. 나는 그녀에게 중앙 콘솔에 있는 시동 장치를 알려주었다.

"이상한 데 있네요." 그녀는 운전석에 펄쩍 뛰어들다시피 타더니 이것저것 죄다 건드려보았다.

"아주 신이 나나봐, 응?"

"새 차 냄새 나요. 훨씬 좋네요. 서브미시브 특별 차보다. 음, 그 A3보다." 그녀가 얼른 덧붙였다.

"서브미시브 특별 차?" 나는 웃음을 참았다. "말재주가 참 좋아요, 우리 스틸 양은." 나는 좌석에 등을 기댔다. "그만 출발." 나는 출입구 쪽으로 손짓했다.

아나는 두 손을 부여잡더니 시동을 걸고 기어를 주행에 놓았다. 이리 좋아할 줄 알았으면 진작에 운전하게 해줄걸.

그녀가 이리 행복해하는 걸 보니 기뻤다.

사브가 차단봉을 향해 부드럽게 나아갔다. 테일러가 모는 Q7이 뒤따라 버지니아 거리로 나왔다.

아나가 우리를 태우고 가는 것은 이번이 처음이다. 최초로 그녀가 운전대를 잡고 나를 태우고 가는 길이다. 그녀는 자신감 있고 능숙하게 운전했지만, 나는 얌전한 승객이 아니었다. 알다시피 나는 테일러 외에 다른 사람이 운전하는 걸 좋아하지 않는다. 나는 운전대에 앉는 걸 선호한다.

"라디오 켜도 괜찮아요?" 정지 신호에 정차했을 때 그녀가 물었다.

"집중해줬으면 좋겠어."

그녀가 반발했다. "크리스천, 제발요. 난 음악 켜놓고도 운전 잘한다고요."

나는 그녀의 태도를 묵인하고 라디오를 켰다. "CD뿐만 아니라 아이팟이나 MP3도 들을 수 있어." 내가 설명해주었다.

폴리스의 선율이 차 안을 채웠다. 옛날 히트곡이군. 〈고통의 왕〉." 나는 소리를 줄였다. 너무 시끄러웠다.

"당신 주제가네요." 그녀가 장난스레 빙긋 웃으며 말했다.

나를 놀리고 있군. 또.

"나도 이 앨범 있어요. 어딘가 있을 텐데." 그녀가 말했다.

그녀가 이메일에서 〈당신 숨결마다〉를 언급한 기억이 났다. 스토커들의 주제라고 했지, 아마. 재밌는 여자다. 나를 먹이 삼아 웃겨서 문제지. 그녀의 말이 맞는 말이라 나는 고개를 절레절레 저었다. 그녀가 나를 떠난 후 아침 조깅 때마다 그녀의 아파트를 배회했으니 말이다.

그녀가 아랫입술을 깨물었다. 내 반응에 주눅이 들었나? 플린을 만나러 갈 걱정을 하나? 그가 뭐라 말을 할까? "어이, 말대꾸 아가씨, 정신 차려." 그녀가 정지 신호에 급히 정차했다. "너무 산만해. 집중하라고. 아나. 사고는 집중하지 않을 때 일어나는 거야."

"일 생각 좀 했어요."

"넌 괜찮을 거야. 날 믿어."

"간섭하지 말아줘요. 내 힘으로 해내고 싶으니까. 부탁할게요. 이건 내게 중요한 문제라고요."

내가? 간섭? 난 널 보호하려는 거야, 아나.

"우리 싸우지 말아요, 크리스천. 오늘 아침 근사했잖아요. 게다가 어젯밤은……." 그녀의 뺨이 분홍빛으로 물들었다. "천국이었어요."

어젯밤. 나는 눈을 감았다. 치솟은 그녀의 엉덩이. 내 몸이 반응을 보이는 바람에 나는 자리에서 움직거렸다. "그래, 천국이었지." 나도 모르게 소리 내어 말하고 말았다. "그 말은 진심이었어."

"무슨 말요?"

"널 보내고 싶지 않다는 말."

"나도 떠나고 싶지 않아요."

"좋아." 조금 긴장이 풀렸다. 그녀는 아직 여기 있어, 그레이.

아나는 SIP 주차장으로 들어가 사브를 주차했다.

한시름 놓았다.

아나의 운전 실력은 그다지 나쁘지 않았다.

"사무실까지 바래다줄게. 테일러가 거기로 날 태우러 오면 되니까." 차에서 내릴 때 내가 말했다. "오늘 7시에 플린 박사 만나러 가는 거 잊지 마." 나는 그녀에게 손을 내밀었다. 그녀는 리모컨을 눌러 차 문을 잠그고 애정이 담뿍 담긴 눈길을 사브에게 던지고는 내 손을 잡았다.

"잊지 않을게요. 박사님에게 물어볼 질문 목록을 만들 거예요."

"질문? 나에 대해서? 나에 대한 질문은 뭐든 내가 대답을 해 줄 수 있는데."

그녀가 너그러운 미소를 지었다. "아무렴요. 하지만 난 비싼 돌팔이의 편견 없는 의견을 듣고 싶어요."

나는 그녀를 끌어안았다. 두 손으로 그녀의 얼굴을 감싸 쥐었다가 등에 감았다. "이거 잘하는 짓일까?" 나는 묻고 나서 그녀의 눈을 응시했다. 놀란 그녀의 눈빛이 부드러워졌다. 그녀는 플린을 만나러 가지 않아도 좋다고 말하고는 내 손에 잡힌 한 손을 흔들어 빼내 내 얼굴을 다정하게 어루만졌다. "뭘 그리 걱정해요?"

"네가 떠날까봐."

"크리스천, 몇 번이나 말해야 해요? 나는 아무 데도 가지 않아요. 최악의 비밀은 벌써 말했잖아요. 난 당신을 떠나지 않아요."

"그럼 왜 대답을 안 하는 거야?"

"대답요?"

"무슨 말 하는지 알잖아, 아나."

그녀는 한숨을 내쉬었다. 표정이 어두워졌다. "내가 당신에게 충분한지 알고 싶어요, 크리스천. 그뿐이에요."

"그럼 내 말은 믿지 않는다는 거네?" 나는 그녀를 놓았다.

내가 원하는 건 너뿐이라는 걸 대체 언제쯤 깨달을 거야?

"크리스천, 모든 일들이 한꺼번에 너무 빨리 일어났어요." 그녀가 말했다. "당신 스스로 인정했듯이 당신에겐 혼란스러운 50가지 빛깔이 있잖아요. 난 당신에게 필요한 걸 줄 수 없어요. 애초에 그렇게 생기질 않았거든요. 그러다 보니 내가 당신에게 충분하지 않는다는 생각이 들었어요. 특히 당신과 레일라가 함께 있는 걸 봤을 때. 언젠가 당신이 좋아하는 걸 같이 좋아해주는 사람을 만나지 않는다는 보장이 어디 있어요? 그리고 그 여자에게, 당신의 필요에 걸맞은 그 사람에게 당신이 반하지 않는다고 누가 보장하죠?" 그녀가 고개를 돌렸다.

"내가 좋아하는 걸 좋아하는 여자들이 몇 명 있었어. 그들 중 누구도 너처럼 내 마음을 사로잡진 못했어. 그들 중 누구와도 감정적인 유대감을 느낀 적 없어. 네가 처음이야, 아나."

"그 여자들에게 기회를 주지 않았으니까요. 당신은 요새 안에 너무 오래 틀어박혀 지냈어요, 크리스천. 이 얘기는 나중에 해요. 나 출근해야 해요. 어쩌면 플린 박사가 이 문제에 통찰력을 발휘할지도 모르겠어요."

그녀의 말이 옳았다. 이런 얘기를 주차장에서 할 순 없었다.

"가자." 나는 손을 내밀었고, 우리는 함께 그녀의 사무실을 향해 걸어갔다.

테일러가 아우디에 나를 태웠다. 그레이 하우스로 가는 길에 아나와 나눈 대화를 곰곰이 생각했다.

내가 요새에 갇혀 지냈다고?

어쩌면.

차창 밖을 내다보았다. 사람들이 서둘러 일터를 향해 걸어갔다. 각자 천차만별인 본인의 삶을 짊어지고. 그런데 나는 저 모든 것들과 유리돼 여기 내 차 뒷좌석에 있었다. 이제껏 항상 이런 식이었다. 유리된 삶. 아이 때는 고립되었고, 성장기엔 스스로 고립을 자초해 요새에 틀어박혔다.

나는 언제나 감정이 두려웠다.

분노를 제외한 모든 감정이.

분노는 줄곧 내 동반자였다.

그녀는 이걸 뜻한 걸까? 그렇다면 아나는 내게 탈출구의 열쇠를 준 것이다. 그녀를 지금 망설이게 만드는 것은 오직 플린의 의견뿐이다.

그의 말을 듣고 나면 청혼을 승낙할 것이다.

남자라면 희망을 품을 줄 알아야지.

진정한 낙관이란 어떤 느낌일지 잠시 그 느낌에 젖어보았다…….

두려움이 엄습했다.

비극으로 끝나진 않을까. 또다시.

휴대폰이 진동했다. 아나였다. "아나스타샤, 괜찮아?"

"회사에서 방금 내게 잭의 자리를 줬어요. 임시긴 하지만."

168

그녀가 다짜고짜 말했다.

"농담이겠지."

"당신, 이 일이랑 관련 있어요?" 그녀의 목소리에 날이 서 있었다.

"아니. 천만에. 정말이야, 아나스타샤. 넌 거기서 일한 지 일주일밖에 안 됐잖아. 나쁜 뜻으로 하는 말은 아니지만."

"알아요." 그녀가 풀 죽은 목소리로 말했다. "잭한테 정말 많이 혼났었어요."

"그랬어?" 그놈이 아나의 인생에서 꺼져준 게 얼마나 고마운지. "뭐, 회사에서 할 수 있다고 생각한다면, 잘해내겠지. 넌 할 수 있을 거야. 축하해. 어쩌면 오늘 플린 박사를 만난 후에 축하해야겠네."

"흠……. 정말 이 일 당신이랑 아무 상관 없는 거죠?"

내가 거짓말한다고 생각하는 거야? 혹시 간밤에 내가 한 고백 때문에?

아니면 내가 내린 신규 직원 채용 금지령 때문에 그녀에게 그 자리를 맡겼을 수도 있다.

망할.

"날 의심하는 거야? 그렇다면 정말 화나는데."

"미안해요." 그녀가 얼른 말했다.

"뭐 필요한 거 있으면 말해. 내가 있으니까. 그리고 아나스타샤?"

"왜요?"

"블랙베리를 써."

"알았어요, 크리스천."

그녀의 비꼬는 말투는 무시해버렸다. 그냥 고개를 절레절레 저으며 심호흡을 했다.

"진심이야. 내가 필요할 땐 난 언제든 네 옆에 있을 거야."

"알았어요." 그녀가 말했다. "그만 끊어야겠어요. 자리를 옮겨야 해서."

"내가 필요한 일 있으면 말해. 진심이야."

"알아요. 고마워요, 크리스천. 사랑해요."

저 빌어먹을 네 글자.

한때는 질색했으나 이제는 그녀에게서 듣고 싶어 안달이 나는 말.

"나도 사랑해, 자기."

"나중에 얘기해요."

"이따가 봐, 자기."

테일러가 그레이 하우스 밖에 차를 세웠다.

"호세 로드리게스가 내일 에스칼라로 사진을 몇 점 배달할 거야." 나는 그에게 알려주었다.

"게일에게 말해두겠습니다."

"그리고 그 사람, 내 집에서 자고 갈 거야."

테일러가 백미러로 나를 흘끔 보았다. 놀란 것 같았다. "그것도 게일에게 말해둬." 내가 덧붙였다.

"알겠습니다."

엘리베이터가 내 아파트를 향해 치솟는 동안 결혼 생활이란 걸 머릿속에 잠시 그려보았다. 기분이 이상했다. 이 희망. 내겐 생소한 영역이다. 아나를 유럽과 아시아로 데려가는 상상을 했다. 그녀에게 온 세상을 보여줄 수도 있었다. 둘이서 어디든, 모든 곳을 다녀보는 거야. 그녀를 잉글랜드에 데려가면 어떨까.

그녀는 그곳을 좋아할 것이다.

그리고 우리 집 에스칼라로 돌아오면 될 것이다.

에스칼라? 내 아파트에는 다른 여자들과 얽힌 추억이 너무 많다. 다른 집을 사서 우리만의 보금자리를 꾸려도 좋을 것이다. 거기서 우리만의 추억을 만들 수 있을 것이다.

하지만 에스칼라는 그냥 두자. 시내와 접근성이 좋으니까.

엘리베이터 문이 열렸다.

"안녕하세요, 그레이 씨." 신참 여직원이 말했다.

"안녕……." 이 여자의 이름이 기억나지 않는다.

"커피 드릴까요?"

"좋지. 블랙으로. 안드레아는 어디 있지?"

"사내에 있습니다." 신참은 미소를 짓고는 내 커피를 가지러 자리를 떴다.

책상 앞에 앉아 웹상의 집들을 둘러보기 시작했다. 안드레아가 노크한 후, 몇 분 뒤 내 커피를 내왔다. "안녕하세요, 그레이 씨."

"안드레아, 안녕. 아나스타샤 스틸에게 꽃을 좀 보내줘."

"어떤 걸로 보낼까요?"

"아나가 승진을 했거든. 장미가 좋지 않을까. 분홍색과 흰색."

"알겠습니다."

"그리고 웰치에게 전화 연결해주겠어?"

"그러죠, 사장님. 오늘 바스티유 씨와 여기가 아니라 에스칼라에서 만나기로 하신 거 기억하시죠?"

"아, 그래. 고마워. 회사 체력단련실은 누가 예약했나봐?"

"요가 클럽이요."

나는 인상을 썼다.

그녀가 웃음을 참았다. "로스도 한마디 할 것 같네요."

"고마워."

전화통화를 끝낸 후 다시 인터넷으로 집들을 둘러보았다. 에스칼라의 아파트를 구입할 때는 중개인이 모든 걸 대신 처리해주었다. 완공되기 전에 분양받은 것인데, 그땐 좋은 투자처 같아 깊이 고민하지 않았다.

그런데 이렇게 부동산 사이트를 둘러보며 이 매물 저 매물을 구경하고 있다니. 중독성이 강했다.

내가 오랫동안 힝해한 푸젯 사운드 해변의 큰 집들에 관심이 갔다. 바다가 내다보이는 집이 좋을 것 같았다. 나는 그런 집에서 자랐고, 부모님은 레이크 워싱턴의 호숫가에 살고 있다.

가족의 집.

가족.

아이들.

나는 고개를 저었다. 그건 먼 훗날의 얘기다. 아나는 아직 젊다. 고작 스물한 살. 아이 생각을 하려면 아직 멀었다.

나는 어떤 아버지가 될까?

그레이, 그런 생각은 그만해.

땅을 구해 집을 한 채 짓고 싶었다. 생태적으로 지속가능한 집. 엘리엇이 지어주겠지. 매물 두 건이 내 기준에 맞았는데, 그중 한 집은 푸젯 사운드 너머 전망을 자랑했다. 1924년 건축된 낡은 집이었고, 매물로 나온 지 불과 며칠밖에 되지 않았다. 사진을 보니 근사했다. 특히 해 질 녘에. 내게 가장 중요한 것은 전망이었다. 이 집을 허물고 다시 지으면 좋을 것이다.

일몰 시간을 확인해보니 오늘은 저녁 9시 9분이었다.

이번 주 저녁에 약속을 잡아 이 집을 둘러보면 어떨까.

안드레아가 노크를 하고 들어왔다.

"그레이 씨, 배달할 꽃을 골라봤습니다." 그녀가 내 책상에 출력한 사진들을 몇 장 올려놓았다.

"이거." 흰색과 분홍색 장미들이 가득한 엄청나게 큰 꽃바구니였다. 아나가 좋아할 것이다. "그리고 이 집 둘러보게 약속 좀 잡아주겠나? 내가 링크 보내지. 해 질 녘에 둘러보고 싶어, 가능한 빠른 시일에."

"그러죠. 카드에는 뭐라고 적을까요?"

"꽃 주문할 때 플로리스트 연결해. 내가 직접 말할 테니까."

"잘 알겠습니다, 그레이 씨." 안드레아가 나갔다.

3분 후 안드레아가 플로리스트를 연결했고, 활기찬 목소리가 내게 카드에 쓸 메시지를 물었다. "축하해, 스틸 양. 이건 혼자 힘으로 이뤄낸 거야! 과하게 친절한 이웃이자 과대망상증 CEO의 도움 없이. 사랑을 보내며. 크리스천."

"알겠습니다. 고맙습니다."

"고마워요."

나는 온라인 집 구경으로 돌아갔다. 지금 나는 불안감으로부터 내 주의를 분산시키는 중이다. 오늘 있을 아나와 플린의 약속 때문에 계속 불안했다. 대체하기. 플린이라면 그렇게 표현했을 것이다. 하지만 내 행복은 균형과 함께한다.

그리고 집들은 내 주의를 분산시킨다.

플린이 무슨 말을 할까?

30분 동안 일은 전혀 하지 않고 집들만 둘러보다 포기하고 플린에게 전화를 걸었다.

"상담 시간 사이에 용케 전화했군요. 급한 일인가요?" 그가 말했다.

"레일라 일이 궁금해 전화했어요."

"어젯밤에도 편히 잘 잤어요. 오늘 오후에 그녀를 만날 예정이에요. 당신도 만날 거고. 맞죠?"

"맞아요. 아나와 함께."

잠시 우리 사이에 침묵이 흘렀다. 이것은 존의 술수다. 내가 침묵을 깨주길 바라면서 입을 다물고 있는 것이다.

"크리스천, 용건이 뭐죠?"

"오늘 저녁. 아나."

"네."

"무슨 말을 할 겁니까?"

"아나에게요? 글쎄요. 그녀가 무얼 물을지 몰라서. 하지만 그녀가 무얼 묻든 진실을 말할 생각이에요."

"내가 걱정하는 게 그거예요."

그가 한숨을 쉬었다. "내가 생각하는 당신은 당신이 생각하는 당신 자신과 달라요, 크리스천."

"마음을 놓아도 될지 잘 모르겠군요."

"이따 저녁에 봅시다." 그가 대꾸했다.

프레드, 바니와의 오후 회의를 마치고 돌아왔을 때 다른 부동산 중개인의 웹사이트를 클릭하려다 아나가 보낸 새 이메일을 발견했다. 오늘은 종일 그녀에게 연락을 받지 못했다. 엄청 바쁜 모양이다.

보낸 사람: 아나스타샤 스틸
제목: 과대망상증은⋯⋯
날짜: 2011년 6월 16일 15:43
받는 사람: 크리스천 그레이

⋯⋯내가 좋아하는 정신병 유형인걸요. 예쁜 꽃 고마워요. 거대
한 고리버들 바구니에 담겨 왔던데 소풍이랑 담요가 생각나더라고
요.
　X

휴대폰을 썼군. 드디어!

보낸 사람: 크리스천 그레이
제목: 신선한 공기
날짜: 2011년 6월 16일 15:55
받는 사람: 아나스타샤 스틸

정신병? 플린 박사가 뭐라고 하겠네.
소풍 가고 싶어?
야외에서 즐거운 시간 보낼 수 있을 것 같아, 아나스타샤⋯⋯.
오늘 하루 어땠어?

크리스천 그레이
CEO, 그레이 엔터프라이즈 홀딩스 Inc.

보낸 사람: 아나스타샤 스틸
제목: 정신없었죠
날짜: 2011년 6월 16일 16:00
받는 사람: 크리스천 그레이

하루가 순식간에 지나갔어요. 일 외에 다른 생각은 할 겨를이 없었고요. 나 잘할 수 있을 것 같아요! 집에서 더 자세히 말해줄게요.
야외라…… 재미있을 것 같아요.
사랑해요.
A x

추신: 플린 박사는 걱정하지 마요.

보낸 사람: 크리스천 그레이
제목: 노력할게……
날짜: 2011년 6월 16일 16:09
받는 사람: 아나스타샤 스틸

걱정시키지 않도록…….
이따 봐, 자기. X

크리스천 그레이
CEO, 그레이 엔터프라이즈 홀딩스 Inc.

에스칼라의 체력단련실. 바스티유가 승기를 잡았지만 나는 킥을 두 번 넣고 엉덩이를 후려쳐 그를 다운시켰다.

"뭔가 고민이 있군요, 그레이. 그때 그 여자?" 그가 놀리며 바닥에서 벌떡 일어났다.

"당신이 알 바 아니지, 바스티유."

우리는 빙빙 돌면서 상대를 공격할 틈을 노렸다.

"아! 당신을 애먹일 여자가 나타났다니 고소해 죽겠네요. 그 여자, 언제 만난 거예요?"

"그건 확실하지 않아."

"왼손 가드 올려요, 그레이. 허점이 노출됐어."

그가 프론트킥을 날렸지만 나는 속이는 동작으로 왼쪽으로 물러나 그를 피했다.

"잘했어요, 그레이."

샤워를 마쳤을 때 안드레아의 문자를 받았다.

안드레아 파커
오늘 저녁에 중개인이 만날 수 있답니다.
8시 30분에.
괜찮으세요?
그 여자 이름은 올가 켈리예요.

좋아!
고마워.
주소는 문자로 보내줘.

아나가 이 집을 어떻게 생각할지 궁금했다. 안드레아가 집 주소와 대문 비밀번호를 보내왔다. 비밀번호를 외운 후 구글맵에서 집 위치를 찾았다. 플린의 진료실에서 그 집으로 가는 경로를 확인하고 있는데 전화벨이 울렸다. 로스였다. 발코니 창밖을 내다보았을 때 그녀가 좋은 소식이 있다고 말했다.

"프레드에게 방금 연락이 왔는데요, 캐버너가 동의했답니다." 그녀가 말했다.

"잘됐군, 로스."

"캐버너와 그쪽 직원들이 우리 쪽 직원들과 몇 가지 기술적인 문제들을 논의하고 싶답니다. 내일 아침에 회의하자고 하네요. 아침 먹으면서. 안드레아에게 말해뒀어요."

"바니에게 전해줘. 인수하기로 했다고." 대답하고 나서 시애틀과 푸젯 사운드의 풍경에서 시선을 돌렸을 때 아나를 발견했다. 그녀가 나를 바라보고 있었다.

"그러죠. 내일 뵙죠."

"그러지." 나는 전화를 끊고 성큼성큼 걸어 내 여자를 맞이했다. 거실 문간에 서 있는 그녀는 사랑스럽고 수줍어 보였다. "안녕, 스틸 양." 키스하고 그녀를 끌어안았다. "승진 축하해."

"샤워했네요."

"클로드와 막 운동했어."

"아."

"엉덩이를 차서 두 번 다운시켰지." 두고두고 음미할 기억이다.

"드문 일인가봐요?"

"응. 그래서 아주 뿌듯해. 배고파?"

그녀는 고개를 저었다. 시무룩해 보였다.

"왜 그래?" 내가 물었다.

"초조해요. 플린 박사 만나는 게."

"나도 그래. 오늘 하루 어땠어?" 나는 그녀를 놓아주었다.

"좋았어요. 바빴고. 놀랍게도 인사부의 엘리자베스에게 공석을 맡아달라는 요청을 받았고, 중역들과의 점심 회의에 참석해야 했어요. 내가 밀고 있는 원고 두 편을 출판하기로 했고요."

그녀는 말을 멈출 줄 몰랐다. 잔뜩 흥분해서. 그녀의 눈이 반짝거렸다. 그녀는 자기 일에 열정적으로 임하고 있었다. 보기에 좋았다.

"아, 하나 더 말할 게 있어요. 원래 미아와 점심 같이하기로 했었어요."

"그런 말 안 했잖아."

"깜빡했어요. 회의 때문에 약속을 지킬 수 없어서 이든이 대신 데리고 갔어요."

그 해변족이 내 누이동생이랑. 어떻게 받아들여야 할지 난감하다. "알겠어. 아랫입술 그만 깨물어."

"나 옷 갈아입을게요." 그녀가 얼른 말했다. 캐버너와 내 누이동생에 대해 더 묻고 싶었는데.

누이의 데이트에 대해선 별로 생각한 적 없었다. 무도회에 데려왔던 남자가 있었지만, 미아는 그 남자에게 특별한 관심은 없는 것 같았다.

"평소엔 집에서 여기까지 달려서 와." 나는 사브를 주차하며 말했다. "이 차 좋네."

"그런 것 같아요. 크리스천…… 있잖아요……."

가슴이 덜컥했다.

"뭔데, 아나?"

"이거." 그녀는 가방에서 리본에 묶인 짙은 색 작은 상자를 꺼냈다. "생일 선물이에요. 지금 주고 싶었어요. 하지만 토요일까지 열어보지 않겠다고 약속해요, 알았죠?"

나는 안도감을 숨기려고 마른침을 삼켰다. "알았어."

그녀는 초조한지 숨을 크게 들이마셨다. 왜 이리 동요하지? 상자를 흔들어보았다. 작았고 플라스틱 같았다. 대체 무얼 준 걸까?

나는 눈을 들어 그녀를 보았다.

이게 무엇이든 상관없다. 어차피 나야 좋아할 테니까. 나는 그녀에게 활짝 웃어 보였다.

내 생일은 토요일이다. 그날 그녀는 내 옆에 있을 것이다. 이 선물은 그런 뜻이겠지? 아닌가?

"토요일까지 열어보면 안 돼요." 그녀가 손가락을 내게 흔들었다.

"알았어. 이걸 왜 지금 주는 거야?" 나는 그걸 안주머니에 넣었다.

"그럴 능력이 되니까요, 그레이 씨."

"어이, 스틸 양. 내 대사를 훔쳐갔군."

"그랬죠. 자, 이제 헤쳐 나가볼까요?"

우리가 진료실 안에 들어섰을 때 플린이 일어섰다. "크리스천."

"존." 우리는 악수했다. "아나스타샤 기억하죠?"

"어떻게 잊겠습니까? 아나스타샤, 환영해요."

"아나라고 불러주세요." 그녀는 말하고 나서 그와 악수했다. 그가 우리에게 소파를 가리켰다.

나는 아나가 앉기를 기다렸다. 남색 원피스로 갈아입은 그녀의 자태에 감탄하다가 그녀 옆 다른 소파에 앉았다. 플린은 평소 앉는 의자에 앉았다. 나는 아나의 손을 잡아 한 번 꽉 쥐었다.

　"크리스천이 아나와 함께 상담받고 싶다고 요청했어요." 플린이 말했다. "아시겠지만 우린 이 상담을 철저히 비밀에 부치고 있는데……."

　아나가 끼어들어 플린이 말을 멈추었다. "아, 그거라면, 합의서에 서명했어요." 그녀가 얼른 말했다.

　젠장.

　나는 그녀의 손을 놓았다.

　"비공개 합의서요?" 플린은 어리둥절한 표정으로 나를 보았다.

　나는 어깨를 으쓱거리며 아무 말도 하지 않았다.

　"모든 여자와의 관계를 비공개 합의서로 시작하는군요?" 그가 내게 물었다.

　"계약 관계는 그렇죠."

　플린이 웃음을 참았다. "여자와 다른 종류의 관계를 맺은 적은 있고요?"

　제길.

　"없어요." 내가 대답했다. 그의 반응이 재밌었다. 다 알면서.

　"생각한 대로군요." 플린은 주의를 다시 아나에게 돌렸다. "뭐, 비밀 유지는 걱정하지 않아도 될 것 같군요. 이 문제는 어느 시점이 되면 두 분이 의논하시라고 제안하고 싶군요. 내 생각엔 이제 두 분은 그런 종류의 계약 관계를 맺지 않을 테니까요."

"다른 종류의 계약을 희망하고 있죠." 나는 아나를 흘끔거리며 말했다.

그녀가 얼굴을 붉혔다.

"아나. 죄송합니다만, 나는 당신이 생각하는 것보다 당신에 대해 아주 많은 걸 알고 있어요. 크리스천은 그동안 아주 솔직했습니다."

그녀가 나를 흘끔거렸다.

"비공개 합의서는 충격이었겠네요." 플린이 덧붙였다.

"아, 그때의 충격은 약과였어요. 최근 크리스천이 털어놓은 고백에 비하면요." 그녀의 목소리는 낮고 허스키했다.

나는 자리에서 꼼지락거렸다.

"그랬겠죠. 그나저나, 크리스천. 하고 싶은 얘기가 있나요?"

나는 어깨를 으쓱거렸다. "아나가 당신을 만나고 싶어 해서 온 거니까 직접 물어보시죠."

하지만 아나는 앞쪽 커피 탁자 위의 휴지 갑만 멍하니 바라보았다.

"크리스천이 잠깐 나가 있으면 좀 더 편할까요?" 플린이 그녀에게 물었다.

뭐?

아나의 시선에 내게 꽂혔다. "네." 그녀가 대답했다.

망할.

하지만?

제길.

나는 일어섰다. "대기실에 가 있을게요."

"고맙습니다, 크리스천." 플린이 말했다. 나는 아나를 물끄러미 바라보았다. 그녀에게 오롯이 헌신하고 싶은 내 마음이 전달

되기를 바라며. 그리고 방을 나와 문을 닫았다.

둘이 무슨 얘기를 하려는 걸까?

너, 그레이. 너.

나는 눈을 감았다. 뒤로 몸을 기대고 긴장을 풀려고 애썼다.

쿵. 쿵. 쿵. 피가 귓속을 질주하는 소리를 도저히 무시할 수가 없었다.

행복한 상상을 해, 그레이.

나는 엘리엇과 과수원에 있다. 우리는 꼬마다. 나무들 사이를 뛰어다닌다. 웃는다. 사과를 딴다. 사과를 먹는다. 할아버지가 우리를 지켜본다. 같이 웃는다.

우리는 카약 안에 엄마와 함께 있다. 아빠와 미아는 우리 앞에 있다. 우리는 아빠와 경주하는 중이다.

엘리엇과 나는 열두 살배기의 열정을 다해 기를 쓰고 노를 젓는다. 엄마가 웃는다. 미아가 노로 우리에게 물을 뛰긴다.

"망할! 엘리엇!" 우리는 작은 쌍동선을 타고 있다. 엘리엇이 방향키를 잡고 있고 우리는 배를 몰아 순풍에 나는 듯 레이크 워싱턴을 가로지른다. 엘리엇이 환호성을 지를 때 우리는 뱃전 너머로 곡예하듯 묘기를 부린다. 몸이 흠뻑 젖는다. 신이 난다. 그리고 바람과 싸운다.

나는 아나와 사랑을 나누는 중이다. 그녀의 냄새를 들이마신다. 그녀의 목에, 젖가슴에 키스한다.

내 몸이 반응했다.

죽겠네. 안 돼. 나는 눈을 뜨고 천장에 매달린 실용적인 황동 상들리에를 응시하다 자리에서 꼼지락거렸다.

무슨 얘기를 하고 있을까?

일어나 서성이기 시작하다 다시 앉아 《내셔널 지오그래픽》한 권을 뒤적거렸다. 플린의 대기실에 놓아둔 책은 그것밖에 없었다.

어떤 기사도 머리에 들어오지 않았다.

사진은 멋있었지만.

더는 못 참겠다. 또다시 서성거렸다. 다시 앉아 구경하러 갈 집의 주소를 확인했다. 아나가 플린의 말을 듣고 못마땅해 나를 다시 보지 않겠다고 한다면? 그럼 안드레아더러 취소하라고 해야겠지.

나는 일어섰다. 정신을 차려보니 어느새 바깥이었다. 그들의 대화로부터, 나에 관한 대화로부터 멀어져갔다.

인근 구역을 세 번째 돌고 나서 플린의 진료실로 돌아왔다. 아무 말 하지 않는 재닛을 지나 방문을 두드리고 안으로 들어갔다.

플린이 내게 따뜻한 미소를 지었다. "잘 돌아왔어요, 크리스천."

"시간이 된 것 같아서요, 존."

"거의 다 됐어요, 크리스천. 같이 애기하죠."

나는 그녀 옆에 앉아 손을 그녀의 무릎에 얹었다. 그녀가 알은체를 하지 않아 짜증이 났다. 그래도 내 손에서 무릎을 빼지는 않았다.

"다른 질문 있습니까, 아나?"

그녀가 고개를 저었다.

"크리스천은?"

"오늘은 없습니다, 존."

"두 분이 다시 한 번 방문해주시면 좋을 것 같습니다. 아나는 궁금한 것이 더 있을 테니까요."

아나가 원한다면. 그래야만 한다면. 나는 그녀의 손을 잡았다. 우리의 눈이 마주쳤다.

"괜찮지?" 나는 부드럽게 물었다.

그녀는 고개를 끄덕이며 안심하라는 듯 미소를 지었다. 그녀의 손을 꽉 쥔 내 손길에서 내가 얼마나 안도하는지 그녀가 알아주면 좋을 텐데. 나는 플린에게 주의를 돌렸다.

"그 여자 좀 어때요?" 나는 플린에게 물었다. 내가 레일라의 안부를 묻고 있다는 것을 그가 알아들었다.

"좋아질 겁니다." 그가 말했다.

"잘됐네요. 경과를 계속 알려주세요."

"그러죠."

나는 아나에게 말했다. "가서 승진 축하할까?"

그녀가 수줍게 끄덕이자 좀 안심이 됐다.

나는 아나의 허리에 손을 올리고 그녀를 진료실 밖으로 이끌었다. 무슨 이야기를 나눴는지 듣고 싶어 조바심이 났다. 그가 아나에게 얼마나 찬물을 끼얹었는지 알아야만 했다.

"어땠어?" 거리로 나올 때 아무렇지 않은 척 물었다.

"좋았어요."

그리고? 궁금해 죽겠어, 아나.

그녀는 나를 쳐다보았다. 무슨 생각을 하는지 통 알 수가 없었다. 기운은 빠지고 성질이 났다. 나는 인상을 썼다.

"그레이 씨. 그런 눈으로 보지 마요. 의사 선생님의 명령에 따라 당신에게 무죄 추정을 적용할 거니까요."

"그게 무슨 소리야?"

"두고 보면 알아요."

그래서 결혼을 할 거야, 말 거야? 그녀의 애교스러운 미소는 단서가 되지 못했다.

망할. 말 안 할 작정이로군. 이대로 나를 말려 죽일 작정이야. "차에 타." 나는 퉁명스럽게 말하고는 그녀에게 차 문을 열어주었다.

그녀의 휴대폰이 울렸다. 그녀가 내 눈치를 살짝 살피더니 전화를 받았다. "안녕." 그녀가 반색했다.

누구야?

"호세." 묻지도 않았는데 그녀가 내게 입 모양으로 말했다. "전화 못 해서 미안. 내일 일 때문에 전화했지?" 그녀는 그에게 말하면서 시선은 내게 고정했다. "저기, 나 지금 크리스천이랑 같이 있거든. 크리스천이 너만 좋으면 크리스천 집에 묵어도 좋대."

아하, 그래그래. 그 멋진 아나의 사진, 그녀에게 바치는 연서를 직접 배달하시겠다 이거로군.

그녀의 친구를 포용해, 그레이.

그녀는 찌푸린 얼굴을 돌리면서 보도를 건너 건물 벽에 기댔다.

괜찮은 걸까? 나는 그녀를 조심스레 지켜보았다. 기다렸다.

"응. 진지해." 그녀가 대답했다. 표정이 엄숙했다.

뭐가 진지하다는 거야?

"응." 그녀가 대꾸하고는 발끈하며 코웃음을 쳤다. "당연하지……. 네가 내 회사 쪽으로 오든가……. 주소는 문자로 보낼게……. 6시쯤?" 그녀가 활짝 웃었다. "그래. 그때 봐." 그녀는 전화를 끊고 차 쪽으로 돌아왔다.

"친구는 어떻게 지내?" 내가 물었다.

"잘 지내요. 내일 나를 회사로 데리러 올 거예요. 같이 한잔하러 가려고요. 당신도 낄래요?"

"그 친구 다른 꿍꿍이는 없고?"

"그런 거 없어요!"

"좋아." 나는 두 손 치켜들었다. "친구랑 놀다 와. 나랑은 저녁에 보고. 봤지? 나도 합리적일 수 있어."

그녀가 입을 꾹 다물었다. 좋아하는 것 같았다. "내가 운전해도 되죠?"

"안 했으면 좋겠는데."

"정확히 왜요?"

"나는 남이 운전하는 차 타는 거 싫어해."

"오늘 아침에는 탔잖아요. 그리고 테일러가 운전하는 차는 잘만 타면서."

"테일러의 운전은 전적으로 신뢰하거든."

"나는 아니고요?" 그녀가 외치면서 두 손을 양 허리에 얹었다. "솔직히, 당신의 통제광 성향은 정말 선을 지킬 줄 모르네요. 난 열다섯 살 때부터 운전했다고요."

나는 어깨를 으쓱거렸다. 운전하고 싶었다.

"이거 내 차 맞아요?"

"물론 네 차야."

"그럼 키 줘요. 나 이거 딱 두 번 몰았어요. 그것도 출퇴근길에만. 재미는 당신만 보고 있잖아요." 그녀가 가슴에 팔짱을 끼고는 버티고 서서 평소처럼 고집을 부렸다.

"하지만 넌 우리가 어디 가는지 모르잖아."

"가르쳐주면 되잖아요, 그레이 씨. 이제까지 잘만 가르쳤으면서 그래요." 그녀가 여느 때처럼 분위기를 완화시켰다. 하여간 사람 굴복시키는 재주는 누구에게도 뒤지지 않는 여자다. 내청혼에 대한 답은 주지도 않으면서. 사람 말려 죽일 셈인가. 그런데 이 여자는 내가 평생을 함께하고 싶은 사람이다.

"잘만 가르쳤다고?" 나는 웃음을 흘리며 물었다.

그녀가 얼굴을 붉혔다. "대부분은. 네." 그녀의 눈에 즐거운 빛이 반짝였다.

"정 그러시다면." 나는 그녀에게 키를 건네고 그녀에게 운전석 문을 열어주었다.

내가 심호흡을 할 때 그녀가 차를 몰아 움직이는 차들 속으로 들어갔다. "우리 어디 가는데요?" 그녀가 물었다. 나는 그녀가 시애틀의 길을 통달할 만큼 여기서 오래 살지 않았다는 사실을 고려해야 했다.

"이 길 따라 쭉 가."

"조금 더 구체적으로 말해줄래요?" 그녀가 물었다.

나는 그녀에게 슬쩍 웃음을 흘렸다.

자기야, 어디 한번 당해봐.

그녀가 가자미눈을 떴다.

"이번 신호에서 좌회전." 내가 말했다.

그녀가 급히 정차하는 바람에 둘 다 몸이 앞으로 쏠렸다. 그녀는 손짓을 하고는 다시 출발했다.

"찬찬히. 아나!"

그녀의 입이 일자를 그렸다.

"여기서 왼쪽."

아나의 발이 가속 페달을 눌렀고, 우리는 거리를 따라 질주했다. "이런! 살살 몰아, 아나." 나는 계기판을 쳐다보았다. "속도 줄여!" 그녀는 동네를 137킬로미터로 내달리고 있었다!

"줄이고 있어요!" 그녀가 소리치며 브레이크를 밟았다.

나는 한숨을 내쉬고는 진작부터 하고 싶었던 말을 대뜸 던졌다. 아무렇지 않은 투로 말하려 했는데 실패했다. "플린이 뭐라고 했어?"

"말했잖아요. 당신에게 무죄 추정을 적용하라고 했다고." 아나가 차를 세우겠다고 손짓했다.

"뭐 하는 거야?"

"당신에게 운전대 넘기려고요."

"왜?"

"그래야 당신을 볼 수 있으니까요."

나는 웃음을 터뜨렸다. "아니, 싫어. 운전하고 싶다면서. 그러니 네가 운전해. 난 너 쳐다볼 거야."

그녀는 말을 하려고 내게 고개를 돌렸다.

"앞을 봐!" 내가 소리쳤다.

그녀가 신호 앞에 급정차를 하고는 안전벨트를 풀고 차에서 뛰어내리더니 문을 쾅 닫았다.

뭐 하자는 거야?

그녀는 보도에 서서 팔짱을 껴 방어 겸 공격 자세를 갖추더니 나를 노려보았다. 나는 그녀를 따라 차에서 내렸다. "뭐 하는 거야?" 내가 물었다. 어이가 없군.

"아니, 당신이야말로 뭐 하는 거예요?"

"여기서 주차하면 안 돼." 나는 버려진 사브를 가리켰다.

"알아요."

"그런데 왜 이러는 거야?"

"당신이 땍땍거리면서 명령하는 데 질렸으니까요! 직접 운전
하시든지, 아니면 내가 운전하는 동안 입을 닫든지!"

"아나스타샤, 딱지 떼기 전에 다시 차에 타."

"싫어요."

나는 머리를 쓸어 넘겼다. 이 여자 뭐에 씌었나?

나는 그녀를 내려다보았다. 난감했다. 그녀의 표정이 풀렸다.
부드럽게. 망할, 이 여자 지금 나 비웃는 거야? "뭘 봐?" 내가
물었다.

"당신."

"아, 아나스타샤! 너처럼 말 안 듣는 여자는 세상에 없을 거
야." 나는 허공에 두 손을 치켜들었다. "좋아, 내가 운전하지."

그녀는 내 재킷을 잡더니 나를 자기 쪽으로 끌어당겼다. "아
뇨. 당신처럼 말 안 듣는 남자도 세상에 없을 거예요, 그레이
씨."

그녀가 나를 올려다보았다. 그녀의 가식 없는 파란 눈이 나를
완전히 삼켰고, 나는 그 속으로 침잠했다. 빠져들었다. 다른 방
식으로 빠져들었다. 나는 두 팔을 그녀에게 두르고 그녀를 끌어
안았다. "그래서 우리가 천생연분인 거지." 그녀에게서 황홀한
냄새가 났다. 병에 담아두고 싶었다.

마음을 달래주는. 섹시한. 아나.

그녀는 나를 세게 끌어안고 뺨을 내 가슴에 댔다.

"아. 아나, 아나, 아나." 나는 그녀의 머리카락에 키스하고 그
녀를 품에 안았다.

길에서의 포옹이라, 묘했다.

또 다른 첫 경험. 아니다. 이것은 두 번째다. 에스클라바 근처
에서 그녀를 안은 적이 있으니까.

그녀가 움직거려 그녀를 놓아준 후 아무 말 없이 조수석 문을 열었다. 그녀가 차에 올라탔다.

나는 운전대를 잡고 시동을 걸어 움직이는 차들 속으로 들어갔다. 카오디오에서 밴 모리슨의 노래가 흘러나와 따라 흥얼거렸다. 우리는 5번 주간 고속도로로 빠지는 램프웨이를 향해 달려갔다. "알지? 만약 딱지 뗐다면 이 차는 네 명의로 되어 있다는 거." 내가 말했다.

"뭐, 그나마 승진해서 다행이네요. 벌금은 낼 수 있을 테니."

나는 애써 즐거운 기분을 숨겼고, 우리는 5번 고속도로를 타고 북쪽으로 향했다.

"어디로 가는 거예요?"

"깜짝 선물이야. 플린이 그거 말고 또 뭐라고 했어?"

"FFFSTB 어쩌고 하는 얘길 했어요."

"SFBT겠지. 최신 치료법이야."

"다른 것들도 시도해봤어요?"

"별별 걸 다 당했어. 인지주의, 프로이트, 기능주의, 게슈탈트, 행동주의. 이름만 대봐. 수년간 다 해봤어."

"이 최신 요법이 효과가 있을까요?"

"플린이 뭐래?"

"당신의 과거에 매달리지 말라고. 미래에 집중하라고. 당신이 꿈꾸는 미래에."

나는 고개를 끄덕였다. 그렇다면 왜 내 청혼에 답을 주지 않는지 이해가 안 됐다.

그것이 바로 내가 꿈꾸는 미래인데.

결혼이라.

어쩌면 플린이 그녀에게 김새는 말을 했는지도. "또 다른 건?" 그가 그녀의 의욕을 꺾는 말을 했나 궁금해 물었다.

"당신이 남의 손이 닿는 걸 두려워한다고 했어요. 그걸 뭐라고 불렀는데. 또 당신의 악몽과 자기혐오에 대해서도." 나는 그녀의 눈을 보려고 고개를 돌렸다.

"도로를 주시하세요, 그레이 씨." 그녀가 나무랐다.

"둘이 끝도 없이 얘기하더군, 아나스타샤. 플린이 또 뭐라고 했지?"

"당신이 사디스트는 아닐 거라고."

"정말?" 이 점에 관해 플린과 나는 의견이 갈렸다. 그는 한 번도 내 입장이 되어 생각하지 못했다. 전혀 이해하지 못했다.

아나가 계속했다. "정신분석학에서는 그 용어를 인정하지 않는대요. 90년대 이후로."

"플린과 나는 이 점에 대해 의견이 달라."

"박사님은 당신이 항상 자신을 최악으로 생각한다고 했어요. 그건 사실이죠. 성적 사디즘에 대해서도 말했는데, 그건 살아가는 방식에 대한 선택의 문제지, 정신과적 질환은 아니라고 했어요. 당신은 질환으로 생각할지 모르지만."

아나, 넌 아무것도 몰라.

내 타락의 끝이 어디인지 넌 상상도 못 할 거야.

"훌륭한 의사와 한 번 상담하더니 아주 전문가가 되셨군."

그녀가 한숨을 쉬었다. "저기요, 그 양반이 뭐라고 했는지 듣고 싶지 않다면, 애초에 묻지를 마요."

득점 성공, 스틸 양.

그레이. 여자 좀 그만 괴롭혀.

그녀가 지나는 차들로 주의를 돌렸다.

젠장.

"네가 뭘 의논했는지 궁금해서 그래." 나는 달래는 투로 말했다. 5번 주간 고속도로를 빠져나와 서쪽 노스웨스트 85번가로 향했다.

"나를 당신의 연인이라고 불렀어요."

"그랬어? 플린은 용어 선택에 무척 까다로운데. 정확한 설명인 것 같긴 해. 그렇지?"

"서브들을 연인이라고 생각한 적 없어요?"

연인? 레일라? 수재너? 메디슨? 서브들이 한 명씩 떠올랐다.

"아니, 그들은 섹스 파트너였어. 내 연인은 너뿐이야. 또한 그 이상이 되어주길 바라고."

"알아요. 시간이 좀 필요할 뿐이에요, 크리스천. 지난 며칠 동안 일어난 일들을 정리할 시간이 필요해요."

나는 그녀 쪽을 흘끔 보았다.

진작 그렇게 말을 할 것이지.

그렇다면 견딜 수 있다.

물론 그녀에게 시간을 줄 수도 있다.

기다릴 수 있다. 시간이 정지할 때까지라도. 그녀를 위해서라면.

나는 느긋하고 즐겁게 운전했다. 우리는 시애틀 교외에 있었고, 푸젯 사운드를 향해 서쪽으로 나아가는 중이었다. 일부러 이 시간대에 약속을 잡았으니 푸젯 사운드의 일몰을 볼 수 있을 것이다.

"어디 가는 거예요?" 그녀가 물었다.

"알면 깜짝 놀랄걸."

10분 후 나는 부식된 하얀 철문을 살폈다. 웹사이트의 사진에서 본 그 대문이었다. 근사한 진입로 끝에 차를 세운 후 키패드에 비밀번호를 눌렀다. 쿠우웅 하는 소리와 함께 육중한 철문이 열렸다.

나는 아나를 쳐다보았다.

그녀가 이 집을 좋아할까?

"뭔데 그래요?" 그녀가 물었다.

"내게 생각이 있어." 나는 사브를 몰아 대문을 통과했다.

진입로는 생각보다 길었다. 옆쪽에 웃자란 풀밭이 있었는데, 테니스장이나 농구장으로, 혹은 둘 다로 이용해도 좋을 만큼 널찍했다.

"동생아, 농구 한판 어때?"

"엘리엇, 나 독서 중이야."

"책 아무리 읽어봐라, 그런다고 여자랑 잘 수 있나."

"꺼져."

"농구 하자. 얼른, 자식아." 그가 징징댄다.

나는 마지못해 낡은 《올리버 트위스트》를 내려놓고 그를 따라 마당으로 나간다.

우리는 웅장한 현관 앞에 도착했다. 아나는 압도된 듯했다. 나는 BMW 세단 옆에 차를 세웠다. 이 집은 덩치가 워낙 커서 밖에서 볼 때도 상당한 위용을 자랑했다.

나는 엔진을 껐다. 아나는 얼떨떨해했다. "열린 마음으로 봐줄래?" 내가 부탁했다.

"크리스천, 난 당신을 만난 이후 줄곧 어쩔 수 없이 열린 마음이었어요."

그 점엔 동의하지 않을 수 없었다. 그녀의 말이 옳다. 언제나 그렇듯.

중개인이 현관 안쪽 복도에서 기다리고 있었다. "그레이 씨." 그녀가 나를 따뜻하게 맞이했고 우리는 악수를 나누었다.

"켈리 씨."

"올가 켈리라고 해요." 중개인이 아나에게 자기를 소개했다.

"아나 스틸입니다." 아나가 대답했다.

중개인이 안으로 걸음을 옮겼다. 집 안에서 약간 퀴퀴한 냄새가 나는 걸로 봐서는 몇 달째 비어 있었던 듯했다. 어차피 실내 장식을 구경하러 온 것은 아니니까. "가자." 나는 앞장서며 아나의 손을 잡았다. 미리 도면을 살펴보고 온 터라 어디를 봐야 하고 어떻게 가야 할지 알고 있었다. 나는 그녀를 데리고 현관을 벗어나 아치 통로를 거쳐 안쪽 홀로 들어갔다. 큰 계단을 지나 주 거실이었던 곳으로 들어갔다.

반대편에 전면 짝유리문들이 몇 개 있었는데, 환기가 필요한 공간이니만큼 적절해 보였다. 나는 아나의 손을 더 꽉 쥐고 그녀를 데리고 가장 가까운 문을 통해 바깥 테라스로 나갔다.

과연 사진에서 본 대로 황홀하고 장엄한 전망을 자랑했다. 황혼 무렵 푸젯 사운드의 장관이 유감없이 펼쳐져 있었다. 저 멀리 해변 쪽에서 불빛이 아른아른 깜빡거렸다. 지난 주말에 우리가 항해했던 베인브리지 섬과 그 너머 올림픽 반도가 보였다.

탁 트인 하늘, 경이로운 일몰.

아나와 나는 손을 잡고 서서 장관에 흠뻑 취했다. 그녀의 얼굴에서 광채가 났다. 반한 게 분명했다.

그녀가 고개를 돌려 나를 보았다. "이 경치 감상하라고 데려온 거예요?"

나는 고개를 끄덕였다.

"황홀하네요, 크리스천. 고마워요." 그녀가 다시 오팔 빛깔의 하늘을 바라보았다.

"평생 이 풍경을 보면서 살면 어떨 것 같아?" 가슴이 두근거렸다.

설득치곤 너무 별로잖아, 그레이.

그녀의 얼굴이 내 얼굴을 향했다. 깜짝 놀란 것 같았다.

"난 항상 바닷가에 살고 싶었어." 나는 설명했다. "배를 타고 사운드를 지날 때마다 이 집들이 탐났었어. 이 집은 매물로 나온 지 얼마 안 됐어. 이 집을 사서 허물고 새집을 짓고 싶어. 우리의 집."

그녀의 눈이 휘둥그레졌다.

"그냥 생각이야." 나는 중얼거렸다.

그녀가 뒤쪽의 거실을 돌아보았다. "왜 허물려고 해요?" 그녀가 물었다.

"좀 더 친환경적인 집을 짓고 싶어. 최신 환경 기술을 사용해서. 엘리엇이 지을 수 있을 거야."

"집을 더 돌아볼 수 있어요?"

"그럼." 나는 어깨를 으쓱했다. 왜 더 돌아보려는 거지?

나는 아나를 따라갔고 우리는 중개인을 따라 집 안을 둘러보았다. 올가 켈리는 맘껏 실력을 발휘했다. 그녀는 우리를 데리고 많은 방을 돌아다니면서 각 방의 특징을 설명했다. 아나가 왜 집 전체를 보려고 하는지 나는 의아했다.

함께 곡선 계단을 올라갈 때 그녀가 내게 말했다. "이 집을 더 친환경적이고 자급적인 집으로 개조할 순 없을까요?"

이 집을?

"엘리엇에게 물어봐야지. 형이 이 분야의 전문가니까."

아나는 이 집이 마음에 든 게 분명했다.

이 집을 그대로 두는 건 내 계획에 없었다.

중개인은 우리를 큰 침실로 데려갔다. 전신 높이의 창문들이 발코니로 연결됐는데, 발코니에서 내다보는 전망이 기막히게 좋았다. 우리는 잠시 발길을 멈추고 어두워지는 하늘을 바라보았다. 마지막 햇빛의 흔적이 아직 어른거렸다. 황홀한 풍경이었다.

우리는 나머지 침실도 둘러보았다. 방이 많았고, 마지막 방에서는 건물 정면이 내다보였다. 중개인이 저택에 딸린 풀밭을 방목지와 마구간으로 쓰면 좋을 거라고 말했다.

"지금 풀밭인 곳을 방목지로요?" 아나가 의심스럽다는 듯 물었다.

"네." 중개인이 대답했다.

우리는 아래층으로 다시 내려가 그 테라스로 돌아갔다. 나는 계획을 재고했다. 애초에 이 집에서 살 생각은 아니었는데, 구조도 좋고 튼튼한 데다 전반적으로 구식도 아니라 우리에게 잘 맞을 것 같았다. 나는 아나를 보았다.

과연 잘하는 짓일까?

아나가 있는 곳이 바로 내 집이다.

그녀가 이 집을 원한다면…….

테라스에서 나는 그녀를 안았다. "구경할 게 많지?" 내가 물었다.

그녀가 고개를 끄덕였다.

"이 집 사기 전에 네 마음에 들지 확인하고 싶었어."

"전망요?"

나는 고개를 끄덕였다.

"전망이 멋져요. 여기 이 집도 마음에 들고요."

"그래?"

"크리스천, 난 여기 풀밭에 완전히 넘어갔는걸요." 그녀가 수줍게 웃으며 말했다.

이것은 떠나지 않겠다는 뜻이다.

확답이다.

나는 그녀의 얼굴을 감싸 쥐고 그녀의 머리카락을 어루만지다 감사의 마음을 담아 입을 맞추었다.

"집 구경 잘했습니다. 고마워요." 나는 켈리에게 말했다. "연락드리죠."

"고맙습니다, 그레이 씨. 아나." 그녀는 우리와 열렬히 악수를 나누었다.

아나가 좋아한다!

함께 사브에 올라탈 때 안도감이 밀물처럼 밀려왔다. 켈리가 집 외부 조명을 꺼놓았고, 진입로를 따라 줄줄이 이어진 전등이 깜빡거렸다. 갈수록 이 집이 마음에 들었다. 덩치가 커서 웅장한 맛이 있는 집이다. 엘리엇이라면 제대로 솜씨를 발휘해 더 친환경적이고 자급적인 집으로 만들어줄 것이다.

"그럼 이 집 살 거예요?" 내가 물었다.

"응."

"에스칼라는 매물로 내놓고요?"

"굳이 왜?"

"집 살 돈이⋯⋯." 그녀가 말을 멈췄다.

"날 믿어. 그럴 능력은 돼."

"부자라서 좋아요?"

코웃음이 났다. "응. 안 그런 사람 있으면 데려와봐."

그녀가 손가락을 깨물었다.

"아나스타샤, 너도 부자로 사는 법을 배워야 해. 승낙한다면."

"갑부가 되는 건 내 희망 사항이 아니었어요, 크리스천."

"알아. 난 그런 너를 높이 사. 그렇다고 해서 쫄쫄 굶으면서 산 것도 아니잖아."

얼핏 그녀가 고개를 돌려 나를 쳐다보는 것이 보였지만 주변이 어두워 그녀의 표정을 가늠할 수 없었다.

"어디로 가는 거예요?" 그녀가 물었다. 화제를 바꾸고 싶은 모양이다.

"축하하러."

"뭘 축하해요? 집?"

"벌써 잊었어? 너 임시 편집자가 됐잖아."

"아, 맞다."

"어디로요?"

"저기 위로. 내 클럽으로." 거기는 이 시간에도 식사가 나온다. 배가 고팠다.

"당신 클럽요?"

"응. 내 소유 중 하나."

"클럽이 모두 몇 개죠?"

"세 개."

더는 묻지 마.

"비공개 남자 전용 클럽이죠? 여자들은 못 들어가는?" 그녀가 놀렸다. 또 나를 비웃고 있다.

"여자들도 출입 가능해. 누구나." 특히 특정한 부류의 여자들. 도미넌트의 안식처. 거기는 한동안 가지 않았지만.

그녀가 내게 묻는 듯한 시선을 던졌다.

"왜?" 내가 물었다.

"아무것도 아니에요." 그녀가 대답했다.

차를 주차원에게 맡기고 마일하이 클럽이 있는 컬럼비아 타워 최상층으로 올라갔다. 자리가 금방 준비가 되지 않아 우리는 바에 앉아 기다렸다.

"샴페인, 아가씨?" 나는 그녀에게 시원한 샴페인 잔을 건넸다.

"어머, 고마워요, 선생님." 그녀는 마지막 말을 힘주어 말하면서 나를 향해 속눈썹을 퍼덕였다. 그리고 다리를 움직거려 내 시선을 그쪽으로 이끌었다. 올라간 원피스 자락 사이로 그녀의 허벅지가 조금 엿보였다.

"지금 내게 추파 던지는 거야, 스틸 양?"

"네, 그레이 씨, 맞아요. 어떻게 하실래요?"

아, 아나. 난 네가 도전장을 던질 때마다 짜릿해.

"차차 생각이 나겠지." 나는 중얼거렸다. 지배인 카민이 내게 손짓을 했다. "가자, 자리가 준비됐다니까."

나는 물러나 손을 내밀고 기다리다 그녀가 우아하게 스툴에서 내려오자 그녀를 따라갔다. 원피스 안에서 그녀의 엉덩이가 돋보였다.

아하. 사악한 생각이 머릿속을 휘저었다.

그녀가 테이블에 앉기 전 나는 그녀의 팔꿈치를 건드렸다. "가서 팬티 벗고 와." 나는 그녀의 귀에 속삭였다. "가." 당장.

그녀는 숨을 훕 들이켰다. 지난번 그녀가 팬티를 입지 않고 전세를 역전시킨 일이 기억났다. 이번에도 과연 역전할 수 있을지 보자고. 그녀는 내게 오만한 표정을 짓고는 아무 말 없이 내게 샴페인 잔을 건네주고는 화장실로 향했다.

나는 자리에 앉아 메뉴를 훑었다. 히스먼 호텔의 개인 식사실에서 함께 저녁을 먹은 기억이 났다. 웨이터를 불렀다. 내 멋대로 주문했다고 아나가 애먹이지 않기를.

"무얼 도와드릴까요, 그레이 씨?"

"구마모토 굴부터 줘요. 그리고 홀랜다이즈 소스를 친 농어와 감자 소테 2인분. 아스파라거스 곁들여서."

"잘 알겠습니다. 와인은 필요 없으세요?"

"지금은. 샴페인 마실 거라서."

웨이터가 물러가고 아나가 등장했다. 입술에 의미심장한 미소를 띠고.

아, 아나. 그녀가 놀고 싶어 한다……. 하지만 그녀를 만지지 않을 것이다. 아직은.

그녀를 미치게 만들 작정이었다.

나는 일어서서 자리를 가리켰다. "내 옆쪽에 앉아." 그녀가 앉았고 나는 너무 가까이 붙지 않게 적당히 떨어져 앉았다. "대신 주문해뒀어. 기분 나쁘지 않지?"

나는 내 손이 그녀의 손에 닿지 않게 조심하면서 샴페인 잔을 돌려주었다.

그녀는 내 옆에서 움직거리다 샴페인을 한 모금 마셨다.

웨이터가 얼음에 올린 굴 요리를 내왔다. "지난번에 보니까 네가 굴을 좋아하는 것 같아서."

"그때 처음 먹어본 거예요." 그녀의 호흡이 불규칙했다. 몸이…… 달아오른 것이다.

"아, 스틸 양. 언제쯤 배울래?" 나는 접시에서 굴을 집으며 놀렸다. 내가 허벅지에 놓았던 손을 들어 올리자 그녀가 내 손길을 기대하며 몸을 뒤로 기울였지만 나는 레몬으로 손을 뻗었다.

"뭘 배워요?" 내가 굴 위에 레몬즙을 짤 때 그녀가 물었다.

"먹어." 나는 그 굴을 집어 그녀의 입가로 가져갔다. 그녀가 입술을 벌렸고 나는 굴을 그녀의 아랫입술에 댔다. "고개를 살짝 뒤로 젖혀."

활활 타는 눈으로 그녀가 시키는 대로 고개를 젖혔을 때 나는 껍데기를 기울여 굴을 그녀의 입안으로 흘려 넣었다. 그녀는 눈을 감은 채 맛을 음미했고, 나도 굴을 하나 먹었다.

"하나 더?" 내가 물었다.

그녀가 고개를 끄덕였다. 이번에는 미뇨네트 소스를 조금 찍어 먹여주었다. 이번에도 그녀의 몸에는 닿지 않고. 그녀가 굴을 삼키고 입술을 핥았다.

"맛있어?"

그녀가 고개를 끄덕였다.

나는 하나 더 먹고 나서 그녀에게도 먹였다.

"음음……." 그녀의 목소리가 내 물건을 훑으며 울려 퍼졌다.

"여전히 굴을 좋아하는군?" 그녀가 마지막 굴을 먹을 때 내가 말했다.

그녀가 다시 고개를 끄덕였다.

"좋아."

나는 손을 내 허벅지에 놓고 손가락을 딱딱 튀겼다. 그녀가 내 옆에서 꼼지락거리니 좋았다. 그녀를 만지고 싶어 미칠 것 같았지만 꾹 참았다. 웨이터가 샴페인 잔을 채우고 접시를 치웠다. 아나는 양 허벅지를 딱 붙인 채 두 손으로 허벅지를 문질렀다. 안달이 난 한숨이 들렸다.

아, 자기야. 내 손길에 목말랐군?

웨이터가 주요리를 가지고 돌아왔다.

아나의 눈이 알 만하다는 듯 의심스런 눈초리로 나를 보았다.

"이 요리 좋아하나봐요, 그레이 씨?"

"아무렴, 스틸 양. 히스먼에서는 대구였던 것 같지만."

"그때 개인 식사실에서 계약 애기를 했던 기억이 나네요."

"행복한 날이었지. 이번에는 너랑 섹스할 수 있겠지만." 나는 손을 뻗어 나이프를 집었고, 그녀는 내 옆에 꼼지락거렸다. 나는 농어를 한 입 먹었다.

"너무 장담하진 마요." 그녀가 종알거렸다. 보나 마나 입술을 비쭉이고 있을 것이다.

아하, 조바심이 나나봐, 스틸 양.

"계약 이야기가 나왔으니 말인데요." 그녀가 계속 말했다. "그 비공개 합의서."

"찢어버려."

"뭐라고요? 정말?"

"응."

"내가 기삿거리를 들고 〈시애틀 타임스〉로 달려가기라도 하면 어쩌려고?"

나는 웃음을 터뜨렸다. 그녀가 얼마나 숫기가 없는지 아는 나로서는 웃지 않을 수가 없었다. "아니, 난 널 신뢰해. 나도 네게 무죄 추정 적용할게."

"이하동문이에요."

"이 원피스 참 잘 입었어."

"그럼 왜 나를 만지지 않죠?"

"내 손길이 그리워?" 내가 놀렸다.

"그럼요!" 그녀가 외쳤다.

"밥이나 먹어."

"날 안 만질 거군요, 그죠?"

"응, 안 만져." 나는 즐거운 마음을 숨겼다.

그녀가 격분했다.

"이대로 집에 가면 어떤 기분일지 상상해봐." 내가 덧붙였다. "너를 어서 집에 데려가고 싶어 죽겠어."

"내가 여기 76층에서 불붙으면 다 당신 탓이에요." 그녀가 발끈했다.

"아, 아나스타샤. 불이야 끄면 되지, 뭘."

그녀가 눈을 흘기고는 저녁을 한 입 먹었다. 농어가 맛있었다. 배가 고팠다. 그녀는 앉은 자리에서 꼼지락거렸다. 원피스 자락이 살짝 올라가면서 그녀의 피부가 드러났다. 그녀는 한 입 더 먹고 나이프를 내려놓더니 손을 허벅지 위로 끌어 올리다가 안쪽에 넣었다. 내내 손가락 끝으로 허벅지를 톡톡톡톡 두드리면서.

그녀가 나를 가지고 놀고 있다. "뭐 하는지 다 알아."

"나도 알아요, 당신이 안다는 거, 그레이 씨. 그게 핵심이에요." 그녀는 아스파라거스 줄기를 집어 곁눈질로 나를 흘끔 보고는 줄기를 홀랜다이즈 소스에 꽂고 나서 천천히 빙빙 돌렸다.

"그런다고 전세를 뒤집지는 못해, 스틸 양." 나는 아스파라거스를 빼앗았다. "입 벌려."

그녀가 입을 벌리더니 혀로 아랫입술을 핥았다.

유혹적이야, 스틸 양. 몹시 유혹적이야.

"더 크게." 내가 명령했다. 그녀는 아랫입술을 깨물었지만 순순히 아스파라거스 줄기를 천천히 입안으로 빨아들였다.

끝내주는군.

저게 내 물건이었다면.

그녀는 살짝 신음을 하고는 한 입 깨물고 나서 내게 손을 내밀었다.

나는 다른 손으로 그녀를 저지했다. "아, 그러면 안 되지, 스틸 양." 나는 내 입술로 그녀의 손가락 관절을 쓸었다. "만지지 마." 나는 꾸짖고 나서 그녀의 손을 그녀의 무릎 위로 돌려놓았다.

"이건 불공정한 게임이에요."

"알아." 나는 샴페인 잔을 들어 올렸다. "승진 축하해, 스틸 양." 우리는 잔을 부딪쳤다.

"네, 예상 밖의 일이에요." 그녀는 조금 풀이 죽어 보였다. 자기 능력을 의심하는 걸까? 그러지 않기를.

"먹어." 나는 말을 돌렸다. "다 먹어야 집에 데려갈 거야. 진짜 축하는 집에서."

"배 안 고파요. 음식은 안 당긴다고요."

아냐. 아냐. 말 돌리면 잘도 속는단 말이야.

"먹어. 안 먹으면 무릎에 엎어놓고 팡팡 때려줄 거야. 바로 여기서. 그럼 다른 손님들에게 좋은 구경거리가 되겠군."

그녀가 자리에서 움직거리는 순간 혹시 엉덩이를 맞고 싶어 하는 건 아니겠지 하는 생각이 들었지만, 꾹 다물린 그녀의 입술은 반대 의사를 표시했다. "이것 먹어." 내가 재촉했다.

그녀가 내게 시선을 고정하고 시키는 대로 했다.

"넌 정말이지 잘 먹지를 않아. 우리가 만난 이후 몸무게가 준 것 같아."

"그냥 집에 가서 사랑을 나누고 싶다고요."

나는 빙긋 웃었다. "나도 그래. 그럴 거고. 일단 다 먹어."

그녀는 패배를 선언하듯 한숨을 내쉬고는 음식을 먹기 시작했다. 나도 그녀를 따라 먹었다. "친구한테 연락 왔어?" 내가 물었다.

"어느 친구요?"

"네 아파트에 묵고 있는 남자."

"아, 이든. 미아를 데리고 점심 먹으러 간 이후로 연락이 없네요."

"그 친구와 케이트의 아버지 말인데, 나랑 사업상 아는 사이야."

"그래요?"

"응. 캐버너는 믿음직한 사람 같아."

"그분은 늘 내게 잘해주세요." 그녀의 대답이 캐버너의 회사를 적대적으로 인수할까 고려했던 내 생각에 찬물을 끼얹었다.

그녀는 밥을 다 먹고 나이프와 포크를 접시에 내려놓았다.

"착하다."

"이젠 뭐 해요?" 그녀가 목마른 표정으로 물었다.

"이제? 가야지. 네가 잔뜩 기대하고 있으니, 스틸 양, 능력을 최대한 발휘해 그 기대감을 채워줄 작정이야."

"최대한 느, 느, 능력을 발휘해서?" 그녀가 더듬었다.

나는 씩 웃으며 일어섰다.

"계산은 안 해요?"

"나 여기 회원이야. 나중에 청구서 보내줄 거야. 가자, 아나스 타샤. 너 먼저." 나는 옆으로 비켜섰고, 아나는 일어서서 내 옆에서 허벅지 쪽 원피스 주름을 폈다.

"너를 집에 데려갈 때까지 못 기다릴 것 같아." 나는 그녀를 따라 식당을 나와 지배인과 이야기를 나누려고 잠시 걸음을 멈추었다.

"고마워, 카민. 언제나처럼 훌륭했어."

"천만에요. 그레이 씨."

"전화해서 내 차를 정문 쪽으로 가져오라고 해주겠어?"

"물론이죠. 안녕히 가세요."

엘리베이터에 탔을 때 나는 아나의 팔꿈치를 잡아 그녀를 안쪽 구석으로 몰았다. 하지만 다른 커플이 타는 바람에 아나 뒤에 서서 가만히 그 커플을 지켜보았다.

젠장.

엘레나의 전남편 링컨이 똥색 양복 차림으로 우리 옆에 섰다.

등신 같은 놈.

"그레이." 그가 나를 알아보았다. 나는 고개를 끄덕였다. 다행히 그가 내게 등을 돌리고 섰다. 이제부터 하려는 일을 생각하니 흥분이 됐다. 더욱이 링컨을 바로 옆에 두고 하려니 더 짜릿했다.

문이 닫혔다. 나는 재빨리 신발 끈을 묶는 척 무릎을 구부리고 앉아 아나의 발목에 손을 댔다가 일어서면서 손으로 그녀의 종아리, 무릎, 허벅지, 엉덩이를 쭉 훑었다. 벌거벗은 엉덩이를.

그녀가 긴장했다. 나는 왼팔을 그녀의 허리에 두르고 그녀를 바짝 끌어당겼다. 내 손가락이 그녀의 엉덩이 아래, 음부로 미끄러졌다. 엘리베이터가 다른 층에 멈추었고, 사람들이 더 타는 바람에 우리는 구석으로 물러났다. 하지만 그들은 내 알 바 아니었다. 나는 천천히 클리토리스를 쓰다듬었다. 한 번, 두 번, 세 번. 그러고는 손가락을 그 뒤 뜨거운 지점으로 움직였다. "늘 준비가 돼 있군, 스틸 양." 나는 소곤거리며 가운뎃손가락을 그녀 안으로 천천히 넣었다. 그녀가 흡 숨을 들이켜는 소리를 냈다. "꼼짝 말고 가만히 있어." 그녀에게만 들리게 경고했다. 그리고 천천히 손가락을 넣었다 빼기를 반복했다. 계속. 계속. 내 흥분감도 따라 고조됐다. 그녀는 자기 허리에 감긴 내 팔을 움켜쥐더니 쥐어짰다. 참아. 그녀의 호흡이 빨라졌다. 그녀가 숨을 죽이려 안간힘을 쓰는 동안 나는 손가락으로 그녀를 조용히 고문했다.

엘리베이터가 출렁 멈추더니 더 많은 승객들을 태우느라 살랑살랑 춤을 추었다. 그녀가 내게 매달리며 엉덩이를 내 손 쪽으로 밀어댔다. 더 해달라고. 더 빠르게.

아, 탐욕스럽고 탐욕스런 여자.

"쉿." 나는 속삭이고 그녀의 머리카락에 코를 묻었다. 그리고 손가락을 하나 더 천천히 넣고 나서 넣고 빼기를 반복했다. 그녀는 머리를 젖혀 내 가슴에 대며 목을 드러냈다. 그녀에게 키스하고 싶었지만 그러면 너무 이목을 끌어 지금 하는 일을 들킬지 몰랐다. 나를 붙잡은 그녀의 손에 힘이 더 들어갔다.

망할. 나도 폭발할 것 같았다. 청바지의 압박감이 심했다. 그녀를 원했지만 여기서는 불가능했다.

그녀의 손가락이 내 살을 파고들었다.

"느끼면 안 돼. 나중을 위해 아껴둬야지." 나는 소곤거리고 나서 한 손을 쫙 펴 그녀의 배에 대고 살짝 눌렀다. 이러면 그녀의 느낌은 배가 될 것이다. 그녀의 머리가 내 가슴 위를 이리저리 굴러다녔다. 그녀가 아랫입술을 깨물었다.

엘리베이터가 멈추었다.

핑 하는 큰 소리와 함께 문이 1층에서 열렸다.

승객들이 우르르 나갈 때 나는 천천히 손을 뺀 후 그녀의 뒤통수에 키스했다.

잘했어, 아나.

그녀 덕에 우리는 들키지 않았다.

나는 포옹을 풀지 않고 뭉그적거렸다.

링컨이 돌아서서 목례를 하고는 현재 부인으로 보이는 여자와 나갔다. 아나가 똑바로 설 수 있을 것 같아 그녀를 놓아주었다. 그녀가 나를 올려다보았다. 욕정으로 짙어지고 탁해진 눈으로.

"준비됐어?" 나는 묻고 나서 두 손가락을 잠깐 내 입에 넣었다가 뺐다. "아주 훌륭했어, 스틸 양." 나는 그녀에게 사악한 미소를 지었다.

"그런 짓을 하다니 믿을 수가 없네요." 그녀가 숨을 몰아쉬며 흥분한 상태로 속삭였다.

"내가 무슨 짓을 할 수 있는지 알면 놀랄걸, 스틸 양." 나는 손을 내밀어 그녀의 머리카락을 귀 뒤로 넘기고 매만졌다. "널 집으로 데려가고 싶지만, 겨우 차까지밖에 못 갈 것 같아." 나는 그녀를 보고 씩 웃고 나서 재킷 밑자락이 청바지 앞부분을 가리는 것을 확인한 후 그녀를 데리고 엘리베이터에서 나갔다. "가자." 나는 그녀에게 명령했다.

"네, 나도 하고 싶어요."

"스틸 양!"

"나 차 안에서 한 번도 섹스한 적 없어요." 그녀가 말했다. 그녀의 하이힐이 대리석 바닥을 때렸다. 나는 멈춰 서서 그녀의 얼굴을 들어 올렸다. 우리의 눈과 눈이 마주쳤다.

"그 말 들으니 무척 기쁜데. 네가 해봤다면 난 무척 놀랐을 거야. 미치는 건 말할 것도 없고."

"내 말은 그런 뜻이 아니잖아요." 그녀가 씩씩댔다.

"그럼 무슨 뜻인데?"

"크리스천, 그냥 돌려서 한 말이잖아요."

"유명한 말이지. '나 차 안에서 한 번도 섹스한 적 없어요.' 그래, 그런 말이 술술 나오나봐." 나는 그녀를 놀리고 있었고, 그녀는 너무도 쉽게 발끈하는 여자였다.

"크리스천, 나 정신이 나갔었다고요. 하느님 맙소사, 사람들이 가득한 엘리베이터 안에서 내게, ……음, 그런 짓을 하다니. 아주 혼이 쏙 빠졌었다고요."

"내가 무슨 짓을 했는데?"

그녀가 입을 꾹 다물었다가 말했다. "나를 흥분시켰잖아요, 그것도 엄청. 이제 나를 집으로 데려가서 섹스해줘요."

나는 깜짝 놀라 웃음을 터뜨렸다. 이렇게 노골적으로 나올 줄은 미처 몰랐다. "참 로맨틱하기도 하지, 스틸 양." 나는 그녀의 손을 잡았고 우리는 주차원에게 갔다. 주차원이 사브를 세우고 준비를 마쳤다. 나는 그에게 팁을 두둑이 주고 아나에게 조수석 문을 열어주었다.

"차 안에서 섹스하고 싶다 이거지?" 나는 시동을 켜며 물었다.

"솔직히 말해서 로비 바닥에서 했어도 좋았을걸요."

"정말이지, 아나, 나도 좋았을 거야. 하지만 야심한 밤에 체포당하는 건 유쾌하지 않잖아. 그렇다고 화장실에서 하고 싶지도 않았고. 뭐, 오늘은 그렇다고."

"그럴 가능성이 있었다는 거예요?"

"아, 물론."

"그럼 돌아가요."

나는 시선을 돌려 그녀의 표정을 보았다. 가끔 아나는 정말이지 예측불가다. 나는 웃음보를 터뜨렸고, 우리는 함께 웃어댔다. 잔뜩 고조된 성적 흥분을 거친 후 터진 너털웃음이 카타르시스를 가져왔다. 나는 손을 그녀의 무릎에 얹고 그녀를 애무하기 시작했고, 그녀는 웃음을 그치고 나를 바라보았다. 커다랗고 짙어진 눈으로.

그 눈에 뛰어들어 영영 그 안에 머물 수도 있을 것 같았다. 그녀는 너무나 아름다웠다.

"인내심을 가져, 아나스탸샤."

나는 속삭였다. 우리는 출발해 5번가로 올라갔다.

달리는 차 안에서 그녀는 말을 하지 않았지만 달떠 있었고 가끔씩 짙은 속눈썹 사이로 요염한 시선을 던졌다.

그 표정 잘 알지.

그래. 아나. 나도 너를 원해.

모든 면에서……. 제발 승낙해.

사브는 에스칼라 주차장의 주차 공간으로 미끄러져 들어갔다. 나는 엔진을 껐다. 그 순간 차 안에서 섹스하고 싶어 하는 아나의 욕망이 떠올랐다. 나 역시 경험하지 않은 일이다. 그녀는 아랫입술을 깨물고 있었다. 표정이…… 음탕했다.

사타구니를 후끈 달구는 음탕함.

나는 손가락으로 그녀의 입술을 천천히 잡았다가 놓았다. 내가 그녀를 원하는 만큼 그녀도 나를 원하는 게 좋았다.

"우리 차 안에서 섹스할 거야. 시간과 장소는 내가 선택해."
나는 속삭였다. "우선은 내 아파트 안의 가능한 모든 장소에서
널 취하고 싶어."

"그래요." 내 말은 질문이 아니었지만 그녀가 대답처럼 말했
다. 나는 그녀에게 몸을 기울였다. 그녀가 눈을 감고 입술을 오
므리며 내게 키스를 약속했다. 발그레해진 뺨으로.

나는 차 주변을 휙 둘러보았다.

할 수 있겠어.

안 돼.

그녀가 눈을 뜨고 조바심을 냈다.

"지금 키스하면 아파트까지 올라가지도 못할걸. 자, 가자."
그녀를 덮치고 싶은 충동을 억누르며 차에서 내렸다. 우리는 함
께 엘리베이터를 기다렸다.

나는 그녀의 손을 잡고 엄지손가락으로 그녀의 손가락 관절
을 쓰다듬었다. 몇 분 후 내 연장이 타게 될 리듬을 손길에 더했
다.

"대체 그 즉각적인 만족은 어떻게 된 거예요?" 그녀가 물었
다.

"그것이 모든 상황에 들어맞는 건 아니야, 아나스타샤."

"언제부터요?"

"오늘 저녁부터."

"왜 나를 이렇게 고문하는 거예요?"

"받은 대로 갚아줄 뿐, 스틸 양."

"내가 어떻게 당신을 고문한다고 이래요?"

"알면서 그래."

그녀의 얼굴에 아하, 하는 표정이 번졌다.

그래, 자기야.

나는 너를 사랑해. 그리고 네가 내 아내가 돼줬으면 좋겠어.

하지만 넌 내게 대답을 안 하고 있잖아.

"나도 만족을 미루면서 즐기는 거 좋아해요." 그녀가 속삭이더니 내게 수줍은 미소를 지었다.

나를 고문하는 건 그녀다!

나는 그녀 손을 잡아 그녀를 품으로 당겼다. 내 손가락이 그녀의 목덜미를 감쌌다. 눈과 눈이 마주치도록 그녀의 머리를 젖혔다. "내가 어떡해야 네가 승낙할까?" 나는 그녀에게 애원했다.

"내게 시간을 좀 줘요……." 그녀가 말했다. 나는 끙 신음을 토했다. 내 입술이 그녀의 입술을 덮었고, 내 혀가 그녀의 혀를 찾았다. 엘리베이터 문이 열렸고 우리는 포옹한 채 안에 탔다. 그녀가 광채를 발했다. 그녀의 두 손이 내 온몸을 돌아다녔다. 머리카락. 얼굴. 엉덩이. 그녀는 뜨거운 키스를 내게 돌려주었다.

그녀를 원하는 욕망이 폭발했다.

나는 그녀를 벽에 밀어붙여 그녀의 키스가 발산하는 열정을 탐식했다. 내 엉덩이와 일어선 몸으로 그녀를 찍어 눌렀다. 한 손은 그녀의 머리카락을, 다른 손은 그녀의 턱을 쥐었다.

"난 네 거야." 나는 속삭였다. "내 운명은 네 손에 달렸어."

그녀가 내 어깨에서 재킷을 밀어냈을 때 엘리베이터가 멈추고 문이 열렸다. 우리는 현관에 있었다. 평소 현관 탁자에 놓여 있던 꽃이 오늘따라 없었다.

딱이야.

현관 탁자라. 여기만 한 데가 없지!

나는 아나를 벽에 밀어붙였고, 그녀는 재킷을 마저 벗겨 바닥에 떨어뜨렸다. 우리가 키스를 나누는 동안 내 손은 그녀의 허벅지를 훑다 원피스 밑자락을 움켜잡고 위로 들어 올렸다.

"그 1호 장소는 바로 여기야." 나는 중얼거리고는 그녀를 와락 들어 올렸다. "두 다리를 내게 감아."

그녀가 시키는 대로 하자 나는 그녀를 현관 탁자 위에 눕혔다. 그리고 바지 주머니에서 콘돔을 꺼내 아나에게 주고 바지 앞섶을 열었다.

그녀의 손가락이 급히 포장을 찢었다.

그녀의 열정에 내 몸이 부풀어 올랐다.

"네가 얼마나 나를 흥분시키는지 알아?"

"네? 아뇨. 난……." 그녀가 헐떡였다.

"넌 날 흥분시켜. 항상 그래." 나는 그녀의 손에서 포장을 빼앗아 콘돔을 끼웠다. 내내 그녀를 응시하면서. 그녀의 머리카락이 탁자 가장자리로 폭포처럼 흘러내렸다. 그녀가 나를 올려다보았다. 욕망이 일렁이는 눈으로.

나는 그녀의 다리 사이로 들어가 그녀의 엉덩이를 탁자에서 들어 올리고는 그녀의 두 다리를 더 넓게 벌렸다. "눈 뜨고 있어. 널 보고 싶으니까." 나는 그녀의 두 손을 붙잡고 천천히 그녀 안으로 침전했다.

눈을 뜨고 그녀의 눈과 마주하기 위해 안간힘을 써야 했다. 그녀는 황홀했다.

그녀의 몸 구석구석 모두.

그녀가 눈을 감았을 때 나는 그녀 안으로 세게 돌진했다. "눈 떠!" 내가 다그쳤다. 나는 그녀의 두 손을 움켜쥔 손아귀에 힘을 주었다.

그녀가 교성을 지르며 눈을 떴다. 그녀의 눈은 격렬하고 파랗고 아름다웠다. 나는 천천히 빠져나왔다가 다시 그녀 안으로 침전했다. 그녀가 나를 응시했다.

그녀의 눈이 내게 머물렀다.

아, 그녀를 사랑한다.

나는 더 빨리 움직였다. 그녀를 사랑해주었다. 내가 아는 유일한 방식으로.

그녀의 입이 벌어졌다. 느슨하게, 넓게, 아름답게. 나를 감싼 두 다리에 힘이 들어갔다.

임박했다.

그녀가 나를 감싼 채 나를 데리고 절정에 올랐다.

그녀는 클라이맥스에서 내 이름을 외쳤다.

"그래, 아나!" 나는 외쳤다. 사정하고, 사정하고, 사정했다.

나는 그녀 위로 무너졌다. 그녀의 손을 놓고 머리를 그녀의 가슴에 뉘었다. 눈을 감았다. 그녀가 내 머리를 쓰다듬고 머리카락을 만지작거리는 동안 나는 숨을 골랐다. 나는 고개를 들어 그녀를 보았다. "나 아직 안 끝났어!" 나는 그녀에게 키스하고 나서 몸을 뗐다.

서둘러 바지 앞섶을 채우고 그녀를 탁자에서 내렸다.

우리는 서로를 끌어안고 현관 안에 섰다. 벽을 따라 나란히 늘어선 성모자상 속의 여인들이 우리를 내려다보았다.

이 여인들은 내 여인을 찬성하겠지.

"침대로 가." 나는 소곤거렸다.

"가요." 그녀가 말했다. 나는 그녀를 침대로 데려가 다시 사랑을 나누었다.

그녀는 나를 타고 달리다 절정에 올랐다. 나는 그녀를 밑에서 받친 채 걷잡을 수 없이 내달리는 그녀를 바라보았다.

미치도록 에로틱했다.

그녀는 벌거벗고 있었고, 젖가슴이 출렁였다. 나는 사정하며 그녀 안에서 절정을 맛보았다. 고개가 젖혀지고, 손가락은 그녀의 엉덩이를 움켜쥐었다. 그녀가 내 가슴으로 쓰러져 거세게 숨을 몰아쉬었다.

나는 숨을 고르며 손가락으로 땀방울이 맺힌 그녀의 등을 훑었다.

"이제 만족했어, 스틸 양?"

그녀가 긍정의 말을 뭐라 뭐라 웅얼거리더니 고개를 들어 나를 보았다. 조금 몽롱한 표정으로. 그녀가 고개를 기울였다.

제길. 내 가슴에 키스하려 한다.

나는 숨을 들이마셨다. 그녀가 내 가슴에 입 맞추었다. 보드랍고 따스하게.

괜찮았다. 어둠은 잠잠했다. 아주 가버린 걸까. 모르겠다.

나는 긴장을 풀고 우리 몸을 굴려 나란히 누웠다.

"모든 이에게 섹스가 다 이런 걸까요? 누구나 이렇게 관계한다면 놀라운 일이네요." 그녀가 미소에 젖어 말했다.

그녀의 말에 키가 3미터로 자란 것처럼 우쭐했다.

"일반화해 말할 순 없겠지. 하지만 내겐 너랑 하는 것이 정말 특별해, 아나스타샤." 내 입술이 그녀의 입술을 덮었다.

"그건 당신이 정말 특별하기 때문이에요, 그레이 씨." 그녀가 내 얼굴을 어루만졌다.

"늦었다. 이제 자." 나는 키스하고 그녀를 끌어당겼다. 그녀의 등이 내 앞몸에 닿았다. 포개진 숟가락처럼. 나는 이불을 끌어 올렸다.

"당신, 칭찬받는 거 싫어하는군요." 그녀의 목소리가 흐려졌다. 노곤한 것 같았다.

응. 난 칭찬에 익숙하지 않아.

"잘 자, 아나스타샤."

"그 집 정말 좋았어요." 그녀가 중얼거렸다.

이 말은 승낙을 의미할 수도 있다. 나는 그녀의 머리카락에 대고 활짝 웃으며 코를 비볐다. "나는 네가 정말 좋아. 잘 자."

눈을 감을 때 그녀의 향기가 내 코를 파고들었다.

집. 아내. 더 뭐가 필요할까? 제발 승낙한다고 말해, 아나.

아나의 비명이 나를 잠에서 끌어냈다. 나는 눈을 뜨고 잠에서 깨어났다. 그녀는 내 옆에 있었는데, 잠이 든 것 같았다. "너무 가까이 날잖아요." 그녀가 울먹였다. 블라인드 틈새를 파고든 이른 아침 햇살이 환한 분홍빛으로 그녀의 머리카락을 은은히 비추었다. "이카로스." 그녀가 웅얼거렸다.

나는 팔꿈치를 짚고 그녀가 잠이 들었는지 확인했다. 오랜만에 그녀의 잠꼬대를 듣는다. 그녀가 돌아누워 나를 마주했다. "무죄 추정." 그녀가 웅얼거렸다. 그러더니 안색이 풀렸다.

무죄 추정?

내 얘기인가?

그녀는 어제 이 말을 했었다. 내게 무죄 추정을 적용하겠다고.

내겐 과분한 처사다.

몹시 과분하지, 그레이.

나는 그녀의 이마에 입을 맞추고 나서 알람이 그녀를 깨울까 봐 알람을 끈 후 침대에서 일어났다. 캐버너 미디어의 광섬유 문제로 이른 아침 회의가 잡혀 있다.

샤워를 하면서 오늘 일정을 생각했다. 캐버너 미팅. 그 후에 로스와 포틀랜드를 경유해 워싱턴 주립 대학 방문. 저녁에 아나와 아나의 사진작가 친구와 술 한잔.

그리고 오늘 그 집의 구매 의사를 밝혀야겠다. 아나가 그 집이 좋다고 했으니까. 머리에서 샴푸를 씻어내는데 빙그레 웃음이 나왔다.

그녀에게 시간을 줘, 그레이.

옷방에서 바지를 입었을 때 의자에 걸쳐진 재킷이 눈에 띄었다. 어제 입은 재킷이었다. 주머니를 뒤져 아나의 선물을 꺼냈다. 여전히 감질나게 달그락달그락 소리가 났다.

나는 그것을 안주머니에 넣었다. 그것이 내 심장 옆에 자리를 잡았다.

너 나이에 어울리지 않게 점점 감상적으로 굴고 있어, 그레이.

다시 그녀를 살펴보니 아직 웅크린 채 잠들어 있었다. "나 나간다, 자기." 나는 그녀의 목에 키스했다. 그녀가 눈을 뜨고 몸을 돌려 나를 마주했다. 나른한 상태에서 내게 미소를 짓는가 싶더니 그녀의 표정이 바뀌었다.

"지금 몇 시죠?"

"걱정 마. 난 조찬 모임 있어서 나가는 거야."

"냄새 참 좋다." 그녀가 속삭였다. 그러고는 내 아래서 몸을 쭉 펴고 나서 두 손을 내 목에 감았다. 그녀의 손가락이 내 머리카락을 파고들었다. "가지 마요."

"스틸 양, 일터로 향하는 남자의 정직한 발걸음을 붙잡는 거야?"

그녀가 나른하게 머리를 끄덕였다. 눈에서 아직 졸음기가 떨어졌다.

"네가 아무리 꼬셔도 가봐야 해." 나는 그녀에게 키스한 후 일어섰다. "이따 봐, 자기." 나는 마음이 바뀌어 미팅을 취소하기 전에 방을 나왔다.

주차장으로 내려갔다. 테일러가 난처한 표정이었다.

"그레이 사장님, 문제가 생겼습니다."

"뭔데?"

"이혼한 아내가 전화를 했는데, 딸아이가 맹장염에 걸렸답니다."

"병원에 입원했나?"

"지금 입원 절차 중이에요."

"가봐야겠군."

"감사합니다. 우선 사장님을 회사로 모셔드리죠."

"고마워. 진심으로 감사해."

그레이 하우스 밖에 차가 멈췄을 때 테일러는 생각에 잠긴 듯했다.

"딸의 상태가 어떤지 내게 알려줘."

"내일 아침까지 못 돌아올 수도 있습니다."

"괜찮아. 가봐. 소피가 괜찮아야 할 텐데."

"고맙습니다."

나는 그가 사라지는 모습을 바라보았다. 여간해선 딴 데 정신을 팔지 않는 사람인데……. 하지만 이것은 가족 문제다. 물론. 가족이 먼저다. 항상.

엘리베이터에서 내렸을 때 안드레아가 나를 기다리고 있었다.

"안녕하세요, 그레이 씨. 테일러에게 전화 받았습니다. 여기와 포틀랜드에서 사장님을 모실 운전사를 수배하겠습니다."

"그래. 다들 와 있나?"

"네. 이사회실에요."

"알았어. 고마워, 안드레아."

회의는 순조롭게 끝났다. 캐버너는 최근 바베이도스에서 휴가를 즐기고 돌아와 활기가 있어 보였다. 그는 거기서 처음 내형과 만났다고 했다. 형이 마음에 든다나. 엘리엇이 그의 딸과 섹스하는 사이라는 걸 고려하면 희소식이었다.

캐버너 일행은 오늘 나눈 대화에 만족하는 기색으로 떠났다. 이제 인수 가격을 흥정하는 일만 남았다. 로스가 프레드의 부서에서 산출한 예산안을 가지고 협상을 주도해야 할 것이다.

안드레아가 아침 식사용으로 먹을거리들을 차려두었다. 나는 크루아상을 하나 집어 들고 로스와 함께 내 방으로 향했다. "몇 시쯤 출발하실 거죠?" 로스가 내게 물었다.

"운전사가 10시에 우리를 태우러 올 거야."

"그럼 그때 아래층 현관에서 뵙죠." 로스가 확인했다. "흥분되네요. 헬기는 한 번도 타본 적 없거든요."

그녀의 웃는 모습에 나도 웃음이 났다.

"어제 집을 한 채 봐뒀는데, 그걸 살 생각이야. 그거 맡아서 처리 좀 해주겠나?"

"제가 사장님 변호사 아닙니까. 물론이죠."

"고마워. 신세 갚을게."

"그러세요." 그녀가 깔깔 웃었다. "아래층에서 봬요."

나는 의기양양한 기분으로 내 사무실 안에 섰다. 집을 살 것이다. 캐버너와의 인수 계약은 우리 회사에 큰 동력이 될 것이다. 그리고 저녁에는 내 여자와 근사한 시간을 보낼 것이다. 나는 책상 앞에 앉아 그녀에게 이메일을 보냈다.

보낸 사람: 크리스천 그레이
제목: 아파트 안의 장소
날짜: 2011년 6월 17일 08:59
받는 사람: 아나스타샤 스틸

계산해보니 섭렵할 장소가 적어도 30개는 되겠어. 어서 그곳들을 하나하나 시험해보고 싶어. 그 후엔 바닥도 있고 벽도 있어. 발코니도 잊지 말아야겠지.
그 후엔 내 사무실도 있고······.
보고 싶군. X

크리스천 그레이
불끈불끈한 CEO, 그레이 엔터프라이즈 홀딩스 Inc.

내 방을 둘러보았다. 그래, 후보지는 널렸다. 소파, 책상. 안드레아가 문을 두드리고 커피를 가지고 들어왔다. 나는 제멋대로 날뛰는 생각과 몸을 제어했다.
그녀가 책상에 커피를 놓았다. "커피 더 드세요."
"고마워. 어제 구경한 집 중개인과 전화 연결해주겠어?"
"그러죠, 사장님."
올가 켈리와의 대화는 짧게 끝났다. 우리는 집주인에게 제시

할 금액에 합의했고, 제시한 금액이 받아들여질 경우 신속한 매매 절차를 위해 로스의 연락처를 알려주었다.

이메일을 확인했다. 내 메일에 대한 아나의 답장을 보니 반가웠다.

보낸 사람: 아나스타샤 스틸
제목: 로맨스는 어디에?
날짜: 2011년 6월 17일 09:03
받는 사람: 크리스천 그레이

그레이 씨,
당신은 정말이지 한 가지 생각밖에 없네요.
아침 식사 같이 못 해서 섭섭했어요.
그래도 존스 부인이 협조해주셨어요.
A x

협조?

보낸 사람: 크리스천 그레이
제목: 흥미로운데
날짜: 2011년 6월 17일 09:07
받는 사람: 아나스타샤 스틸

존스 부인이 무슨 협조를?
무슨 꿍꿍이야, 스틸 양?

크리스천 그레이

호기심 발동한 CEO, 그레이 엔터프라이즈 홀딩스 Inc.

보낸 사람: 아나스타샤 스틸
제목: 코를 톡톡 두드리며
날짜: 2011년 6월 17일 09:10
받는 사람: 크리스천 그레이

두고 보면 알아요, 깜짝 선물이니까요.
나 일해야 해요……. 가만 놔둬요.
사랑해요.
A x

보낸 사람: 크리스천 그레이
제목: 좌절
날짜: 2011년 6월 17일 09:12
받는 사람: 아나스타샤 스틸

네가 나한테 뭐 숨기는 건 싫은데.

크리스천 그레이
CEO, 그레이 엔터프라이즈 홀딩스 Inc.

보낸 사람: 아나스타샤 스틸

제목: 응석 받아주죠

날짜: 2011년 6월 17일 09:14

받는 사람: 크리스천 그레이

당신 생일이잖아요.

또 다른 깜짝 선물.

토라지지 마요.

A x

또 다른 깜짝 선물? 재킷 주머니를 톡톡 두드리다 이미 아나의 선물을 받았다는 걸 깨달았다.

사람 버릇 나빠지게 하는군.

로스와 나는 차를 타고 보잉 필드로 달렸다. 휴대폰이 번쩍거렸다. 엘리엇의 문자였다.

엘리엇

야, 머저리. 술집. 오늘 저녁.

케이트가 아나랑 만난대.

너도 오는 게 좋을걸.

지금 어디야?

엘리엇

애틀랜타 경유.

나 보고 싶었냐?

아니.

엘리엇
보고 싶었으면서. 형 귀환하는데
오늘 밤 맥주 한잔해야지, 동생아.

형과 술을 마신 지 좀 됐다. 덕분에 덜렁 아나와 그녀의 사진
작가 친구랑만 시간을 보내지 않아도 되겠군.

굳이 원하신다면.
안전 여행해.

엘리엇
나중에 봐.

포틀랜드로 가는 헬기 안에선 별일이 없었지만 로스가 얼마
나 들떴는지 새삼 절감했다. 그녀는 비행 내내 사탕 가게에 들
어간 아이처럼 굴었다. 안절부절못하고. 여기저기 가리키고. 보
이는 것마다 끝없이 조잘거렸다. 그간 몰랐던 로스의 새로운 면
이었다. 내가 아는 냉철하고 침착한 변호사는 어디 갔을까? 이
에 비하면 아나는 처음 찰리 탱고에 탔을 때 몹시 조용히 경치
를 감상한 편이다.
착륙했을 때 중개인의 음성 메시지를 확인했다. 집주인이 제
시한 금액을 받아들였다. 정말 빨리 팔아치우고 싶은 모양이다.

"뭐라고요?" 로스가 물었다.

"나 방금 집 샀다고."

"축하해요."

밴쿠버 워싱턴 주립 대학의 경제개발학과 학과장 및 부학과장과 긴 미팅을 끝낸 후 로스와 나는 그래빗 교수 및 그의 대학원생들과 이야기를 나누었다. 그래빗 교수는 열변을 토했다. "질소 고정을 일으키는 미생물에서 DNA를 분리해낼 수 있게 됐어요."

"그게 정확히 어떤 의미가 있죠?" 내가 물었다.

"일반적으로 쉽게 풀어보죠, 그레이 씨. 질소 고정은 토양의 다양성에 필수 요건입니다. 아시다시피, 다양한 토양은 가뭄 같은 재해로부터 훨씬 빨리 회복됩니다. 이제 우리는 사하라 사막 이남 지역 토양의 미생물 DNA를 활성화시킬 수 있게 된 겁니다. 간단히 말해서, 토양이 영양분을 훨씬 더 오래 품게 만들 수 있는 거죠. 즉 토양의 1헥타르당 생산성이 높아진 거예요."

"우리 연구 결과는 두 달 후 《미국 토양과학 저널》에 실릴 예정입니다. 일단 논문이 게재되면 투자금이 두 배로 늘어나겠지요." 셔더리 교수가 말했다. "그레이 씨께서 박애주의적 목적에 걸맞은 유망한 연구에 계속 투자해주셔야 합니다."

"물론이죠." 나는 지원을 약속했다. "여기 연구는 가능한 많은 사람들에게 혜택이 돌아가도록 널리 공유돼야 합니다."

"그것은 지금 우리가 하는 모든 연구 목적의 핵심 중 핵심입니다."

"그 말을 들으니 기쁩니다."

학과장은 긍정의 뜻으로 고개를 끄덕였다. "우리는 이 발견에 대단히 고무돼 있습니다."

"대단한 성과군요. 축하드립니다, 그래빗 교수님. 팀원들도."

그녀는 칭찬에 기뻐했다. "그레이 씨 덕분입니다."

나는 당황해 로스를 흘끔거렸다. 로스가 내 마음을 읽은 것처럼 나섰다. "저희는 이만 가볼게요." 그녀가 사람들에게 말했고, 우리는 의자를 밀고 일어섰다.

학과장이 내 손을 잡고 흔들었다. "변함없는 지원 감사드립니다, 그레이 씨. 환경과학과에 대한 사장님의 지원이 우리에겐 크나큰 힘이 되고 있습니다."

"계속 훌륭한 연구 부탁드립니다." 나는 말했다. 한시라도 빨리 시애틀로 돌아가고 싶었다. 그 사진작가가 에스칼라로 사진을 배달하고 아나와 만날 것이다. 내내 꿈틀대는 질투심과 맞서 싸우는 중이다. 지금까지는 다스리는 데 성공했지만, 보잉 필드에 착륙해 술집에서 그들과 합류하면 더 행복할 것이다. 그나저나 나는 로스에게 깜짝 선물을 주기로 했다.

우리는 매끄럽게 이륙했다. 내가 컬렉티브 조종간을 뒤로 당기자 찰리 탱고는 우아한 새처럼 포틀랜드 헬기장 위 공중으로 상승했다. 로스가 미소를 지으며 어학생처럼 좋아했다. 나는 고개를 절레절레 저었다. 로스가 이리 흥분할 줄은 미처 몰랐다. 하지만 이륙하는 순간 언제나처럼 짜릿한 스릴이 나를 휘감았다. 관제탑과 통신을 마쳤을 때 로스의 취한 듯한 목소리가 헤드폰 너머에서 들려왔다. "개인 합병 문제는 어떻게 돼가요?"

"순항 중이야. 고마워."

"그래서 그 집을?"

"응. 그런 셈이지."

그녀가 고개를 끄덕였고, 우리는 아무 말 없이 밴쿠버와 워싱턴 주립 대학 위를 날아 집을 향해, 내 목적지를 향해 날아갔다.

"안드레아가 결혼한다는 거 알고 있었어?" 나는 그녀에게 물었다. 그 사실을 알게 된 이후 내내 마음이 편치 않았다.

"아뇨. 언제 했는데요?"

"지난 주말."

"비밀에 부쳤군요." 로스가 놀란 목소리로 말했다.

"사내 교제 금지 조항 때문에 비밀로 했다는데. 난 그런 조항이 있는지도 몰랐어."

"그건 우리 고용 계약서 내의 기본 조항이에요."

"좀 억지스러운 조항 같아."

"안드레아가 우리 회사 직원과 결혼했단 말이에요?"

"데이먼 파커."

"엔지니어?"

"응. 그가 영주권을 따게 우리가 도와줄 수 있나? 그 남자 현재 H-1B 비자로 체류 중일 거야."

"제가 알아볼게요. 지름길이 있을지 확신은 없지만."

"그래 주면 고맙겠어. 자, 이제 깜짝 선물 하나 줄게." 나는 북동쪽으로 몇 도 방향을 틀었고, 우리는 10분 정도 비행했다. "저기 봐!" 나는 지평선 위 따개비처럼 생긴 것을 가리켰다. 그것은 세인트 헬렌즈 산이었다. 우리는 그쪽으로 가까이 다가갔다.

로스가 환호성을 질렀다. "비행로를 바꾸신 거예요?"

"그대를 위해서."

더 가까이 날아가자 산이 풍경 위로 떠올랐다. 꼬마 애가 그린 화산 그림처럼 보였다. 험준한 정상은 눈에 덮여 있었고 녹음이 우거진 글리포드 국립공원 내 위치해 있었다.

"와! 생각보다 굉장히 큰데요." 더 가까이 다가갔을 때 로스
가 말했다.

참으로 장엄한 풍경이었다.

나는 천천히 비스듬히 날았다. 우리는 분화구를 따라 빙 돌
았다. 분화구는 완전한 원이 아니었다. 1980년 분화 때 허물어
져 북쪽 벽이 없었다. 여기 위에서 보니 으스스하게 황량한 데
다 딴 세상 풍경 같았다. 마지막 분화 때의 상흔이 아직 뚜렷했
다. 산맥을 따라 숲을 밀어내고 그 밑의 풍경을 할퀸 흔적이 있
었다.

"정말 멋져요. 그웬과 아이들을 데리고 여기 구경 온 적 있어
요. 다시 분화할 가능성 있을까요?" 로스는 휴대폰으로 사진을
찍으며 생각에 잠겼다.

"글쎄. 하지만 구경 다 했으니 그만 집으로 가자."

"좋은 생각이에요. 고마워요." 로스는 내게 고마운 듯 미소를
지었다. 눈이 반짝반짝했다.

나는 사우스 포크 터틀 강을 따라 서쪽으로 방향을 틀었다.
이제 45분 후면 보잉 필드로 돌아갈 것이다. 아나와 그 사진작
가, 엘리엇 일행에 합류해 흰잔할 시간은 충분하다.

시야 한쪽에서 주 경보등 불빛이 깜빡였다.

망할, 뭐야, 이거?

엔진 화재등이 켜지더니 찰리 탱고가 가라앉았다.

젠장. 1번 엔진에 화재가 났다. 나는 숨을 들이켜보았지만 냄
새는 나지 않았다. 연기가 보이나 싶어 재빨리 S턴을 했다. 비행
경로를 따라 잿빛 연기가 죽 이어졌다.

"왜 그래요? 무슨 일이에요?" 로스가 물었다.

"겁먹지 마. 엔진 하나에 불이 났어."

"뭐라고요!" 그녀가 가방과 좌석을 꽉 움켜쥐었다. 나는 1번 엔진을 끄고 1번 엔진 파이어보틀(항공기 엔진 내 설치된 소화 시스템-옮긴이)을 가동하면서 착륙할지 엔진 하나로 버틸지 고민했다. 찰리 탱고는 엔진 하나로도 비행하게끔 설계됐다…….

집에 가고 싶어.

한 바퀴 돌면서 안전하게 착륙할 곳을 찾았다. 불가피하면 착륙해야 한다. 고도가 약간 낮았지만 저 멀리 호수가 하나 보였다. 실버 레이크 같았다. 남동쪽 끝에 나무가 없는 공터가 있었다.

막 조난 신호를 보내려는데 2번 엔진의 화재 경보등이 깜빡였다.

돌아버리겠네, 진짜!

불안감이 폭발했다. 나는 컬렉티브 조종간을 움켜쥐었다.

제기랄. 집중해, 그레이.

연기가 기내로 새어 들었다. 나는 창문을 열고 온도 조절 장치를 재빨리 확인했다. 계기반이 빌어먹을 크리스마스 시즌처럼 휘황찬란하게 반짝거렸다. 전자 장치들이 먹통이 된 것 같았다. 선택의 여지가 없었다. 착륙해야 했다. 이번에는 엔진을 끌지 아니면 그대로 착륙할지 순간 고민했다.

할 수 있게 해달라고 신께 기도했다. 이마에 땀방울이 맺혀 손으로 땀을 닦았다. "꽉 잡아, 로스. 험악해질 거니까."

로스가 흐느꼈지만 나는 그것은 무시했다.

고도가 낮았다. 너무 낮았다.

하지만 아직 시간은 있을 것이다. 시간이 필요하다. 폭발하기 전까지.

나는 컬렉티브 조종간을 내리고 스로틀을 완전히 조였다. 우리는 뱅글뱅글 돌면서 급강하했다. 날개가 계속 돌도록 안간힘을 썼다. 우리는 땅으로 돌진했다.

아나. 아나? 그녀를 다시 볼 수 있을까?

제길. 제길. 제길.

근처에 호수가 있었다. 공터가 있었다. 컬렉티브 조종간을 제위치에 유지하려다보니 근육이 타는 것 같다.

제길.

아나의 모습이 만화경처럼 눈앞에 펼쳐졌다. 사진작가가 찍은 아나의 사진들처럼. 웃는 모습. 입을 비쭉거리는 모습. 생각에 잠긴 모습. 아름다운 모습. 내 여자.

그녀를 잃을 순 없다.

지금이야! 그걸 해, 그레이.

나는 안간힘을 썼다. 전진 속도를 줄이기 위해 찰리 탱고의 머리를 쳐들고 꼬리는 밑으로 내렸다. 꼬리가 나무 꼭대기에 스쳤다. 스로틀을 풀자 기적처럼 찰리 탱고가 비행을 유지했다. 우리는 그 공터 가장자리에 꼬리부터 불시착했다. 소형 헬기 EC135는 땅에 충돌하며 쭉 미끄러지다 공터 한가운데 멈추었다. 날개가 근처 전나무 가지에 채찍질을 해댔다. 나는 2번 엔진의 파이어보틀을 작동시킨 후 엔진과 연료 밸브를 끄고 나서 날개를 멈추었다. 모든 기기를 끄고 나서 몸을 기울여 로스의 안전벨트를 주먹으로 탁 쳐서 풀고는 팔을 더 뻗어 문을 열었다. "얼른 나가! 자세 낮추고!" 나는 소리치고 그녀를 밀쳐냈다. 그녀가 자리에서 벗어나 땅바닥으로 떨어졌다. 나는 옆에 있는 소화기를 집어 옆문으로 나갔다. 헬기 뒤쪽으로 달려가 연기가 나는 엔진에 이산화탄소를 분사했다. 불은 금세 잡혔다.

나는 한 걸음 물러났다.

로스가 지저분해진 꼴로 와들와들 떨며 비틀비틀 내 쪽으로 다가왔다. 나는 겁에 질려 우두커니 서서 찰리 탱고를 바라보았다. 내 자랑이자 기쁨이건만. 로스가 평소답지 않게 격정에 휩싸여 나를 얼싸안았다. 나는 얼어붙었다. 이제 보니 그녀는 엉엉 울고 있었다.

"이런, 이런. 쉬잇. 착륙했어. 안전해. 미안해. 미안해." 나는 잠시 그녀를 안고 달랬다.

"해냈어요." 그녀가 울먹거렸다. "해냈다고요, 망할! 크리스천, 당신이 우리를 무사히 착륙시켰어."

"알아." 그녀와 붙어 있다는 게 믿기지 않았다. 나는 뒷걸음질 친 후 주머니에서 손수건을 꺼내 그녀에게 건넸다.

"이게 무슨 일이에요?" 그녀가 눈물을 닦으며 말했다.

"모르겠어." 황당한 상황이다. 제기랄, 어찌 된 일일까? 엔진이 둘 다? 하지만 지금은 그것을 따질 겨를이 없었다. 헬기가 폭발할 수도 있었다. "일단 피하자. 모든 기기를 비상 정지시켜놓긴 했지만, 연료가 충분해서 세인트 헬렌즈 산에 질세라 폭발할지도 몰라."

"하지만 내 물건이……."

"버려."

우리는 작은 공터 안에 있었다. 일부 전나무들이 벌목된 곳이었다. 상큼한 솔향기, 항공 연료 냄새, 매캐한 연기 냄새가 공중에 가득했다. 우리는 나무 밑으로 피했다. 거기는 찰리 탱고에서 멀찍이 떨어진 곳이라 안전할 것 같았다. 나는 머리를 긁었다.

엔진이 두 개 다?

엔진이 모두 망가지는 건 드문 일이다. 찰리 탱고를 손상 없이 착륙시킨 데다 소화기를 써서 불을 잡아 엔진을 보존했으니 뭐가 잘못된 것인지 조사할 수 있을 것이다.

하지만 추락 원인의 사후 분석은 나중의 일인 데다 미연방 항공청의 몫이다. 지금은 이제 어떻게 할지 로스와 결정해야 했다.

나는 재킷 소맷부리로 이마를 닦았다. 망할 놈의 돼지처럼 땀이 비 오듯 났다.

"그래도 가방과 휴대폰은 가지고 내렸어요." 로스가 중얼거렸다. "젠장. 신호가 안 잡히네요." 그녀가 휴대폰을 높이 치켜들고 신호를 찾았다. "사장님은요? 누군가 와서 우릴 구출해줄까요?"

"미처 조난신호를 보낼 짬도 없었어."

"그럼 구출하러 올 사람이 없단 뜻이네요." 그녀의 얼굴이 울상이 됐다.

휴대폰을 꺼내려 안주머니에 손을 넣었을 때 아나의 선물이 딸그락거려 기운이 좀 났다. 하지만 지금은 그걸 생각할 시간이 없다. 일단 그녀에게 돌아가야만 한다.

"내게서 연락이 없으면 사람들이 우리가 실종된 걸 알게 될 거야. 항공청에 우리 비행 기록이 남아 있어." 휴대폰에 신호가 잡히지 않았지만 혹시나 해서 GPS를 확인했다. GPS가 작동해 우리의 현 위치가 잡혔다.

"여기 있고 싶어, 아니면 가고 싶어?"

로스가 초조하게 주변의 험한 지형을 둘러보았다. "난 도시 여자예요, 크리스천. 여긴 야생동물들이 우글거린다고요. 가요."

"우린 지금 남쪽 호숫가에 있어. 도로까지 두 시간 거리. 거기 가면 도움을 받을 수 있을 거야."

로스는 힐을 신고 걷기 시작했지만 도로에 도착할 때쯤 맨발이 된 터라 우리의 걸음은 느릴 수밖에 없었다. 다행히 땅은 부드러웠지만 도로는 그렇지 않았다.

"이쪽으로 방문객 안내소가 있어." 내가 그녀에게 알렸다. "거기서 도움을 받을 수 있을 거야."

"문 닫았을 수도 있어요. 5시가 넘은 시각이라." 로스가 떨리는 목소리로 말했다. 둘 다 땀을 흘리고 있었고 목이 말랐다. 로스는 한계에 도달했고, 나도 찰리 탱고 옆에 있을 걸 그랬나 후회하기 시작했다. 하지만 당국에서 우리를 찾아내기까지 시간이 얼마나 걸릴지 장담할 수 없었다.

손목시계가 5시 25분을 가리켰다.

"여기서 그냥 기다릴까?" 나는 로스에게 물었다.

"아뇨." 로스가 내게 그녀의 신발을 건넸다. "이거 좀 해줄래요?" 그러고는 양손을 주먹 쥐고 나뭇가지를 부러뜨리는 시늉을 했다.

"굽을 떼어달라고? 이거 마놀로인데."

"됐어요. 그냥 해줘요."

"알았어." 내 남성성이 시험대에 오른 기분으로 나는 온 힘을 다해 굽을 부러뜨렸다. 1, 2분쯤 용을 쓴 끝에 다른 굽도 떼어냈다. "여기. 돌아가면 새 걸로 사줄게."

"약속한 거예요."

그녀는 다시 신발을 신었고, 우리는 길을 따라 출발했다.

"돈 얼마나 있어?" 내가 물었다.

"지금요? 한 200달러쯤."

"난 400달러 있어. 차를 얻어 탈 수 있나 보자고."

　로스의 발이 말썽을 부려 자주 걸음을 멈추어야 했다. 내가 업어줄까 제안했지만 그녀는 거절했다. 그녀는 과묵하게 인내했다. 겁먹지 않고 잘 버텨주는 그녀가 고마웠지만 이렇게 얼마나 더 버틸 수 있을지 알 수 없었다.

　잠깐 쉬고 있을 때 우릉우릉 하는 소리가 났다. 견인 트레일러트럭 소리였다. 나는 차가 설까 싶어 엄지손가락을 내밀었다. 기어가 움직이는 소리와 함께 반짝반짝 윤이 나는 트럭이 몇 미터 앞에 멈춰 서더니 우릉우릉 엔진 소리를 내며 우리를 기다렸다.

　"차 얻어 탈 수 있겠다." 나는 로스에게 활짝 웃어 보였다. 그녀가 힘을 내주었으면. 그녀가 희미하게나마 슬며시 미소를 지었다. 나는 그녀를 일으키고는 부축하다시피 조수석 쪽으로 이끌었다. 턱수염을 기르고 시호크 야구 모자를 쓴 젊은 남자가 안에서 조수석 문을 열어주었다. "괜찮아요?" 그가 물었다.

　"보시다시피 좀 곤란한 지경입니다. 어디로 갑니까?"

　"빈 박스를 싣고 시애틀로 가는 중이에요."

　"우리도 그쪽으로 갑니다. 좀 태워줄 수 있어요?"

　"그러죠. 타세요."

　로스는 얼굴을 찌푸리며 중얼거렸다. "나 혼자였다면 절대 못 했을 거야." 나는 로스가 올라타는 것을 도와주고 나서 뒤따라 올라탔다. 차 안은 깨끗했고 새 차 냄새와 소나무 숲 향기가 났다. 대시보드 위에 걸린 방향제 냄새겠지만.

　"여기까지 무슨 일로?" 로스가 푹신하고 편해 보이는 뒤쪽 좌석에 자리를 잡을 때 청년이 물었다. 새 차 같았다.

로스를 흘끔 돌아보니 그녀가 내게 고개를 살짝 저었다.

"길을 잃었어요. 보시다시피." 나는 얼버무렸다.

"그렇군요." 그가 말했다. 우리 말을 믿는 것 같지 않았지만 그 괴물의 기어를 넣었다. 우리는 시애틀을 향해 출발했다.

"난 세브라고 합니다." 그가 말했다.

"로스예요."

"크리스천입니다."

그가 몸을 기울여 우리와 번갈아 악수를 나누었다. "목마르죠?" 그가 물었다.

"네." 둘이 동시에 대답했다.

"뒤쪽에 작은 냉장고가 있어요. 안에 산펠레그리노(탄산수 브랜드-옮긴이)가 있을 겁니다."

산펠레그리노?

로스가 병 두 개를 꺼냈고 우리는 감사히 마셨다. 탄산수가 이리 맛있을 줄이야.

위에 걸린 마이크가 눈에 띄었다.

"CB 무선기, 맞아요?" 내가 물었다.

"넵. 근데 작동을 안 해요. 새 건데. 망할 것." 그가 짜증 난다는 듯 손가락 관절로 그것을 톡톡 두드렸다. "이 트레일러트럭 전체가 다 새것이에요. 첫 항해죠."

그래서 이리 느릿느릿 달리는군.

나는 시간을 확인했다. 7시 35분. 휴대폰은 죽어버렸다. 로스의 것도. 젠장.

"혹시 휴대폰 있습니까?" 나는 세브에게 물었다.

"아뇨. 이혼한 아내에게 시달리기 싫어요. 트럭에 있을 땐 나와 도로 단둘이 지냅니다."

나는 고개를 끄덕였다.

망할. 아나가 걱정할 것이다. 그렇다고 만나기 전에 일어난 일을 얘기하면 더 걱정할 게 뻔했다. 그녀는 지금 술집에 있겠지. 호세 로드리게스와 함께. 엘리엇과 캐서린이 그를 주시하기만 바랄 뿐이다.

침울하고 다소 무기력한 기분으로 밖의 풍경을 바라보았다. 얼마 후면 5번 고속도로에 접어들 것이다. 우리는 집을 향해 가는 중이다.

"배 안 고파요? 냉장고 안에 점심으로 먹고 남은 케일 키노아 토르티야가 있어요."

"친절하시군요. 고맙습니다, 세브."

"음악을 좀 들으면서 달릴까요?" 우리가 그의 점심을 먹고 있을 때 그가 물었다.

아, 젠장.

"그러죠." 로스가 말했다. 자신 없는 목소리로.

세브가 라디오를 틀자 시리우스가 나왔다. 그는 채널을 돌려 재즈 방송에 맞추었다. 찰리 파커의 감미로운 색소폰 소리가 흘러나왔다. 〈당신의 모든 것〉이 차 안을 채웠다.

"'당신의 모든 것.'"

아나. 나 보고 싶어?

지금 난 길 위에 있어, 케일 키노아 토르티야를 먹고 쿨재즈를 듣는 트럭 운전사와 함께. 오늘 하루가 이리될 줄 누가 알았겠나. 나는 로스를 흘끔거렸다. 그녀는 소파에 늘어져 잠들어 있었다. 나는 한숨을 푹 내쉬고 눈을 감았다.

만약 착륙하지 못했더라면.

맙소사. 로스의 집은 발칵 뒤집혔을 테지.

엔진 두 개가 다 망가지다니?

그럴 확률이 얼마나 될까?

찰리 탱고는 정기적으로 점검을 받고 있다.

이건 말이 되지 않았다.

우릉우릉, 트럭이 앞으로 나아갔다. 앞으로, 앞으로. 빌리 홀리데이가 노래를 불렀다. 그녀의 목소리가 나긋나긋 자장가처럼 다가왔다. "'당신은 나의 환희.'"

찰리 탱고가 땅으로 곤두박질친다.

나는 컬렉티브 조종간을 힘껏 당긴다.

안 돼. 안 돼. 안 돼.

여자의 비명이 들린다.

아나. 비명.

안 돼.

연기가 난다. 연기에 숨이 막힌다.

우리는 곤두박질친다.

내 힘으로 멈출 수가 없다.

아나가 비명을 내지른다.

안 돼. 안 돼. 안 돼.

찰리 탱고가 땅바닥에 충돌한다.

아무것도 없다.

까맣다.

침묵.

아무것도 없다.

나는 화들짝 놀라며 잠에서 깼다. 사방이 캄캄했다. 고속도로의 가로등이 간간이 보일 뿐. 나는 트럭 안에 있었다.

"이봐요." 세브가 말했다.

"미안합니다. 깜빡 잠이 들었나봐요."

"괜찮아요. 두 분 다 많이 지친 것 같네요. 친구분은 아직도 잠들었어요." 로스는 우리 뒤 소파에서 자고 있었다.

"여기 어딥니까?"

"앨런타운이에요."

"네? 그렇군요." 나는 밖을 내다보았다. 우리는 아직 5번 고속도로에 있었지만 저 멀리 시애틀의 불빛들이 아스라이 보였다. 자동차들이 휙휙 지나갔다. 이렇게 거북이처럼 달리기는 오늘이 처음이다. "시애틀 어디로 가십니까?"

"부두요. 46번 부두."

"그렇군요. 우리를 시내에 내려줄래요? 그럼 택시를 탈 수 있을 겁니다."

"그러죠."

"이 배달이 주업입니까?"

"아뇨. 이것저것 다 합니다. 이 트럭으로. 제 차예요. 자영업자죠."

"아하. 사장님이로군요."

"정확해요."

"저도 그렇습니다."

"언젠가는 이런 놈 여러 대로 함대를 거느리고 싶어요." 그가 두 손으로 운전대를 탁 쳤다.

"그러기를 바랍니다."

세브는 우리를 유니언 스테이션 앞에 내려주었다.

"감사합니다. 감사합니다. 감사합니다." 우리가 트럭에서 내릴 때 로스가 말했다.

나는 그에게 400달러를 내밀었다.

"이 돈은 못 받아요, 크리스천." 세브가 손을 치켜들며 돈을 거부했다.

"그렇다면 여기 내 명함 받아요." 나는 지갑에서 명함을 꺼내 그에게 건넸다. "전화해요. 댁이 거느리고 싶다는 트럭 함대에 대해 함께 얘기해보죠."

"그러죠." 세브가 명함을 쳐다보지도 않고 말했다. "만나서 반가웠어요."

"고마워요. 당신이 내 목숨을 살렸어요." 나는 그렇게 말하며 문을 닫았다. 우리는 그에게 손을 흔들었다.

"저 남자 믿겨져요?" 로스가 물었다.

"하늘이 도와 저 사람이 나타난 거야. 택시 잡자."

우리는 20분 후 로스의 집에 도착했다. 다행히 그곳은 에스칼라와 가까웠다.

"다음에 포틀랜드로 갈 땐 기차 타도 되죠?"

"물론."

"잘 해내셨어요, 크리스천."

"당신도."

"안드레아에게 전화해서 우리가 무사하다고 알려줄게요."

"안드레아?"

"안드레아가 사장님 가족에게 전화할지도 몰라요. 그럼 가족들이 걱정할 거예요. 내일 사장님 생일 파티에서 봐요."

내 가족? 그들이 내 걱정을 할 리가. "그때 봐."

그녀는 몸을 기울여 내 뺨에 입 맞추었다. "안녕히 가세요." 가슴이 뭉클했다. 로스가 내게 이렇게 한 것은 처음 있는 일이다.

나는 그녀가 아파트 마당을 가로질러 걸어가는 것을 바라보았다.

"로스!" 그녀가 두 짝 출입문을 통과해 들어갈 때 그웬의 우렁찬 목소리가 들렸다. 그가 로스를 끌어안았다.

내가 손짓하자 택시 운전사가 출발해 모퉁이를 돌았다.

내 아파트 건물 주변에 사진기자들이 진을 치고 있었다. 무슨 일이 있는 게 분명했다. 나는 택시 운전사에게 요금을 지불하고 택시에서 내렸다. 고개를 푹 숙인 채 정문을 통과했다.

"저기 있다!"

"크리스천 그레이."

"그가 여기 있어!"

플래시 불빛에 어지러웠지만 비교적 탈 없이 안으로 들어갈 수 있었다. 나 때문에 온 게 아닌가? 나 때문에 오지 않았다면, 이만한 관심을 끌 다른 누군가가 오늘 밤 이 건물 안에 있다는 얘기? 천만다행으로 엘리베이터는 대기 중이었다. 나는 엘리베이터에 타자마자 신발과 양말을 벗었다. 발이 아팠다. 맨발이 되니 좀 살 것 같았다. 신발을 쳐다보았다. 이 신발은 다시는 신지 말아야겠다.

불쌍한 로스. 내일 발에 물집이 잡혀 고생깨나 할 것이다.

아나는 집에 없을 것이다. 아직 술집에 있겠지. 휴대폰 배터리를 교체하고 셔츠를 갈아입은 후 즉시 그녀를 찾으러 나가기로 했다. 아님 샤워를 하고 나서. 재킷을 벗었을 때 엘리베이터

문이 열렸다. 나는 현관에 들어섰다.

TV실 쪽에서 텔레비전 소리가 쩌렁쩌렁 들렸다.

이상하군.

나는 거실로 들어갔다.

거기에 가족들이 모두 모여 있었다.

"크리스천!" 어머니가 외치더니 열대 폭풍처럼 내게 달려왔다. 나는 할 수 없이 재킷과 신발을 떨어뜨리고 어머니를 붙잡았다. 어머니가 두 팔을 내 목에 두르고 내 뺨에 열렬히 키스를 퍼붓고는 나를 부둥켜안았다. 꽉.

대체 뭐지?

"엄마?"

"널 다신 못 볼 줄 알았다." 어머니가 잠긴 목소리로 말했다.

"엄마, 나 여기 있잖아요." 나는 엄마를 위로했다. 어리벙벙했다. 나 멀쩡한 거 안 보이나?

"오늘 이 엄마는 죽어도 수천 번은 더 죽었어." 마지막에 어머니의 목소리가 갈라졌다. 어머니가 울음을 터뜨렸다. 나는 어머니를 더 꼭 끌어안았다. 어머니의 이런 모습은 처음이었다. 엄마가. 나를 안아준다. 기분이 좋았다. "아, 크리스천." 어머니가 흐느끼며 절대 놓지 않을 것처럼 나를 끌어안고 내 목에 눈물을 쏟았다. 나는 눈을 감고 어머니를 살살 흔들었다.

"살아 있었구나! 이럴 수가, 크리스천이 왔어!" 아빠가 테일러의 사무실에서 나오며 외쳤고, 테일러가 뒤따라 나왔다. 캐릭이 엄마와 나를 향해 총총히 다가와 우리를 한꺼번에 끌어안았다.

"아빠?"

미아까지 합류했다. 한꺼번에 우리를 끌어안았다.

맙소사!

온 가족이 똘똘 뭉쳤네.

언제 이런 적이 있었던가?

아니!

캐릭이 먼저 떨어져 눈가를 훔쳤다.

아버지가 우네?

미아와 어머니가 물러섰다. "미안." 어머니가 말했다.

"어머니, 왜 그러세요, 나 괜찮아요." 나는 말했다. 원치 않는 관심이 이렇게 집중되니 좀 불편했다.

"어디 갔었니? 무슨 일이 있었던 거야?" 어머니가 울면서 두 손에 얼굴을 묻고 계속 눈물을 흘렸다.

"엄마." 나는 어머니를 끌어안고 어머니의 머리에 입 맞추고는 다시 끌어안았다. "저 여기 있잖아요. 멀쩡해요. 포틀랜드에서 돌아오는 데 시간이 많이 걸린 것뿐이에요. 이 환영단은 다 뭐예요?" 고개를 들었을 때 그녀가 있었다. 커다래진 눈, 아름다운 자태로. 눈물이 그녀의 얼굴에 줄줄 흘러내렸다. 나의 아나.

"엄마, 나 멀쩡해요." 나는 어머니에게 말했다. "무슨 일이에요?"

어머니가 내 얼굴을 감싸더니 내가 아직 어린애인 양 말했다. "크리스천, 네가 실종됐다고 해서. 네 비행 일정…… 네가 시애틀에 도착하지 않았잖니. 왜 우리에게 연락을 안 한 거야?"

"이렇게 오래 걸릴 줄 몰랐거든요."

"전화는 왜 안 했어?"

"휴대폰 배터리가 나갔어요."

"중간에 내려야지. 수신자부담 전화도 있잖아?"

"엄마, 얘기하자면 길어요."

"아, 크리스천! 다신 이러지 말아라! 알겠니?"

"네, 엄마." 나는 엄지손가락으로 엄마의 눈물을 닦아주고 다시 포옹했다. 내 생명을 구해준 여성을 이리 안고 있으니 기분이 좋았다.

어머니가 물러나자 미아가 나를 포옹했다. 세게. 그러더니 내 가슴을 탁 때렸다.

아야.

"오빠 때문에 다들 걱정했잖아!" 미아가 울면서 소리쳤다. 나는 이제 왔으니 됐다고 미아를 위로하고 안심시켰다.

엘리엇이 나를 끌어안았다. 휴가지에서 아주 까맣게 탄 데다 건강해진 모습이었다.

맙소사. 브루투스, 너마저? 형이 내 등을 세게 때렸다.

"만나서 반갑다, 자식아." 그가 우렁차고 걸걸한 목소리로 말했다. 울컥한 목소리였다.

나는 목이 메었다.

내 가족들.

이들은 나를 걱정한다. 똥줄 타게 걱정한다.

모두들 내 걱정을 한 것이다.

가족이 먼저야.

나는 물러나 아나를 쳐다보았다. 아나 뒤에 캐서린이 머리카락을 만지락거리며 서 있었다. 그녀가 뭐라 말했지만 들리지 않았다. "이제 애인한테 인사 좀 할게요." 나는 부모님에게 말했다. 더는 참지 못할 것 같았다. 어머니가 눈물에 젖은 얼굴로 미소를 지었다. 어머니와 캐릭이 옆으로 물러났다. 나는 아나에게 걸어갔다. 그녀가 소파에서 웅크리고 있다가 일어났다. 일어서는데 약간 비틀거렸다. 정말 내가 맞는지 혼란스러워하는 것 같았다. 그녀가 계속 울다가 별안간 내 품으로 와락 뛰어들었다.

"크리스천!" 그녀가 흐느꼈다.

"쉬잇." 나는 속삭이며 그녀를 꼭 부둥켜안았다. 그녀의 작고 섬세한 몸이 내 몸을 누르는 느낌에 안도감이 밀려왔다. 나는 그녀가 내 모든 것임에 감사했다.

아나. 내 사랑.

나는 그녀의 머리카락에 얼굴을 묻고 그녀의 달콤하고 달콤한 향기를 들이마셨다. 그녀가 눈물에 젖은 아름다운 얼굴을 내게 들었고, 나는 그녀의 보드라운 입술에 가볍게 입을 맞추었다. "안녕." 내가 속삭였다.

"안녕." 그녀가 갈라지고 낮은 목소리로 말했다.

"나 보고 싶었어?"

"약간." 그녀가 콧물을 훌쩍거렸다.

"그런 것 같네." 나는 손가락으로 그녀의 눈물을 닦았다.

"난, 난……." 그녀가 흐느꼈다.

"알아. 쉿. 나 여기 있어. 여기 있어."

나는 그녀를 꼭 안고 다시 그녀에게 키스했다. 그녀가 울 때면 그녀의 입술은 언제나 보드라워진다.

"당신, 괜찮은 거예요?" 그녀가 물었다. 그녀의 두 손이 내 몸에 닿았다. 여기저기. 온몸에. 하지만 상관없었다. 그녀의 손길이 반가웠다. 어둠은 진작에 물러가고 없었다.

"나 괜찮아. 아무 데도 안 가."

"아, 하느님, 감사합니다." 그녀는 두 팔을 내 허리에 감고 나를 끌어안았다.

망할. 샤워해야 하는데. 하지만 그녀는 개의치 않는 듯했다.

"배 안 고파요? 마실 것 줄까요?" 그녀가 물었다.

"응."

그녀는 물러나려 했지만 나는 그녀를 놓아주고 싶지 않았다. 그녀를 끌어안은 채 뒤에서 얼쩡대는 사진작가에게 한 손을 내밀었다.

"그레이 씨." 호세가 말했다.

"크리스천이라고 불러요."

"크리스천, 돌아오신 것 환영해요. 무사하셔서 다행입니다. 그리고, 음…… 여기 묵게 해줘서 고맙습니다."

"별말씀을." 내 여자에게 손만 대지 않는다면야.

게일이 끼어들었다. 꼴이 엉망이 돼서 눈물을 흘리고 있었다.

제길. 존스 부인까지? 이거 정말이지 감동인걸.

"뭐 좀 가져다드릴까요, 그레이 씨?" 그녀가 휴지로 눈가를 훔쳤다.

"맥주 주세요, 게일. 버드와이저. 간단히 먹을 것도."

"내가 가져올게요." 아나가 말했다.

"아니. 가지 마." 나는 그녀를 더 단단히 끌어안았다.

다음 차례는 캐버너 남매였다. 이든과 캐서린. 나는 이든과 악수한 후 캐서린의 뺨에 입 맞추었다. 그녀는 건강해 보였다. 바베이도스와 엘리엇의 조합이 그녀와 잘 맞는 모양이다. 존스 부인이 돌아와 내게 맥주를 건넸다. 나는 유리잔은 물리치고 버드와이저를 병째 쭉 들이켰다.

맛이 끝내줬다.

이 사람들이 전부 나를 위해 모였다. 오랜만에 돌아온 탕자가 이런 기분이었을까.

난 정말 탕자일지도 모르지…….

"웬일이냐, 더 독한 걸 안 마시고." 엘리엇이 말했다. "젠장할, 대체 어찌 된 일이야? 내가 아는 건 네 딸딸이가 실종됐다고 전화로 아빠가 해준 얘기뿐이라."

"엘리엇!" 어머니가 꾸짖었다.

"헬리콥터야!" 엘리엇, 저 인간이 정말. 나는 '딸딸이'란 말은 질색이다. 알면서 말이야. 형이 빙긋 웃었고, 나도 형에게 씩 웃었다.

"어디 좀 앉자. 얘기해줄게."

나는 아나와 나란히 앉았고, 형도 앉았다. 맥주를 쭉 들이켜는데 뒤쪽에 테일러가 보였다. 나는 그에게 고개를 끄덕였고, 그도 내게 고개를 끄덕였다.

테일러마저 울지 않아 다행이었다. 그건 도저히 감당할 수 없을 것 같다.

"딸은?" 내가 물었다.

"괜찮습니다. 괜한 걱정이었어요."

"잘됐네."

"돌아오셔서 기쁩니다, 사장님. 달리 지시하실 일은 없으십니까?"

"헬리콥터를 가져와야 해."

"지금 할까요? 아니면 아침에 해도 됩니까?"

"아침에 해도 될 것 같아, 테일러."

"알겠습니다, 사장님. 다른 일은 없으십니까?"

나는 고개를 젓고 그에게 병을 치켜들었다. 테일러에게는 내일 아침에 간단히 사정을 설명해주면 된다. 그가 따뜻하게 웃더니 물러갔다.

"크리스천, 어떻게 된 거냐?" 캐릭이 물었다.

나는 소파에 앉아 불시착한 일을 그들에게 최초로 공개하며 그들의 궁금증을 풀어주었다.

"불? 양쪽 엔진에?" 캐릭이 질겁했다.

"네."

"젠장! 하지만 내 생각엔⋯⋯." 아빠가 말했다.

"맞아요." 내가 끼어들었다. "어쨌든 그 순간에 저공비행을 했던 게 천만다행이었죠."

아나가 내 옆에서 진저리를 쳤다. 나는 한 팔을 그녀에게 둘렀다. "추워?" 내가 물었다. 그녀는 내 손을 꼭 쥐며 고개를 저었다.

"불은 어떻게 껐어요?" 캐서린이 물었다.

"소화기로. 소화기는 상비해야 해요, 법적으로." 나는 대답했다. 하지만 캐서린은 너무 퉁명스러웠다. 사실은 파이어보틀을 가동했지만 그녀에게 그 말은 하지 않았다.

"어째서 전화하거나 무전하지 않았니?" 엄마가 물었다.

나는 화재 때문에 모든 전자기기를 꺼야 했다고 설명했다. 모든 전원을 끈 탓에 무전할 수도 없었고 휴대폰도 여의치 않았다고. 아나가 내 옆에서 긴장했다. 나는 그녀를 무릎 위에 앉혔다.

"그럼 시애틀까지는 어떻게 왔니?" 엄마가 물어 세브에 관해 이야기했다.

"굼벵이가 따로 없었어요. 그 운전사, 휴대폰이 없었어요. 이상하게 들리겠지만 사실이에요. 그땐 미처 생각 못 했지만." 나는 걱정스러운 가족들의 얼굴을 둘러보다 엄마의 얼굴에서 시선을 멈추었다.

"우리가 걱정할 걸 생각 못 했단 말이니? 아, 크리스천! 우리는 정신 나가는 줄 알았어!" 엄마가 발끈했다. 난생처음 죄책감이 들었다. 입양 가정에 형성되는 강한 유대감에 관한 플린의 강의가 생각났다.

"동생아, 너 뉴스에도 났어."

"그래. 집 안의 환영단과 밖의 사진기자들 보니 그랬겠네. 미안해요, 엄마. 그 트럭 운전사에게 잠깐 세워달라고 할 걸 그랬어요, 전화하게. 하지만 한시라도 빨리 돌아오고 싶은 마음밖에 없었어요."

어머니가 고개를 저었다. "네가 무사히 돌아와 얼마나 기쁜지 몰라, 아들."

아나가 내게 기댔다. 피곤한 게 분명했다.

"양쪽 엔진이 다?" 캐릭은 못 믿겠다는 듯 다시 중얼거렸다.

"저도 영문을 모르겠어요." 나는 어깨를 으쓱하고는 손으로 아나의 등을 쓸었다. 그녀가 다시 훌쩍거렸다.

"어이." 나는 그녀의 턱을 들어 올렸다. "그만 울어."

그녀는 손으로 코를 쓱 닦았다. "그럼 다시는 사라지지 마요."

"기기 이상이라. 거참 이상하단 말이야." 캐릭은 그 생각에서 벗어나지 못했다.

"네, 제 생각에도 이상해요, 아빠. 하지만 지금은 침대로 가고 싶어요. 이 거지 같은 일들은 내일 생각할래요."

"이제 언론도 크리스천 그레이가 무사하고 멀쩡하다는 걸 알고 있네요." 캐서린이 휴대폰에서 고개를 들더니 말했다.

다들 내가 귀가하는 모습을 찍었으니 그럴 만도 했다. "네. 안드레아와 홍보팀이 언론은 알아서 처리할 겁니다. 로스가 집에 도착한 후에 안드레아에게 전화했을 거예요."

관심이 쏟아질 테니 샘만 살판나게 생겼다.

"그래, 안드레아가 전화해서 네가 살아 있다고 알려줬어." 캐릭이 웃는 얼굴로 말했다.

"그 여자 월급을 올려줘야겠어요. 진작 그랬어야 했는데, 너무 늦었죠."

"늦었다는 말이 나온 김에 한 말씀드리죠. 신사 숙녀 여러분, 사랑하는 내 동생이 미용을 위해 이만 잠자리에 들겠답니다." 엘리엇이 내게 짓궂게 윙크를 했다.

꺼져, 형.

"캐리, 우리 아들은 무사해요." 엄마가 선언했다. "이제 나 좀 집에 데려다줘요."

"그러지. 우리도 그만 자러 갑시다." 캐릭이 웃는 얼굴로 아내를 내려다보며 대답했다.

"자고 가세요." 내가 제안했다. 방은 많다.

"아니, 됐다. 나도 집에 가고 싶어. 네가 무사한 걸 봤으니 됐어."

나는 아나를 소파에 내려놓고 일어섰고, 모두들 떠나려고 나섰다. 엄마는 다시 나를 껴안았고, 나도 엄마를 두 팔로 끌어안았다.

"엄마가 정말 걱정 많이 했어." 엄마는 그렇게 말하고는 아나를 한 번 흘끔 보며 미소를 지었다.

긴 작별 인사 끝에 우리는 가족들과 캐서린, 이든을 엘리베이터까지 배웅했다. 엘리베이터 문이 닫히고 나니 나와 아나 단둘이 현관에 남았다.

제길. 호세가 있었군. 그는 복도를 서성이고 있었다.

"저기, 난 들어가볼게. 둘이 시간 보내." 그가 말했다.

"어딘지는 알죠?" 내가 물었다.

그가 고개를 끄덕였다. "네, 아까 도우미가……."

"존스 부인." 아나가 말했다.

"응, 존스 부인이 아까 보여줬어. 상당히 멋진 집입니다, 크리스천."

"고맙군요." 나는 대답하고 나서 아나에게 팔을 두르고 키스했다. "존스 부인이 챙겨준 음식 좀 먹으러 가야겠어요. 잘 자요, 호세." 나는 그를 내 여자와 단둘이 두고 들어왔다.

그는 이런 상황에서 내 여자에게 접근할 만큼 아둔하지는 않을 것이다.

게다가 나는 배가 고팠다.

존스 부인이 상추와 마요네즈를 넣은 햄 치즈 샌드위치를 내왔다.

"고마워요." 나는 그녀에게 말했다. "이제 그만 잠자리에 드세요."

"그러죠." 그녀가 다정하게 웃으며 말했다. "우리 곁으로 돌아와줘서 다행이에요." 그녀가 나갔고 나는 거실을 배회하며 로드리게스와 아나를 지켜보았다.

내가 샌드위치를 막 다 먹었을 때 그가 그녀를 포옹했다. 그가 눈을 감았다.

그녀를 아끼는군.

아나는 어찌 그걸 모를까?

그녀는 그에게 손을 흔들어 인사하고 나서 돌아섰다. 자기를 바라보는 나를 보더니 내게 다가오다 걸음을 멈추었다. 나를 응시했다.

나는 그녀에게 눈과 귀를 집중했다. 그녀의 얼굴은 울상인 데다 눈물로 얼룩져 있었지만 지금처럼 아름다워 보인 적은 없었다. 그녀는 반가운, 반가운 풍경이었다.

그녀가 집에 있다.

내 집에.

목이 탔다.

"그 친구, 아직 너한테 반해 있어." 나는 내 강렬한 감정에서 벗어나려고 중얼거렸다.

"그걸 어떻게 알죠, 그레이 씨?"

"그 증상 나도 알거든, 스틸 양. 같은 증상으로 고생 중이야."

사랑해.

그녀의 눈이 점차 커졌다. 심각한 눈빛이다. "당신을 다시는 못 보는 줄 알았어요." 그녀가 중얼거렸다.

아, 자기. 목이 메었다. "보기보다 그렇게 심각한 상황은 아니었어." 그녀를 위로하고 싶었다. 그녀가 내 재킷과 신발을 바닥에서 주워 들고 내게 다가왔다.

"내가 가져갈게." 나는 재킷을 받아 들었다.

그리고 우리는 그대로 서서 서로를 응시했다.

그녀가 정말 여기 있다.

여기서 나를 기다리고 있었다.

너를 기다린 거야, 그레이. 아무도 나를 기다리지 않을 줄 알았던 그때에.

나는 그녀를 품 안으로 끌어당겼다.

"크리스천." 그녀는 목이 메어 말을 못 하다 다시 울음을 터뜨렸다.

"쉿." 나는 그녀의 머리에 키스했다.

"알아……. 착륙하기 직전 공포가 엄습한 순간에 내 머릿속엔 온통 네 생각뿐이었어. 넌 내 행운의 부적이야, 아나."

"당신을 잃는 줄 알았어요." 그녀가 말했다. 우리는 그대로 서 있었다. 묵묵히. 서로를 안고. 이 방에서 그녀와 춤추었던 기억이 되살아났다.

〈위치크래프트〉.

잊지 못할 그 순간. 지금처럼. 그녀와 떨어지기 싫었다.

그녀가 내 신발을 떨구었다. 신발이 바닥에 쿵 떨어지는 소리에 나는 깜짝 놀랐다.

"나랑 같이 샤워하자." 마라톤을 완주하고 돌아온 터라 몸이 더러웠다.

"좋아요." 그녀는 나를 올려다볼 뿐 놓아주지 않았다. 나는 그녀의 턱을 추켜들었다.

"눈물로 범벅이 됐는데도 아름다운걸, 아나 스틸." 나는 그녀에게 다정하게 키스했다. "네 입술은 정말 부드러워." 다시 그녀에게 키스하며 그녀가 선사하는 것들을 모조리 취했다. 그녀의 손가락이 내 머리카락을 파고들었다.

"재킷을 좀 내려놔야겠는데." 내가 속삭였다.

"떨어뜨려요." 그녀가 내 입술에 대고 명령했다.

"안 돼."

그녀가 몸을 뒤로 젖히고 어리둥절한 얼굴로 나를 올려다보았다.

나는 그녀를 놓아주었다. "이것 때문에." 나는 안주머니에서 그녀가 내게 준 선물을 꺼내 들었다.

아나는 손목시계를 흘끔 보고는 한 걸음 물러났다. 나는 재킷을 소파에 걸쳐 두고 상자를 그 위에 내려놓았다.

뭘까?

"열어봐요." 그녀가 소곤거렸다.

"그 말 기다렸어. 이것 때문에 궁금해 미칠 뻔했거든." 그녀가 환히 웃으며 입술을 깨물었다. 내 눈엔 조금 초조해 보였다.

왜 그러지?

나는 그녀에게 괜찮아, 하는 미소를 짓고는 포장을 풀고 상자를 열었다.

상자 안에 열쇠고리가 있었는데, 열쇠고리에 반짝반짝하는 시애틀의 픽셀 그림이 달려 있었다. 나는 그걸 꺼냈다. 이게 뭐 대수라고 이러지? 영문을 알 수 없었다.

나는 단서를 얻어보려고 아나를 쳐다보았다.

"뒤집어봐요." 그녀가 말했다.

그림을 뒤집자 뒷면에 'YES'라는 글자가 반짝거렸다.

예스.

예스.

예스.

단순한 한마디. 깊은 뜻.

인생을 바꾸는 말.

바로 여기에. 이 순간에.

심장박동이 치솟았다. 나는 그녀를 멍하니 바라보았다. 내 생각이 맞기를 바라면서.

"생일 축하해요." 그녀가 속삭였다.

"나랑 결혼한다고?"

믿을 수가 없다.

그녀가 고개를 끄덕였다.

그래도 믿기지 않았다. "말로 해줘." 그녀의 입으로 직접 들어야 했다.

"네, 결혼할게요."

희열이 내 가슴을, 내 머리를, 내 몸을, 내 영혼을 채웠다. 기뻤다. 벅찬 기쁨. 나는 환희에 휩싸여 앞으로 나아가 그녀를 끌어안고 빙그르르 돌렸다. 웃음이 터졌다. 그녀가 내 이두박근을 잡더니 반짝거리는 눈으로 웃음을 터뜨렸다.

나는 그녀를 내려놓았다. 그녀의 얼굴을 감싸 쥐고 키스했다. 내 입술이 그녀의 입술을 어루만지자 그녀가 꽃처럼 내게 문을 열었다. 나의 귀여운 아나.

"아, 아나." 나는 사랑에 취해 속삭였다. 내 입술이 그녀의 입가를 스쳤다.

"당신을 잃은 줄 알았어요." 그녀가 말했다. 조금 나른한 듯 보였다.

"135 오작동으로는 네게서 날 떼놓지 못하지."

"135?"

"찰리 탱고. 유로콥터 EC135 모델이거든. 동급 중 가장 안전한 기종이야."

오늘은 아니었지만.

"잠깐." 나는 열쇠고리를 치켜들었다. "이거 플린 박사 만나기 전에 줬잖아."

그녀가 고개를 끄덕이며 의기양양한 미소를 지었다.

뭐?

아나스타샤 스틸!

"플린 박사님이 무슨 얘기를 하든 내겐 아무 상관이 없다는 걸 당신에게 알려주고 싶었어요."

"그럼 어제저녁에 내가 대답을 구걸할 때 대답은 이미 나와 있었던 거네?" 숨이 차면서도—어지럽기까지 했다—살짝 부아가 치밀었다.

이런 망할.

화를 내야 하나, 아니면 축하를 해야 하나. 아나는 역시나 의표를 찔렀다. 지금 이 순간에도.

이런, 그레이, 이제 어떡할 거야?

"사람을 그리 걱정시키다니." 나는 시무룩해 중얼거렸다. 그녀가 짓궂게 환히 웃으며 다시 어깨를 으쓱거렸다. "아, 으스대기는, 스틸 양. 나 지금……."

대답이 이미 나와 있었다니.

그녀를 원한다.

여기서.

당장.

안 돼. 기다려.

"내게 알리지 않고 질질 끌었다니, 믿을 수가 없네."

그녀가 내 표정을 살피는 동안 나는 작전을 짰다. 그 만용에 걸맞은. "응분의 대가를 치러야겠어, 스틸 양." 나직하고 으스스하게 말했다.

아나가 한 걸음 물러났다. 도망치려고? "잡기 놀이라도 하게? 내가 널 잡을 텐데." 그녀의 장난스런 미소가 내게 전염됐다. "게다가 입술까지 깨문다 이거지."

그녀는 한 걸음 더 물러나더니 도망치려고 돌아섰다. 나는 와락 돌진해 그녀를 붙잡았다. 그녀가 비명을 내질렀다. 나는 그녀를 내 어깨에 걸치고 나의—아니, 우리의—침실로 향했다.

"크리스천!" 그녀가 내 엉덩이를 찰싹 때렸다. 나도 그녀의 둔부를 찰싹 때렸다. 세게.

"아야!" 그녀가 소리쳤다.

"샤워할 시간이야." 나는 선언하고 그녀를 데리고 복도를 통과했다.

"내려놔요!" 그녀가 내 어깨 위에서 꿈틀댔지만 내 팔은 그녀의 허벅지를 단단히 옥줬다. 그녀가 헐떡이고 깔깔거리는 바람에 웃음이 났다. 그녀가 이걸 좋아하니까.

나처럼.

욕실 문을 열 때 푸젯 사운드만큼 크고 넓은 미소가 내 얼굴에 번져나갔다. "이거 좋아하는 신발이야?" 내가 물었다. 비싸 보였다.

"바닥에 닿는 신발이 더 좋죠." 목이 졸린 듯 말이 뚝뚝 끊어지는 걸로 보아 성질도 나고 웃음도 나는데 참고 있는 것 같았다.

"분부 받들지요, 스틸 양." 나는 그녀의 신발을 벗겼다. 신발이 타일 바닥에 나뒹굴었다. 나는 개수대 선반에 주머니에 든 것들을 꺼내 놓았다. 휴대폰, 열쇠, 지갑, 그리고 가장 소중한 새 열쇠고리. 이걸 물에 젖게 할 순 없었다. 주머니를 다 비운 후 아나를 짊어진 채 샤워기로 갔다.

"크리스천!" 그녀가 외쳤다. 아랑곳하지 않고 물을 틀었다. 물이 우리 위로 와락 쏟아졌다. 주로 아나의 등 쪽에 집중적으로. 차가웠다. 그녀는 내 어깨 위에서 다시 비명을 내지르고 깔깔거리고 몸부림쳤다.

"싫어요! 내려놔요!" 그녀가 깔깔거리는 사이사이에 말했다. 그러고는 내 엉덩이를 다시 때렸다. 가엾어라.

나는 그녀를 놓아주었다. 옷이 젖은 그녀의 몸이 천천히 내 몸 아래로 미끄러져 내렸다.

그녀가 얼굴을 붉혔다. 반짝거리는 눈이 아름다웠다. 그녀는 나를 사로잡았다.

아, 자기야.

승낙해주었어.

나는 그녀의 얼굴을 감싸 쥐고 키스했다. 내 입술이 그녀의 입술에 닿았다. 나는 그녀의 입술을 숭배했다. 그녀를 아꼈다. 그녀는 눈을 감고 내 키스를 받아들이며 김이 나는 물줄기 아래서 사랑스럽고 게걸스러운 키스를 내게 돌려주었다.

물이 따뜻해졌다. 그녀의 두 손이 젖은 내 셔츠로 움직였다. 그녀가 내 바지 속에서 셔츠 자락을 빼냈다. 나는 그녀의 입안에서 신음했다. 그녀를 향한 키스를 멈출 수 없었다.

그녀를 향한 사랑을 멈출 수가 없어.

그녀를 향한 사랑을 멈추지 않겠어.

절대.

그녀는 천천히 내 셔츠 단추를 풀기 시작했고, 나는 그녀의 원피스 뒤 지퍼로 손을 옮겼다. 지퍼를 아래로 끌어 내리며 손가락 끝에 닿는 그녀의 따스한 살갗을 음미했다.

아. 그녀의 감촉. 더 원했다. 나는 그녀에게 거세게 키스했다. 내 혀가 그녀의 입안을 탐험했다.

그녀가 신음하다 내 셔츠를 와락 벌렸다. 단추들이 날아가 물속으로 떨어졌다.

후아.

아나!

그녀는 셔츠를 내 어깨너머로 젖히며 나를 타일 벽에 밀어붙였다. 하지만 셔츠는 벗겨지지 않았다. "커프스 링크." 나는 손목을 치켜들었다. 그녀의 손가락이 민첩하게 움직이자 그것이 바닥에 떨어졌고 셔츠가 그 뒤를 따랐다. 달아오른 그녀의 손가락이 내 허리춤으로 향했다.

아, 안 돼.

아직은.

나는 그녀의 어깨를 움켜잡아 그녀를 돌려 세웠다. 등 지퍼가 눈앞에 있었다. 나는 지퍼를 끝까지 내리고는 그녀의 원피스를 끌어 내렸다. 젖가슴 바로 아래까지만. 그녀는 두 팔이 아직 소매 안에 있어 움직임이 자유롭지 않았다.

마음에 들어.

나는 그녀의 젖은 머리카락을 목에서 천천히 쓸어 넘기며 몸을 앞으로 기울였다. 혀로 그녀의 피부에 흐르는 물을 맛보았다. 목에서 머리카락이 나 있는 부위로.

그녀는 맛이 정말 좋았다.

나는 그녀의 어깨를 따라 쭉 움직이며 키스하고 빨아댔다. 내물건이 부풀어 올라 지퍼를 압박했다. 그녀가 두 손으로 타일벽을 짚고 신음하는 동안 나는 가장 좋아하는 곳, 그녀의 귀 뒤에 키스했다. 천천히 브라의 고리를 벗기고 브라를 아래로 끌어내린 후 그녀의 젖가슴을 움켜쥐었다. 감탄사가 신음으로 흘러나왔다. 젖가슴은 근사했다.

그리고 반응을 잘 했다.

"정말 아름다워." 나는 그녀의 귀에 속삭였다. 그녀가 머리를 한쪽으로 기울이자 목의 옆 선과 앞 선이 드러났다. 그녀가 젖가슴을 내 손 쪽으로 밀어붙였다. 그녀의 손이 원피스에 묶인 채 뻗어 나와 발기한 내 몸을 찾아왔다.

나는 숨을 들이켜고 성마른 내 물건을 그녀의 손 쪽으로 밀었다. 물에 젖은 옷감을 통해 느껴지는 그녀의 손길이 관능을 자극했다.

나는 천천히 젖꼭지를 당겼다. 엄지손가락과 집게손가락으로 당겼다가 살짝 비틀었다. 그녀가 끙끙댔다. 크고 또렷하게. 젖꼭지가 내 손길 아래 단단해지고 길어졌다.

"그래, 이거야." 내가 속삭였다.

네 목소리를 들려줘, 자기야.

나는 그녀를 돌려 세우고 그녀의 입술을 덮쳤다. 그녀의 원피스와 속옷을 벗겨 그녀를 알몸으로 만들었다. 그녀의 옷들은 물에 젖어 우리 발치에 있었다.

그녀는 물비누를 집어 손에 조금 짰다. 그리고 나를 올려다보며 허락을 구했다. 기다렸다.

좋아. 하자.

나는 숨을 들이켜고 고개를 끄덕였다.

그녀가 살그머니 손을 내 가슴에 댔다. 나는 얼어붙었고, 그녀는 천천히 내 피부에 작은 동그라미를 그리며 비누를 문질렀다. 어둠은 잠잠했다.

하지만 나는 굳었다.

온몸이.

망할.

긴장 풀어, 그레이.

아나는 널 해치지 않아.

머뭇거리다 그녀의 엉덩이를 움켜잡고 그녀의 얼굴을 바라보았다. 집중한 그녀의 얼굴을. 그녀의 연민을. 그것이 온 얼굴에 가득했다. 내 호흡이 가빠졌다. 하지만 근사했다. 나는 이걸 감당할 수 있었다.

"괜찮아요?" 그녀가 물었다.

"응." 나는 말을 간신히 짜냈다.

그녀의 손이 내 몸 위를 움직였다. 겨드랑이 아래로, 갈비뼈로, 흉곽으로, 복부로. 그 아래로 더 내려가 바지 허리춤에 닿았다.

나는 숨을 토해냈다. "내 차례야." 나는 우리의 몸을 물줄기 밖으로 옮긴 후 샴푸 쪽으로 손을 뻗었다. 샴푸를 그녀의 머리에 조금 짜고 그녀의 머리에 비누칠을 하기 시작했다. 그녀가 눈을 감고 만족스러운 소리를 목 깊은 곳에서 끌어냈다.

쿡쿡 웃음이 났다. 카타르시스. "그렇게 좋아?"

"흐음……."

"나도 그래." 나는 그녀의 이마에 키스한 후 계속 그녀의 두피를 문질렀다. "뒤로 돌아봐." 그녀는 즉시 내 말을 따랐고, 나는 계속 그녀의 머리를 감겼다. 마사지가 끝났을 때 그녀의 머리는 비누거품에 뒤덮였다. 나는 그녀를 다시 물줄기 밑으로 부드럽게 밀어 넣었다. "머리 뒤로 젖혀."

아나는 순종했고, 나는 비누 거품을 씻어냈다.

내 여자를 보살피는 일이 세상에서 제일 좋았다.

모든 면에서 보살피고 싶었다.

그녀가 돌아서서 내 바지 허리춤을 잡았다. "당신의 온몸을 씻겨주고 싶어요." 그녀가 말했다. 나는 두 손을 치켜들어 항복을 표시했다.

난 네 거야, 아나. 나를 가져.

그녀가 바지를 벗기고 발기한 놈을 풀어주었다. 내 바지와 사각팬티가 욕실 바닥의 옷가지와 합류했다.

"나를 만나 반가운가본데요." 그녀가 말했다.

"넌 항상 반가워, 스틸 양."

우리는 서로에게 환히 웃었다. 그녀가 스펀지에 비누를 칠했다. 그녀의 손길이 내 가슴에 닿았을 땐 깜짝 놀랐다. 그녀가 점차 아래로 내려가 준비가 된 내 물건에 닿았다.

아, 좋아.

그녀가 스펀지를 떨어뜨리고 손으로 나를 감싸 쥐었다.

망할.

그녀의 손가락이 나를 감을 때 나는 눈을 감았다. 엉덩이를 움츠리며 신음했다. 죽을 고비를 넘긴 후 맞는 토요일 새벽으로는 아주 훌륭했다.

잠깐만.

나는 눈을 뜨고 그녀를 뚫어져라 응시했다. "오늘 토요일이로구나." 나는 그녀의 허리를 움켜잡아 그녀를 내 몸에 밀착시키고 키스했다.

콘돔은 이제 안녕이다.

물기와 비누기로 미끌거리는 내 손이 그녀의 몸 아래로 내려갔다. 젖가슴을 지나, 복부로, 그녀의 음부 밑으로. 손가락으로 애무하면서 그녀의 입술과 혀를 탐닉했다. 다른 손으로는 그녀의 머리를 붙잡았다.

내 손가락이 그녀의 안으로 미끄러져 들어가자 그녀가 내 입 안으로 신음을 토했다.

"좋아." 나는 씨근거렸다. 그녀는 준비가 됐다. 나는 그녀를 들어 올렸다. 내 손이 그녀의 엉덩이를 받쳐 들었다. "다리를 내게 감아." 그녀가 시키는 대로 했다. 물에 젖은 따스한 실크 처럼 내 몸에 착 감겼다. 나는 그녀를 벽에 붙이고 감싸 안았다.

피부와 피부가 밀착했다.

"눈을 떠. 너 보고 싶으니까." 그녀가 나를 올려다보았다. 욕 망이 일렁이는 큰 눈동자. 나는 천천히 그녀 안으로 침전했다. 내 눈이 그녀의 눈과 마주했다. 나는 멈추었다. 그녀와 바짝 붙 어서. 그녀를 안아 들고. 그녀를 느꼈다.

"넌 내 거야, 아나스타샤."

"언제나."

그녀의 대답에 키가 3미터로 쑥 자라난 듯 사기가 올랐다.

"이제 모든 이에게 알려도 되겠다. 네가 승낙했으니까."

나는 고개를 숙여 그녀에게 키스하고는 느릿느릿 그녀에게서 빠져나왔다. 그녀의 맛을 음미하면서. 그녀가 눈을 감고 고개를 젖혔고, 우리는 함께 움직였다.

우리는.

함께야.

하나야.

나는 속도를 올렸다. 더 필요했다. 그녀가 필요했다. 그녀를 즐겼다. 그녀를 사랑했다. 그녀가 토해낸 작은 비명에 나는 더 타올랐다. 그녀는 점점 더 높이 올랐다. 나를 데려갔다. 나를 취

264

했다.

그녀가 울부짖으며 절정에 달했다. 그녀의 고개가 뒤로 젖혀져 벽에 닿았다. 나도 그녀를 따라 사정하고는 그녀의 목에 얼굴을 묻었다.

나는 천천히 바닥으로 내려앉았다. 김이 나는 따스한 물줄기가 우리 위로 쏟아졌다. 나는 두 손으로 그녀의 얼굴을 감싸 쥐었다. 그녀가 울고 있었다.

자기야.

나는 눈물방울에 낱낱이 입을 맞추었다.

그녀가 몸을 돌려 내게 등을 기댔다. 우리 둘 다 아무 말도 하지 않았다. 우리의 침묵은 더없이 소중했다. 침묵. 오후와 저녁 내내 마음을 졸였다. 불시착, 기나긴 도보 여행, 끝없는 자동차 주행 끝에 마침내 평화가 찾아온 것이다. 나는 턱을 그녀의 머리에 얹고 두 다리로 그녀를 감싸고 두 팔로 그녀를 끌어안았다. 이 여자를 사랑한다. 이 아름답고 용감하고 젊은 여자는 곧 내 아내가 될 것이다.

그레이 부인.

나는 빙긋 웃고 그녀의 젖은 머리카락에 얼굴을 비볐다. 그리고 우리 둘을 쏟아지는 물줄기에 내주었다.

"손가락이 쭈글쭈글해졌어요." 그녀가 손을 내려다보며 말했다. 나는 그녀의 손을 쥐고 하나하나에 키스했다.

"욕실에서 나가야겠다."

"여기가 편안한걸요."

나도 그래, 자기야. 나도 그래.

그녀가 몸에 힘을 빼고 내게 기대더니 뭔가를 응시했다. 내 발가락을 보는 것 같았다. 그러고는 큭큭거렸다.

"뭐가 그리 재밌어, 스틸 양?"

"바쁜 한 주였네요."

"그랬지."

"당신이 온전히 돌아온 거 하늘에 감사드려요, 그레이 씨." 그녀가 별안간 심각해졌다.

하마터면 나 여기 없을 뻔했다.

제길.

목이 메어와 침을 삼켰다. 나를 향해 질주하던 땅의 모습이 되살아났다. 찰리 탱고 조종간 안에 있는 로스의 모습도. 진저리가 났다. "두려웠어." 나는 중얼거렸다.

"아까요?"

나는 고개를 끄덕였다.

"가족들을 안심시키려고 대수롭지 않게 말한 거예요?"

"응. 고도가 너무 낮아서 착륙이 어려웠는데, 겨우 해냈어."

그녀가 두려운 얼굴로 나를 응시했다. "얼마나 긴박했어요?"

"아주 긴박했지. 다급한 순간엔 널 다시 못 보겠구나 하는 생각까지 들었어." 어둡디어두운 고백처럼 들렸다.

그녀가 움직여 두 팔을 내게 감았다. "당신 없는 삶은 생각도 할 수 없어요, 크리스천. 당신을 얼마나 사랑하는지 그 말에 소름이 돋아요."

하아.

나도 같은 기분이다. "나도 그래. 너 없는 내 인생은 공허할 거야. 널 무척이나 사랑해." 나는 그녀를 꽉 끌어안고 그녀의 머리에 키스했다. "널 절대 보내지 않을 거야."

"나도 가고 싶지 않아요, 영원히." 그녀가 내 목에 키스했고, 나는 고개를 숙여 그녀에게 키스했다.

발이 쿡쿡 쑤시고 아팠다. "가자. 물기 닦아주고 침대로 데려가줄게. 피곤해. 너도 고단해 보여."

그녀가 한쪽 눈썹을 추켜올렸다.

"뭐 할 말이 있군, 스틸 양?"

그녀가 고개를 젓더니 일어서서 나를 기다렸다.

우리는 옷을 치웠다. 나는 커프스 링크를 주웠다. 아나가 젖은 옷가지를 개수대 안에 떨어뜨렸다. "이건 내일 처리해야겠다." 그녀가 말했다.

"좋은 생각이야." 나는 그녀에게 수건을 둘러주고 내 허리에 수건을 감았다. 같이 양치질을 할 때 그녀가 내게 거품이 보글보글한 입으로 씩 웃었다. 둘 다 터지려는 웃음을 꾹 참았다. 나는 양치질을 하다 치약 때문에 컥컥거렸다.

열네 살로 돌아간 것 같았다.

좋은 시절로.

내가 머리의 물기를 다 닦아주었을 때 그녀는 침대에 올랐다. 그녀도 나처럼 기진맥진해 보였다. 나는 열쇠고리를 다시 한 번 쳐다보았다. 거기에 영어로 쓰인 그 말이 참 마음에 들었다.

희망과 가능성이 깃든 단어.

그녀가 승낙했다.

나는 빙그레 웃는 얼굴로 그녀 옆에 누웠다. "아주 산뜻해. 이제껏 받아본 생일 선물 중 최고야. 친필 사인 있는 주세페 디나탈레 포스터보다 더 좋아."

"일찍 말해줄 수도 있었지만, 생일 선물로 하려고……." 아나가 어깨를 으쓱거렸다. "당신처럼 모든 걸 가진 사람에게 뭘 주겠어요? 그래서 생각했죠……. 날 주자고."

나는 열쇠고리를 침대 옆 탁자에 놓고 아나 쪽으로 올라가 그녀를 품으로 끌어당겼다. "완벽한 선물이야. 너처럼."

"나는 완벽과는 거리가 멀어요, 크리스천."

"지금 나 비웃고 있지, 스틸 양?"

"어쩌면요." 그녀가 키득키득 웃었다.

다 보여, 아나. 네 몸짓이 다 말해주니까.

"뭐 물어봐도 돼요?"

"물론."

"포틀랜드에서 돌아올 때 전화 안 한 거요. 정말 호세 때문에 안 한 거예요? 내가 걔랑 단둘이 있었는데도 걱정 안 됐어요?"

그랬던가…….

바보가 된 기분이다. 나는 그녀가 술집에서 즐거운 시간을 보내는 줄만 알았다. 아무것도 모르고.

"그게 얼마나 어이없는 짓인지 알기나 해요?" 그녀가 내 쪽으로 돌아누우며 말했다. 그녀의 눈에 나무라는 빛이 가득했다. "그게 가족들과 내게 얼마나 스트레스를 주는 건지 아냐고요? 우리가 당신을 얼마나 사랑하는데."

"다들 이리 걱정할 줄은 까맣게 몰랐어."

"당신의 돌머리는 언제쯤 당신이 사랑받고 있다는 걸 이해할까요?"

"돌머리?"

"네. 돌머리."

"내 다른 신체 부위에 비해 머리의 골밀도가 유독 높은 줄은 몰랐는걸."

"난 진지하다고요! 농담은 그만둬요. 나 아직 화 다 안 풀렸어요. 당신이 무사히 집에 온 덕에 그 생각이 밀려나긴 했지만……." 그녀는 말을 멈추고 침을 삼킨 후 더 나직하게 덧붙였다. "내가 무슨 생각을 했는지 알 거예요."

나는 그녀의 얼굴을 어루만졌다. "미안해, 알았지?"

"가여운 어머님은 어쩌고요. 어머님과 당신이 함께 있는 모습은 무척 감동적이었어요." 그녀가 조용히 말했다.

"어머니의 그런 모습은 처음이었어."

어머니가 흐느끼다니.

엄마.

엄마가 흐느꼈어.

"응, 정말 뭉클했어. 엄마는 보통 대단히 침착한 사람인데. 나 진짜 깜짝 놀랐어."

"봤죠? 모두들 당신을 사랑해요. 이젠 당신도 슬슬 믿기나봐요." 그녀가 내게 키스했다. "생일 축하해요, 크리스천. 당신이 여기 내 옆에서 당신의 하루를 나와 공유한다는 게 얼마나 좋은지. 내가 내일, 음, 오늘을 위해 준비한 것도 당신은 아직 못 봤단 말이에요."

"더 있단 말야?" 나는 깜짝 놀랐다. 여기서 뭘 더 바란담?

"아, 그럼요, 그레이 씨. 하지만 때가 될 때까지 기다려요."

그녀는 몸을 옹송그려 내게 바짝 붙고 눈을 감더니 금세 잠이 들었다. 순식간에 잠이 들다니 놀라울 따름이다.

"내 소중한 여인. 미안해. 걱정시켜 미안해." 나는 소곤거리고 나서 그녀의 이마에 키스했다. 태어나 이렇게 만족스러운 적이 있었던가. 나는 눈을 감았다.

아나가 내 옆에 있다. 광채가 나는 머리카락. 환한 웃음. 여기는 찰리 탱고 안이다.

새벽을 쫓아가보자.

그녀가 소리 내어 웃는다. 천진하고. 젊은. 나의 여자.

우리를 감싼 빛은 황금빛이다.

그녀는 황금빛이다.

나도 황금빛이다.

나는 기침을 한다. 연기가 난다. 연기가 자욱하다.

아나가 보이지 않는다. 연기에 가려 사라졌다.

우리는 아래로 곤두박질친다. 아래로.

빠르게 돌진한다. 찰리 탱고를 탄 채.

땅바닥이 우리를 향해 치고 올라온다.

나는 눈을 감고 충격의 순간을 기다린다.

충격은 일어나지 않는다.

우리는 과수원 안에 있다.

나무에 사과가 주렁주렁 달렸다.

아나가 미소를 짓는다. 산들바람에 그녀의 머리카락이 이리저리 휘날린다.

그녀가 사과 두 개를 내민다. 빨간 사과 하나. 청사과 하나.

당신이 골라요.

선택.

빨강. 초록.

나는 미소를 짓는다. 빨간 사과를 택한다.

더 단 사과.

아나가 내 손을 잡는다. 우리는 걷는다.

손을 맞잡고.

그 디트로이트 주류점 밖의 알코올중독자와 약쟁이들을 지난다.

그들이 손을 흔들고 인사를 하며 갈색 종이봉투를 내민다.

에스클라바를 지난다. 엘레나가 미소를 짓고 손을 흔든다.

레일라를 지난다. 레일라가 미소를 짓고 손을 흔든다.

아나가 내 사과를 가져간다. 깨물어 먹는다.

음…… . 맛있어. 그녀가 입술을 핥는다.

맛좋아. 기분 좋다.

내가 해냈어. 할아버지랑 해낸 거야.

와. 당신 정말 유능해요.

그녀가 미소 짓고 휘릭 돈다. 머리채가 날아오른다.

사랑해요, 하고 그녀가 외친다. 사랑해요, 크리스천 그레이.

나는 깜짝 놀라 꿈에서 깼다. 하지만 기분은 흐뭇했다. 대개
는 겁에 질려 꿈을 깨는데.

아나스타샤 스틸 효과.

씩 웃음이 났다. 둘러보니 그녀는 침대에 없었다. 일어나기
전에 충전된 휴대폰을 확인했다. 들어온 메시지가 수두룩했다.
대부분 샘에게서 온 것이지만 지금은 그를 상대하고 싶지 않았
다. 휴대폰을 꺼버리고 내 열쇠고리를 집어 다시 살펴보았다.

그녀가 '예스'했다.

별로 낭만적인 청혼은 아니었어요.

그녀의 말이 맞다. 그녀는 그럴 자격이 있는데. 그녀가 마음
과 꽃을 원한다면 거기에 부응해야 한다. 그렇다면 생각이 있
지. 구글에 부모님 집 근처 플로리스트를 검색했다. 아직 문을
열기 전이라 음성 메시지를 남겼다.

제길. 반지가 필요할 텐데. 오늘.

그건 나중에 처리하자.

그 와중에 계속 아나를 찾아다녔다. 욕실에 없었다. 거실에

들어가니 그녀의 목소리가 들렸다. 친구와 이야기를 나누는 중이다. 나는 걸음을 멈추고 귀를 기울였다.

"너 그 사람 정말 좋아하는구나, 그치?" 호세가 말했다.

"나 그 사람 사랑해, 호세."

역시 내 여자.

"왜 아니겠냐?" 호세가 말했다. 그가 내 아파트를 쭉 가리키는 것 같았다.

"야, 됐네요." 아나가 상처받은 투로 외쳤다.

저런, 머저리.

"어이, 아나, 그냥 농담이야." 호세가 그녀를 달랬다. "진짜 농담이야. 너 그런 여자 아닌 거 내가 알지."

당연하지. 그녀는 그런 여자 아냐. 저 멍청이.

"오믈렛 괜찮아?" 그녀가 그에게 물었다.

"좋지."

"나도 그거." 나는 부엌으로 성큼성큼 들어가며 말했다. 두 사람이 놀랐다. "호세." 나는 그에게 고개를 끄덕여 인사했다.

"크리스천." 호세도 고개를 끄덕였다.

맞아. 네 말 다 들었어, 이 자식아. 내 여자를 깎아내리다니.

그녀는 내게 이상한 눈초리를 던졌다. 내 속셈을 다 간파하고 있었다. "침대로 아침 가져다주려고 했는데." 그녀가 말했다. 나는 그녀에게 슬렁슬렁 건너갔다. 그 사진작가 앞에서 그녀의 턱을 들어 올린 후 그녀에게 길고 거세게 키스했다. 쪽쪽 소리가 나게.

"좋은 아침, 아나스타샤."

"좋은 아침, 크리스천. 생일 축하해요." 그녀가 내게 수줍은 미소를 지었다.

"다른 선물도 고대하고 있어." 내가 말하자 그녀는 얼굴을 붉히더니 로드리게스 쪽을 초조하게 흘끔거렸다.

오호. 우리 아나가 무슨 계획을 세워뒀을까?

로드리게스는 레몬이라도 삼킨 표정이었다.

좋았어.

"오늘 일정이 어떻게 됩니까, 호세?" 나는 애써 깍듯하게 물었다.

"아버지와 아나의 아빠 레이를 만나러 가려고요."

"두 분이 아는 사이?" 뜻밖의 새로운 소식에 나는 얼굴을 찌푸렸다.

"네, 군대 동기세요. 서로 연락이 끊긴 채 지내셨는데 아나와 내가 대학에서 다시 만나는 바람에 다시 연락이 닿았죠. 재밌는 일이죠. 지금은 두 분이 막역한 사이세요. 다 같이 낚시 여행을 갈 예정입니다."

"낚시?" 이 친구는 낚시를 좋아할 타입 같진 않은데.

"네, 여기 연안 바다에 고기가 잘 잡혀요. 무지개송어가 엄청 크게 자라죠."

"맞아요. 나도 우리 형 엘리엇과 15킬로그램짜리 무지개송어를 잡은 적 있죠."

"15킬로그램요?" 호세가 말했다. 진심으로 감탄하는 듯 보였다. "나쁘지 않은데요. 최고 기록은 아나의 아버지가 가지고 계시지만. 19킬로그램."

"농담이겠죠! 그런 말씀은 안 하셨는데." 하지만 레이 아버님은 떠벌리는 스타일이 아니다. 아버지도 그렇고 그의 딸도 그렇고.

"그건 그렇고, 생일 축하합니다."

"고마워요. 그럼 어디로 낚시를?"

"태평양 북서부 연안을 쭉 돌려고요. 제 아버지가 스카짓을 좋아하세요."

"거긴 우리 아버지도 정말 좋아하는 곳이에요." 나는 또다시 놀랐다.

"아버진 캐나다 쪽을 더 좋아하세요. 레이 아버님은 미국 쪽을 더 좋아하시고."

"그걸 두고 다투지는 않으시나요?"

"맥주 한두 잔 하고 나서 가끔." 호세가 활짝 웃었다. 나는 식탁 그의 옆자리에 앉았다. 이 친구, 그리 멍청하지는 않는 것 같다.

"아버님은 스카짓을 좋아하시고, 그럼 호세는 어디?" 내가 물었다.

"해안 쪽을 좋아합니다."

"그래요?"

"바다낚시가 더 힘들지만 더 흥미로워요. 더 도전적이라고 할까. 바다를 좋아합니다."

"전시장에서 바다 사진을 본 기억이 나요. 멋있더군요. 그나저나 사진 직접 배달해줘서 고마워요."

그가 칭찬에 당황했다. "천만에요. 좋아하는 낚시 장소 있으세요?"

우리는 강과 호수, 바다에서 낚시하는 장점에 대해 이야기했다. 호세는 신이 나서 이야기했다.

아나는 아침을 요리하면서 우리를 바라보았다. 우리의 화기애애한 모습에 행복해하는 것 같았다.

그녀는 김이 모락모락 나는 오믈렛과 커피를 호세와 내 앞에 하나씩 각각 내려놓고는 그레놀라를 먹으러 내 옆에 앉았다. 대화는 낚시에서 야구 얘기로 넘어갔다. 나는 아나가 지루해하지 않기를 바랐다. 우리는 다가올 시애틀 마리너스의 경기에 대해 이야기했다. 그는 마리너스 팬이었다. 호세와 나는 공통점이 많았다.

같은 여자를 사랑하는 것까지도.

이 여자는 내 아내가 되기로 허락했지만.

그에게 말하고 싶어 입이 근질거렸지만 착하게 굴기로 했다.

나는 아침을 다 먹고 나서 청바지와 티셔츠로 갈아입었다. 부엌에 돌아가보니 호세가 자기 그릇을 치우고 있었다.

"아나, 맛있게 잘 먹었어."

"고마워." 호세의 칭찬에 그녀가 얼굴을 붉혔다.

"그만 가야겠다. 반데라까지 운전해 가서 우리 아버지를 만나기로 했어."

"반데라?" 내가 물었다.

"네, 베이커 산림 국립공원에서 송어 낚시 할 겁니다. 거기 근처 호수에서요."

"어느 호수?"

"로어 터스코해치."

"내가 모르는 데군. 행운을 빌어요."

"고맙습니다."

"레이 아빠한테 내 안부 전해줘." 아나가 말했다.

"그럴게."

아나와 나는 팔짱을 끼고 현관으로 호세를 배웅 나갔다.

"재워줘서 고맙습니다." 그가 내 손을 잡고 흔들었다.

"언제든지." 내가 대답했다. 놀랍게도 그 말은 진심이었다.

그에게서 아무런 위협도 느껴지지 않았다. 강아지를 상대하 듯. 그가 아나를 안았다. 웬일로 이번에도 그의 품에서 아나를 떼어내고픈 충동이 들지 않았다.

"몸조심해, 아나."

"응. 만나서 반가웠어. 다음번엔 진짜 좋은 데로 외출하자." 그가 엘리베이터에 올라탈 때 아나가 말했다.

"기억하고 있을게." 그가 안에서 손을 흔들었고, 엘리베이터 문이 닫혔다.

"봐요, 나쁜 애 아니라니까요."

어쩌면.

"아직 네 팬티 속을 노리고 있어. 그치만 저 친구 탓만 할 수 없지."

"크리스천, 그렇지 않다니까요!"

"정말 뭘 모르는군? 그 친구 널 원해. 애타게."

"크리스천, 걘 그냥 친구예요, 좋은 친구."

나는 항복의 뜻으로 두 손을 쳐들었다. "싸우고 싶지 않아."

"나도요."

"저 친구에게 우리 결혼할 거라고 말 안 했잖아."

"안 했죠. 엄마와 레이 아빠에게 먼저 말해야 한다고 생각했 어요."

"그러고 보니 그 말이 맞네. 나도…… 네 아버지에게 허락을 구해야 하겠군."

그녀가 웃음을 터뜨렸다. "아유, 크리스천……. 지금이 무슨 18세기인 줄 아나봐."

"전통이잖아."

신부의 아버지에게 딸을 달라고 청해야 한다는 생각은 미처 못 했다. 그렇게 하게 해줘. 제발.

"그건 나중에 얘기해요." 그녀가 말했다. "일단 당신에게 다른 선물부터 주고요."

다른 선물?

그 열쇠고리를 능가하는 선물은 없다.

그녀가 짓궂은 미소를 지었다. 치아가 아랫입술을 지그시 눌렀다.

"또 입술 깨무네." 나는 그녀의 턱을 살짝 당겼다. 그녀가 요염한 미소를 지었지만 어깨를 쫙 펴더니 내 손을 잡고 나를 침실로 이끌었다.

그녀는 침대 밑에서 포장한 선물 상자 두 개를 꺼냈다.

"둘씩이나?"

"이건 어제 그, 음……. 사건 전에 산 거예요. 이제 보니 잘산 건지 모르겠네요." 그녀가 꾸러미 하나를 내게 주었지만 초조해 보였다.

"내가 열어봐도 정말 괜찮겠어?"

그녀가 고개를 끄덕였다.

나는 포장을 뜯었다.

"찰리 탱고예요." 그녀가 중얼거렸다.

상자 안에 작은 나무 헬리콥터 모형의 부품이 들어 있었다. 하지만 내가 반한 부분은 헬기 날개였다. "태양광 전지네. 와." 기지가 돋보이는 선물이다. 오래전 옛 기억이 되살아났다. 나의 첫 크리스마스. 엄마 아빠와 함께 제대로 보낸 첫 크리스마스.

내 헬기는 하늘을 날 수 있다.

내 헬기는 파란색이다.

헬기가 크리스마스트리 주변을 날아다닌다.

피아노 위로 날아가 하얀 뚜껑 가운데에 내려앉는다.

헬기가 엄마 위로 날아오른다. 아빠 위로 날아오른다.

그리고 레고를 가지고 노는 렐리엇 위로도 날아오른다.

나는 앉아 모형을 조립하기 시작했고 아나는 구경만 했다. 쉬운 조립이라 곧 작고 파란 헬기를 손에 쥘 수 있었다.

마음에 들어.

나는 아나에게 환히 웃고 나서 발코니 창문 쪽으로 갔다. 헬기 날개가 따사로운 햇살 아래 휘휘 돌기 시작했다. "이것 좀 봐. 이 기술이 벌써 이렇게 쓰이고 있어." 나는 헬기를 눈높이에 들고 태양 에너지가 기계 에너지로 손쉽게 변환되는 것을 목격했다. 날개가 돌고 돌았다. 더 빠르게, 더 빠르게.

와하. 이 모든 게 아이 장난감 안에 다 들어 있다니.

이 단순한 기술이 쓰일 수 있는 곳은 무궁무진하다. 문제는 이 에너지를 어떻게 저장하느냐다. 그래핀 기술은 우리가 가야 할 길이다……. 하지만 효율적인 배터리를 만들 수 있을까? 충전이 빠르고 오래가는 배터리.

"마음에 들어요?" 아나의 말에 생각에서 깨어났다.

"마음에 꼭 들어, 아나. 고마워." 나는 그녀를 붙잡고 키스했다. 우리는 함께 헬기 날개가 휘휘 도는 것을 구경했다. "이거 사무실 글라이더 옆에 둬야겠다." 내가 손을 햇볕에서 그늘로 이동하자 날개의 회전이 느려지다 멈췄다.

우리는 빛 속에서 움직인다.

우리는 그림자 속에서 느려진다.

우리는 어둠 속에서 멈춘다.

흠. 철학적이군, 그레이.

아나가 나를 이렇게 만들었다. 그녀가 나를 이 빛 속으로 인도했고, 나는 이것이 꽤나 마음에 든다.

나는 '찰리 탱고 마크 II'를 서랍장 위에 놓았다. "찰리 탱고를 회수하는 동안 이게 내 친구가 되어주겠네."

"회수할 순 있대요?"

"모르겠어. 그랬으면 좋겠는데. 못 한다면 그 여인이 그리워질 거야."

아나가 내 말을 곱씹는 것처럼 나를 바라보았다.

"다른 상자에는 뭐가 들었어?" 내가 물었다.

"이건 당신을 위한 선물인지 나를 위한 선물인지 모르겠네요."

"정말?"

그녀가 내게 두 번째 상자를 건넸다. 더 무거웠고 묵직하게 덜그럭거리는 소리가 났다. 아나는 머리채를 어깨너머로 넘기더니 이 발을 디뎠다 저 발을 디뎠다 발을 바꿨다.

"왜 그리 안절부절못해?"

그녀는 달뜬 듯하면서도 부끄러운 기색도 비쳤다. "흥미진진한데, 스틸 양. 네 반응이 재미있어. 대체 무슨 속셈이야?" 나는 상자 뚜껑을 열었다. 얇은 종이 위에 작은 카드가 있었다.

당신의 생일에

나를 무례하게 다뤄줘요.

부탁해요.

당신의 아나 X

내 눈이 그녀의 눈으로 날아갔다.

이건 무슨 뜻이지?

"널 무례하게 다뤄달라고?" 내가 물었다. 그녀가 고개를 끄덕이고는 마른침을 삼켰다. 초조해 보였다. 이것이 어떤 의미인지 어렴풋이 알 것 같았다. 그녀는 놀이방을 말하고 있었다.

마음의 준비가 된 거야, 그레이?

나는 내용물을 싼 얇은 종이를 찢어 열고 종이 안에서 눈가리개를 꺼내 들었다. 아나는 눈가리개를 쓰고 싶은 것이다. 옆에 유두 집게가 있었다. 아, 이건 아닌데. 이건 너무 심하다. 초심자에게는. 집게 밑에는 버트 플러그가 있었는데, 지나치게 컸다. 그녀는 내 아이팟도 함께 넣어두었다. 흐뭇했다. 내가 선택한 곡들이 마음에 든다는 얘기다. 그리고 내 은회색 넥타이도 있었다. 이걸로 묶이고 싶다는 거로군.

마지막으로 열쇠가 있었는데, 놀이방 열쇠 같았다.

그녀의 커다랗고 파란 눈이 내게 날아왔다. "하고 싶어?" 내가 물었다. 내 목소리는 부드럽고 허스키했다.

"네."

"내 생일 선물로?"

"맞아요." 그녀의 목소리가 들릴락 말락 했다.

내가 원하니까 하려는 걸까? 아니면 지금 하는 것으론 부족해서? 나는 이걸 할 준비가 돼 있을까?

"확실해?" 내가 물었다.

"채찍이나 그런 게 아니라면요."

"그건 알겠어."

"그렇다면 괜찮아요. 확실해요."

그녀로 인해 당황의 연속이다. 날마다. 나는 상자 안 내용물을 내려다보았다. 가끔 아나는 정말 사람을 놀라게 만든다. "만족할 줄 모르는 색광." 내가 중얼거렸다. "이걸로 어떻게든 할 수 있을 것 같긴 해."

그녀가 정말 이걸 원한다면……. 그녀가 한 말들이 소용돌이처럼 되살아났다. 그녀는 내게 여러 번 부탁했었다. 부탁하고 또 부탁했다.

난 당신의 변태 섹스도 좋았어요.

내가 이기면 나를 오락실로 다시 데려가줘요.

빨간 방아, 우리가 간다.

네. 시범 보여줘요. 나 묶이는 거 좋아해요.

나는 그 물건들을 상자 안에 도로 넣었다.

어디 재미 좀 볼까.

기대감이 불꽃처럼 활활 타오르며 내 몸을 달구었다. 놀이방에서 그 사건이 있은 후 한 번도 맛보지 못한 쾌락. 나는 실눈을 뜨고 그녀를 바라보다 손을 내밀었다. "자." 내가 선언했다. 그녀가 얼마나 적극적인지 확인해볼 것이다.

그녀가 내 손 위에 손을 얹었다.

좋아, 그렇다면, 한번 해보는 거야.

"가자." 어제 불시착한 바람에 할 일이 산더미였지만 아무래도 좋았다. 오늘은 내 생일이다. 약혼녀와 재미있게 놀아볼 참이다.

놀이방 밖에서 나는 머뭇거렸다. "정말 확실한 거지?"

"그럼요." 그녀가 말했다.

"하고 싶지 않은 거 있어?"

그녀가 잠시 생각에 잠겼다. "당신이 내 사진 찍는 건 싫어요."

이런 말은 대체 왜 하는 거지? 내가 왜 네 사진을 찍겠어?

그레이. 그녀가 허락하면 넌 하고도 남아.

"알았어." 나는 동의했다. 어떤 계기로 그녀가 이런 말을 하게 됐을까 마음에 걸렸다. 그녀가 알고 있나? 그건 불가능했다.

나는 잠긴 문을 열었다. 두려움과 흥분감이 동시에 밀려왔다. 그녀를 처음 여기로 데려왔을 때처럼. 나는 그녀를 안으로 들여보낸 후 문을 닫았다.

그녀가 떠났던 날 이후 처음으로 이 방이 반가웠다.

이제 이걸 할 수 있어.

나는 선물 상자를 서랍장 위에 내려놓은 후 아이팟을 꺼내 거치대에 올려놓고 나서 스피커에서 아이팟에 담긴 곡이 나오도록 보스 오디오를 조작했다. '유리스믹스'. 이거다. 내가 태어나기 전에 발표된 곡. 박자가 유혹적이다. 딱 좋다. 그래, 아나는 이 곡을 좋아할 것이다. 반복 재생에 맞추자 그 곡이 흐르기 시작했다. 소리가 너무 커 볼륨을 약간 줄였다.

그녀에게 돌아섰다. 그녀는 방 한가운데서 나를 기다리고 있었다. 얼굴에 허기와 욕정이 가득했다. 이가 아랫입술을 지분거렸고, 엉덩이는 음악의 리듬을 타고 살랑거렸다.

아, 아나, 관능의 화신.

나는 그녀에게 천천히 다가가 그녀의 턱을 살짝 들어 그녀의 입술을 해방시켰다. "뭐 하고 싶어, 아나스타샤?" 나는 속삭인 후 그녀의 입꼬리에 담백하게 키스했다. 손가락으로는 계속 그녀의 턱을 잡고 있었다.

"당신 생일이잖아요. 원하는 대로 해요." 그녀의 짙어진 눈이 내 눈에 와 닿아 많은 것을 약속했다.

미치겠네.

차라리 내 물건에 대고 일어나라 말을 해.

나는 엄지손가락으로 그녀의 아랫입술을 쓸었다. "우리가 지금 여기 있는 거, 내가 원해서야?"

"아뇨. 나도 여기 오고 싶었어요."

그녀는 세이렌 요정이다.

나의 세이렌.

그렇다면 기초부터 시작해보자. "아, 경우의 수는 수없이 많아, 스틸 양. 하지만 네가 알몸이 되는 것부터 시작하자." 나는 그녀의 가운 끈을 잡아당겼다. 앞섶이 벌어지며 실크 잠옷이 드러났다.

나는 물러나 체스터필드 소파 팔걸이에 걸터앉았다. "옷 벗어. 천천히."

스틸 양은 도전을 좋아한다.

그녀는 가운을 벗었다. 가운이 한 조각 구름처럼 바닥으로 떨어졌다. 그녀의 시선은 내내 내게 머물렀다. 내 물건이 단단해졌다. 즉시 욕망이 온몸을 휩쓸었다. 그녀에게 손을 대지 않기 위해 손가락으로 내 입술을 쓰다듬어야 했다.

그녀가 잠옷의 양 어깨끈을 어깨에서 들어 올렸다. 자기를 지켜보는 나를 지켜보면서. 그녀가 끈을 어깨 밑으로 떨어뜨리자 잠옷이 그녀의 몸을 따라 흘러내려 바닥의 가운과 합류했다. 그녀의 황홀한 나체가 내 앞에 등장했다.

그것이 강력한 힘을 발휘했다. 그녀의 눈이 내게 머물렀다.

더 흥분이 됐다, 더 이상 숨길 수도 없으니.

좋은 생각이 떠올랐다. 서랍장으로 건너가 선물 상자 안에서 넥타이를 꺼냈다. 손가락으로 그것을 쓰다듬으면서 참고 기다리는 그녀에게로 돌아갔다. "조금은 걸치는 게 좋겠어, 스틸 양." 나는 넥타이를 재빨리 그녀의 목에 감고 매듭을 지었다. '하프 윈저'로 끝을 길게 뺐다. 내 손가락이 그녀의 목을 쓸자 그녀가 숨을 들이켰다. 넥타이 끝이 길게 늘어져 그녀의 위쪽 음모를 스쳤다. "너 무척 근사해, 스틸 양." 나는 그녀에게 가볍게 키스했다. "이제 널 어떻게 할까?" 나는 중얼거리다 넥타이 끝을 홱 잡아당겼다. 그녀가 내 품 안으로 들어왔다. 그녀의 알몸이 불덩이처럼 내 몸에 와 닿았다. 내 손가락이 그녀의 머리카락을 파고들었다. 내 입술이 그녀의 입술을 덮었고, 내 혀가 그녀를 차지했다.

거세게. 집요하게. 무자비하게.

그녀에게서 달콤한 아나스타샤 스틸의 맛이 났다. 내가 좋아하는 맛.

나는 다른 손으로 그녀의 엉덩이를 움켜쥐고 멋진 볼기를 쓰다듬었다.

나는 그녀를 놓았다. 우리 둘 다 헐떡거렸고, 그녀의 젖가슴이 호흡에 맞춰 오르내렸다.

아, 자기야. 네가 내게 한 것들.

나도 네게 하고 싶어.

"돌아서." 내가 명령했다. 그녀가 즉시 복종하자 나는 그녀의 머리채를 넥타이에서 들어 땋아 내렸다. 놀이방에 머리카락이 빠져 굴러다녀선 안 되지.

내가 땋은 머리채를 살짝 당기자 그녀의 고개가 뒤로 젖혀졌다. "머리카락이 참 아름답다, 아나스타샤." 내가 그녀의 목에 키스하자 그녀가 몸을 비틀었다. "그냥 그만하라고 말하면 돼. 알았지, 응?" 나는 그녀의 피부에 대고 속삭였다.

그녀가 눈을 감은 채 고개를 끄덕였다.

망할, 그녀는 행복해 보였다.

나는 그녀를 돌려세우고 넥타이 끝을 쥐었다.

"가자." 나는 그녀를 그녀의 선물 상자와 내용물이 놓인 서랍장 쪽으로 이끌었다. "아나스타샤, 이것들은." 나는 버트 플러그를 들었다. "한 사이즈 커. 넌 애널 경험이 없으니까 이걸로 시작하는 건 무리야. 우선 이걸로 하자." 나는 새끼손가락을 보여주었다.

그녀의 눈이 끝도 없이 커졌다.

내가 가장 좋아하는 취미 생활은 아나를 충격에 빠뜨리는 것임을 인정할 수밖에 없겠다.

"손가락으로만. 한 개로." 내가 덧붙였다. "이 집게는 지독해." 나는 유두 집게를 불쑥 내밀었다. "이걸 쓸 거야." 나는 서랍에서 덜 아픈 유두 집게를 꺼냈다. "이건 조절할 수 있어."

그녀가 매혹된 눈으로 그것을 살폈다. 신기해하는 그녀의 모습이 사랑스러웠다. "알겠지?" 내가 물었다.

"알았어요. 뭘 하려는지 미리 말해줄 거예요?"

"아니, 생각나는 대로 만들어갈 거야. 이건 미리 짜인 연극이 아니야, 아나."

"난 어떻게 행동하면 돼요?"

이상한 질문이다. "하고 싶은 대로 해." 그렇게 말하고는 나도 모르게 중얼거렸다. "내 또 다른 자아를 기대했구나."

"네. 나, 그 사람 좋아하니까요."

"그렇단 말이지, 응?" 나는 엄지손가락으로 그녀의 아랫입술을 쓸었다. 다시 그녀에게 키스하고 싶은 충동이 일었다. "난 네 연인이야, 아나스타샤. 네 돔이 아니라. 네 웃음소리를 사랑해. 네가 소녀처럼 키득대는 소리를, 느긋하고 행복한 네 모습을 사랑해. 호세의 사진 속 모습처럼. 내 사무실에 돌연 나타났을 때처럼. 내가 사랑에 빠진 그 순간처럼. 하지만 난 네게 무례하게 구는 것도 좋아해, 스틸 양. 내 또 다른 자아는 그 기술을 한두 개 알지. 그럼 이제부터 하라는 대로 해. 일단 돌아서."

그녀가 순종했다. 홍분감으로 환해진 얼굴로.

사랑해, 아나.

열렬히.

나는 서랍에서 필요한 장난감들을 꺼내 상단에 늘어놓았다. "가자." 나는 넥타이를 당겨 그녀를 탁자로 이끌었다. "여기 위에 올라가 무릎 꿇고 앉아." 나는 그녀를 탁자 위로 들어 올렸고, 그녀는 무릎을 꿇고 내 앞에 앉았다.

우리의 코와 코가 마주했다. 그녀가 반짝이는 눈으로 나를 응시했다. 나는 두 손으로 그녀의 허벅지를 쓸어내리다 무릎을 잡고 두 다리를 살짝 벌렸다. 목표물이 모습을 드러냈다.

"두 팔을 등 뒤로 돌려. 네게 수갑을 채울 거야."

나는 그녀에게 가죽 수갑을 보여준 후 수갑을 채우려고 팔을 그녀 뒤로 돌렸다. 그녀가 고개를 돌리면서 벌어진 입술로 내 턱을 쓸었다. 그녀의 혀가 내 짧은 수염을 간지럽혔다. 나는 눈을 감고 그 감촉을 즐기며 터지는 신음을 억눌렀다.

나는 몸을 떼고 그녀를 나무랐다. "그만. 예상보다 훨씬 더 빨리 끝날 수도 있어."

"당신을 가만히 둘 수가 없단 말이에요."

"그래?"

그녀가 거만하게 고개를 끄덕였다.

"산만하게 만들지 마. 아니면 재갈을 물릴 거야."

"당신 산만하게 만들고 싶단 말이에요."

"엉덩이를 때려준다." 내가 경고했다. 그녀가 빙그레 웃었다. "착하게 굴어." 나는 그녀를 꾸짖고는 물러나 가죽 수갑으로 손바닥을 탁 때렸다.

네 엉덩이를 이렇게 때려줄 수도 있어, 아나.

그녀는 조신하게 무릎을 내려다보았다. "더 낫군." 다시 시도해 이번에는 수갑을 채웠다. 그녀가 코로 내 어깨를 쓸었지만 무시했다. 오늘 새벽에 같이 샤워하기를 정말 잘했다.

수갑을 채우자 그녀의 등이 젖혀지며 약간 휘었고, 돌출한 젖가슴은 애무해달라고 애원했다. "기분 괜찮아?" 나는 그녀의 모습에 감탄하면서 물었다.

그녀가 고개를 끄덕였다.

"좋아." 나는 뒷주머니에서 눈가리개를 꺼냈다. "너 이제 그만 봐도 될 것 같아." 나는 눈가리개를 그녀의 머리 위에 씌워 눈을 가렸다.

그녀의 호흡이 빨라졌다.

나는 물러나서 그녀에게 모든 감각을 집중했다.

그녀는 끝내주게 섹시했다.

나는 서랍에서 필요한 물건을 꺼낸 후 티셔츠를 벗었다. 청바지는 벗지 않았다. 꽉 끼어 불편했지만 성마른 내 물건이 그녀의 관심을 독차지하면 곤란하니까.

다시 그녀 앞에 서서 작은 유리병을 열었다. 안에 내가 좋아하는 마사지 오일이 들어 있었다. 병을 그녀의 코 밑에 댔다. 그것은 시더우드와 아르간, 세이지 침출 오일로 몸에 발라도 무방했다. 그 향기는 비가 내린 후 상큼한 가을날을 연상시켰다.

"아끼는 넥타이를 망쳐선 안 되지." 나는 중얼거리며 넥타이를 풀어 아나의 몸에서 살살 벗겨냈다. 넥타이가 그녀의 몸을 휘감고, 훑고, 애무하는 동안 그녀는 꼼지락거렸다.

나는 넥타이를 접어 그녀 옆에 놓았다. 그녀는 기대하는 빛이 역력했다. 몸이 조바심으로 들썩였다. 관능적이었다.

나는 손바닥에 오일을 조금 덜어 손바닥을 비벼 데웠다. 손가락 관절로 그녀의 뺨을 애무하다 턱선을 따라 쓸었다.

내 손길이 닿을 때마다 그녀는 움찔거리면서도 내 손 쪽으로 몸을 기울였다. 나는 오일을 그녀의 몸에 바르고 마사지하기 시작했다. 목과 쇄골을 지나 어깨를 따라 움직이며 근육을 주물렀다. 손바닥이 작은 원을 그리며 젖가슴을 피해 가슴을 가로질렀다. 그녀가 몸을 뒤로 젖히며 젖가슴을 내 손으로 밀어댔다.

아, 안 돼, 아나. 아직은 아니야.

나는 손가락을 옆구리로 옮겨가며 천천히 오일을 발랐다. 음악에 맞춰 침착하게 애무했다. 그녀가 신음했다. 쾌감에 의한 것인지, 좌절감에 의한 것인지 알 수 없었다. 둘 다인 것 같았다.

"넌 너무 아름다워, 아나." 내가 속삭였다. 내 입술은 그녀의 귀에 가까웠다. 양손이 마법을 부리는 동안 내 입술은 그녀의 턱을 따라 움직였다. 젖가슴 아래로, 복부로, 목적지로 내려갔다. 나는 그녀에게 짧게 키스한 후 그녀의 냄새를 들이마셨다. 목 아래와 중앙의 체취가 오일 냄새와 뒤섞여 났다.

"곧 넌 내 아내가 될 거야. 완전한 내 소유."

그녀가 숨을 훅 들이켰다.

"사랑하고 아껴줄게." 내 손이 계속 움직였다. "내 몸을 바쳐 너를 숭배할 거야."

내 손가락이 음모를 헤치고 클리토리스에 닿자 그녀가 고개를 뒤로 젖히며 신음했다. 나는 손바닥으로 그녀를 문지르고 지분거리고 이미 젖은 곳에 오일을 발랐다.

짜릿했다.

나는 몸을 기울여 총알 모양의 바이브레이터를 집었다. "그레이 부인."

그녀가 신음했다.

"그래." 나는 손으로 봉사를 계속하면서 속삭였다. "입을 벌려." 그녀는 진작부터 헐떡이고 있었지만 입을 좀 더 벌렸고, 나는 작은 바이브레이터를 입안에 넣었다. 그것에는 사슬이 달려 있어 필요시 액세서리로 착용할 수 있었다. "빨아봐. 이걸 네 안에 넣을 거니까."

그녀가 가만히 있었다.

"빨아." 나는 반복하고는 그녀의 몸에서 양손을 뗐다.

그녀는 무릎을 굽히며 좌절감에 끙끙거렸다. 나는 웃는 얼굴로 손바닥에 오일을 더 덜어낸 후 마침내 젖가슴을 감싸 쥐었다. "계속 빨아야 해." 나는 경고하면서 엄지손가락과 검지손가락으로 단단해진 젖꼭지를 돌렸다. 내 손길에 젖꼭지는 점점 더 단단해지고 길어졌다. "네 가슴은 정말 아름다워, 아나."

그녀가 신음을 토해냈다. 나는 한 손에 젖꼭지 집게를 들었다. 입술을 그녀의 목을 따라 젖가슴으로 쭉 내린 후 젖꼭지에 집게를 조심스레 채웠다.

집게에 집힌 젖꼭지를 입술로 격렬히 애무하자 그녀의 입에서 알아들을 수 없는 소리가 터졌다. 그녀가 내 손길에 몸을 뒤틀며 이리저리 움직였다. 나는 나머지 집게도 채웠다. 이번에는 아나가 크게 끙끙 소리를 냈다. "느껴봐." 내가 요구했다. 나는 몸을 떼고 그 아름다운 광경을 감상했다.

"그거 내게 줘." 나는 그녀의 입에서 바이브레이터를 빼냈다. 손을 그녀의 등을 따라 아래로 움직여 두 볼기 사이로 넣었다.

그녀가 긴장하며 무릎을 탁자에 댄 채 엉덩이를 들었다. "쉿, 진정해." 나는 그녀를 달래며 그녀의 목에 키스했다. 내 손가락은 내내 그녀의 멋지고 훌륭한 두 볼기 사이를 어루만졌다.

다른 손으로는 그녀의 앞쪽 아래로 내려가 클리토리스를 다시 문지르다 손가락을 그녀 안에 천천히 넣었다.

"이걸 네 안에 넣을 거야." 내가 중얼거렸다. "여기 말고." 다른 손가락이 그녀의 애널 주위를 뱅뱅 돌며 오일을 발랐다. "여기에." 그러고 나서 나는 다른 손가락을 질 안에 천천히 넣었다 빼기를 반복했다.

"아." 그녀가 반응했다.

"쉬잇."

나는 일어서서 바이브레이터를 그녀 안에 넣었다. 그녀의 얼굴을 감싸 쥐고 키스한 후 바이브레이터의 작은 리모컨을 눌렀다.

바이브레이터가 작동하자 그녀는 숨을 들이켜며 무릎을 대고 상체를 벌떡 일으켰다. "아!"

"진정해." 나는 그녀의 입술에 대고 소곤대고는 헐떡거리는 호흡을 막아버렸다.

그리고 양 집게를 번갈아 살짝 잡아당겼다.

그녀가 비명을 내질렀다. "크리스천, 제발!"

"쉿, 아가씨. 버텨."

넌 할 수 있어, 아나.

그녀가 헐떡거리며 모든 자극을 감당했다. 강렬한 자극일 것이다. "착하지." 나는 그녀를 달랬다.

"크리스천." 그녀의 목소리는 필사적으로 들렸다.

"쉿, 느껴봐, 아나. 두려워 말고." 나는 두 손으로 그녀의 허리를 잡고 그녀를 안았다. 나 여기 있어, 자기야. 난 이걸 해낼 거고, 너도 이걸 해낼 거야.

나는 새끼손가락을 윤활유 병에 담그고 나서 두 손을 그녀의 엉덩이 쪽으로 천천히 내리면서 그녀의 반응을 살폈다. 그녀가 괜찮은지 확인했다. 그녀의 피부를 마사지했다. 그녀의 엉덩이를 문질렀다. 탐스러운 엉덩이를. 한 손을 볼기 사이에 넣었다.

"참 아름다워." 천천히 손가락을 엉덩이 사이로 밀어 넣자 그녀의 몸 안에서 웅웅 작동하는 바이브레이터의 진동이 느껴졌다. 그녀가 몸을 힘을 주었다. 나는 손가락을 천천히 뺐다가 넣었고, 이로는 그녀의 턱을 쓸었다. "정말 아름다워, 아나."

그녀가 숨을 들이켜더니 끙끙대다 무릎 위 몸을 더 높이 치켜들었다. 절정에 가까워진 것이다. 그녀가 입술을 움직거리며 뭐라 말을 했지만 소리는 나지 않았다. 별안간 들이닥친 오르가즘에 그녀가 비명을 내질렀다. 내가 자유로운 손으로 양 젖꼭지 집게를 차례로 떼어낼 때 그녀가 울부짖었다.

나는 클라이맥스를 거쳐 아직 쿵쿵 고동치는 그녀의 몸을 안고 계속 손가락을 넣었다가 뺐다.

"안 돼!" 그녀가 고함을 질렀다. 이 정도면 충분할 것 같았다.

나는 그녀를 안은 채 손가락과 바이브레이터를 빼냈다. 그녀의 몸은 축 늘어지며 내게 기댔지만 계속 경련했다. 나는 능숙하게 한 팔의 수갑을 풀었다. 그녀가 앞으로 쓰러져 내게 기댔다. 그녀의 머리가 내 어깨 위에서 이리저리 구르는 동안 강렬한 클라이맥스의 여운은 점차 누그러졌다.

그녀의 다리가 아플 것 같았다. 나는 끙끙대는 그녀를 일으켜 침대로 데려가 새틴 이불 위에 똑바로 눕혔다. 리모컨으로 음악을 끈 후 청바지를 벗어 성난 녀석을 풀어주었다. 그리고 그녀의 다리 뒷면과 무릎, 종아리, 어깨를 주무르고 나서 수갑을 완전히 풀었다. 그녀의 옆에 누워 그녀의 눈가리개를 벗겼다. 그녀의 눈은 질끈 감겨 있었다. 나는 땋은 머리를 살살 풀어 내렸다. 그리고 몸을 기울여 그녀의 입술에 키스했다. "정말 아름다워." 내가 말했다.

그녀가 졸린 듯 한쪽 눈을 떴다.

"안녕." 나는 웃으며 그녀를 내려다보았다.

그녀가 뭐라 뭐라 대답했다.

"이 정도 무례하면 된 거지?"

그녀는 고개를 끄덕이고는 나른하게 환히 웃었다.

아나, 날 실망시키는 법이 없군.

"당신이 날 죽이는 줄 알았어요."

"오르가즘으로 죽다니. 더 끔찍하게 죽는 방법도 많아."

가령 찰리 탱고를 타고 죽음으로 직행한다든가.

그녀가 손을 내밀어 내 얼굴을 어루만졌다. 우울한 생각이 물러갔다. "당신은 언제든 나를 이렇게 죽일 수 있겠어요." 그녀가 말했다. 나는 그녀의 손을 잡고 손가락 관절에 입 맞추었다. 그녀가 정말 자랑스러웠다. 한 번도 나를 실망시키지 않는다. 그녀가 내 얼굴을 감싸 쥐고 내게 키스했다.

나는 멈추고 몸을 뺐다. "이제 이거 하고 싶어." 나는 베개 밑에서 리모컨을 꺼내 음악을 바꾸었다. 노래가 반복되도록 버튼을 눌러 조작한 후 아나를 천천히 똑바로 눕혔다. 로베타 플랙의 〈당신 얼굴을 처음 보았을 때〉가 흘렀다. "너와 사랑을 나누고 싶어." 내가 중얼거렸다. 내 입술이 그녀의 입술을 찾았고, 그녀의 손가락은 내 머리카락과 얽혔다.

"제발." 아나가 헐떡였다. 그녀의 민감한 몸이 솟아올라 내 몸을 맞이하며 내게 문을 활짝 열어젖혔다. 나는 부드럽게 그녀 안으로 들어갔다. 우리는 천천히 달콤하게 사랑을 나누었다.

사랑해, 아나 스틸.

나는 그녀를 내게 끌어당겼다. 그녀를 다시는 놓아주고 싶지 않았다.

내 기쁨은 완성됐다. 이토록 행복한 적이 있었던가?

나는 지상으로 돌아와 그녀의 얼굴에서 머리카락을 쓸어 넘기고 사랑하는 여인을 내려다보았다.

그녀가 울고 있었다.

"어이." 나는 두 손으로 그녀의 머리를 감싸 쥐었다. 내가 그녀를 아프게 했나? "어째서 우는 거야?"

"당신을 너무나 사랑해서." 그녀가 말했다. 나는 눈을 감았다. 그녀의 말이 파도처럼 내 몸을 덮쳤다.

"나도 그래, 아나. 넌 나를…… 온전하게 만들어." 내가 그녀에게 다시 키스했을 때 노래가 끝났다. 나는 이불을 끌어모아 우리의 몸을 감쌌다. 그녀는 눈부시게 아름다웠다. 머리카락은 헝클어졌고, 눈은 눈물에 젖었지만 초롱초롱했다. 그녀는 생기가 넘쳤다.

"오늘 뭐 하고 싶어요?" 그녀가 물었다.

"오늘은 이미 완성됐어, 네 덕분에. 고마워." 나는 그녀에게 키스했다.

"나도 고마워요."

나는 아나의 괴짜 같은 면이 좋았다. 그녀는 별나면서도 절대 지나치는 법은 없었다. 오늘 그녀를 위해 세워둔 계획을 생각해 보았다. 이것으로 그녀의 오늘이 완성되기를. "홍보부 책임자에게 전화해야 하는데, 그냥 너랑 이 달콤한 희열 속에 계속 있고 싶다."

"불시착한 사건 말이죠?"

"나 지금 농땡이 치는 중이야."

"오늘은 당신 생일이잖아요, 그레이 씨. 그럴 자격이 있어요. 나도 당신을 내 곁에 붙들어두고 싶고요." 그녀는 고개를 들어 이로 내 턱을 훑었다. 조금 피곤해 보이긴 했지만 행복하고 자유로워 보였다. "당신이 선택한 곡들 참 좋아요. 어디서 찾은 곡들이에요?"

"네 마음에 든다니 좋네. 가끔 잠이 오지 않을 땐 피아노를 치거나 아이튠즈를 뒤져."

"당신이 잠을 못 이루고 혼자 시간을 보낸다니 마음이 안 좋네요. 외롭게 들려서." 아나가 말했다. 그녀의 연민이 등장했다.

"솔직히 말하면, 네가 떠나기 전엔 외로움을 느낀 적 없었어. 내가 얼마나 비참한지 깨닫지 못한 거지."

그녀가 내 얼굴을 감싸 쥐었다. "미안해요."

"사과하지 마, 아나. 내가 잘못한 건데, 뭐."

그녀가 손가락으로 내 입술을 쓰다듬었다. "쉬잇." 그녀가 말했다. "나는 당신을 있는 그대로 사랑해요(빌리 조엘의 노래 제목이기도 하다.-옮긴이)."

"그거 노래 제목 같은데."

그녀가 웃음을 터뜨리고는 내 일 애기로 화제를 바꾸었다.

"우리 아주 먼 길을 걸어온 것 같아요." 아나가 내 얼굴을 어루만졌다.

"그랬지."

별안간 그녀가 생각에 잠겼다.

"무슨 생각해?" 내가 물었다.

"사진 촬영한 날. 사진을 찍던 호세. 케이트. 지휘하던 케이트의 모습. 그리고 당신이 얼마나 섹시했었는지."

"섹시했다고? 내가?"

"네. 섹시했죠. 케이트는 참견쟁이였고. 여기 앉아라. 이거 해라. 저거 해라." 아나가 캐버너의 특징을 정확히 집어내 나는 웃음을 터뜨렸다.

"그러고 보니 케이트가 나를 인터뷰하러 왔을 수도 있었네. 하느님, 감기를 만들어주셔서 고맙습니다." 나는 그녀의 코에 키스했다.

"케이트는 독감이었어요, 크리스천." 그녀가 나무라더니 무심코 손가락으로 내 가슴 털을 쓸었다. 이상하게도 그녀가 내 어둠을 쫓아내는 것 같았다. 움찔거리는 경련조차 일지 않았다. "회초리들은 전부 사라졌네요." 그녀가 놀이방을 둘러보며 말했다. 나는 그녀의 머리카락을 귀 뒤로 쓸어 넘겼다.

"네가 그 고정한계를 넘을 수 없을 것 같아서."

"네, 그건 못 할 것 같아요." 그녀는 고개를 돌려 벽에 걸린 채찍, 패들, 플로거를 물끄러미 보았다.

"저것들도 치워버릴까?" 내가 물었다.

"저 채찍은 빼고요……. 갈색 채찍. 저 스웨이드 플로거도." 그녀가 내게 수줍게 웃었다.

"좋아. 채찍과 플로거는 남겨두자. 이런, 스틸 양, 정말 사람 놀라게 만드는 재주가 있다니까."

"당신도 마찬가지예요, 그레이 씨. 그건 내가 당신을 사랑하는 이유 중 하나죠." 그녀가 내 입꼬리에 키스했다.

별안간 그녀의 입에서 그 말을 직접 듣고 싶어졌다. 아직도 이것이 현실인지 얼떨떨했다. "나를 사랑하는 이유가 또 뭔데?"

그녀의 눈이 애정으로 녹녹해졌다. "이거." 그녀가 집게손가락으로 내 입술을 쓸며 간지럽혔다. "이걸 사랑해요. 여기서 나오는 것도, 이것이 내게 선사하는 것도. 그리고 이 안에 있는 것도." 그녀가 내 옆머리를 어루만졌다. "당신은 정말 똑똑하고 재치 있고 지적이에요. 또 여러 가지로 유능하고. 하지만 난 다른 무엇보다 이 안에 있는 걸 사랑해요." 그녀가 내 가슴에 손바닥을 지그시 댔다. "당신은 내가 아는 사람 중에 가장 공감을 잘해요. 당신이 하는 일. 일을 하는 방식. 감탄이 절로 나와요."

"감탄이 절로 나온다고?"

나는 마지막 말을 되뇌었다. 잘 믿기지 않았지만 듣기에 좋았다. 내 입꼬리가 천천히 당겨 올라가며 미소가 번졌다. 내가 뭐라 말하기 전에 그녀가 내게 몸을 던졌다.

아나는 내 품에서 깜빡 졸았다. 나는 천장을 바라보며 내 몸을 누르는 그녀의 무게를 즐겼다. 이보다 더 만족스러울 수 있을까? 그럴 수 없을 것이다. 내가 그녀의 이마에 키스하자 그녀가 잠에서 깼다.

"배고파?" 내가 물었다.

"으응, 배고파 죽겠어요."

"나도 그래."

그녀는 내 가슴에 팔을 얹고 나를 살폈다. "오늘 당신 생일이잖아요, 그레이 씨. 내가 요리해줄게요. 뭐 먹고 싶어요?"

"날 놀라게 해봐." 나는 손으로 그녀의 등을 쓰다듬었다. "난 블랙베리로 어제 놓친 메시지들을 확인해야겠어." 나는 한숨을 내쉬고 일어나 앉았다. 여기서 그녀와 하루 종일 있고 싶었다.

"샤워하자." 내가 말했다.

그녀가 환히 웃었다. 우리는 빨간 이불 하나를 함께 두르고 아래층 욕실로 갔다.

아나는 옷을 갈아입고 나서 간밤에 입었던 젖은 옷가지를 개수대 안에서 꺼내 문밖으로 나갔다. 작고 파란 원피스를 입은 그녀는 다리가 길어 보였다.

다리가 너무 보였다.

우리 둘뿐이니까.

테일러랑.

나는 잠시 면도를 멈추었다. "그건 존스 부인에게 맡겨." 나는 그녀의 뒤에 대고 소리쳤다. 그녀가 어깨너머로 흘끔 돌아보고는 미소를 지었다.

나는 활력에 넘쳐 책상 앞에 앉았다. 아나는 부엌일을 하는 중이다. 처리해야 할 이메일과 메시지가 엄청나게 쌓여 있었다. 대부분은 샘에게서 온 것들이었는데, 내가 전화하지 않는다고 불평하는 내용이었다. 다른 것들도 있었다……. 어머니, 미아, 아버지, 엘리엇의 뭉클한 메시지들. 하나같이 전화하라는 부탁이었다. 그들이 걱정하는 것을 보니 마음이 아팠다.

엘레나 것도 있었다.

제길.

다음 것은 아나가 주저하며 남긴 음성 메시지였다.

안녕……. 저기…… 나예요. 아나. 당신, 괜찮은 거죠? 전화해요. 걱정하는 목소리였다. 내가 그녀와 가족들을 지옥에 보냈었구나 하는 생각에 가슴이 아팠다.

그레이, 이 멍청아.

전화했어야지.

나는 엘레나의 메시지만 빼고 전부 저장한 후 가장 중요한 음성 메시지로 돌아갔다. 벨레뷰의 플로리스트가 남긴 메시지였다. 필요한 사항을 전달하기 위해 그들에게 전화했다. 시간이 촉박함에도 다행히 그들이 일을 맡아주었다.

통화를 마치고 단골 보석상에게 전화를 걸었다. 사실, 아는 보석상은 거기뿐이었다. 전에 아나의 귀걸이를 산 곳이라 그들이 반지도 잘 골라줄 것 같았다.

내가 미신을 믿는 사람이었다면 이것들이 앞으로 다가올 일에 대한 좋은 징조라고 여겼을 것이다.

그 후에는 샘에게 전화했다.

"그레이 씨, 어디 계셨습니까?" 그가 발끈했다. 거칠군.

"바빴어."

"언론에서 연신 헬리콥터 추락 사건을 보도하고 있어요. 텔레비전 뉴스와 신문 몇 군데서 인터뷰 요청을 해왔어요⋯⋯."

"샘⋯⋯. 보도 자료를 내. 로스와 나는 무사하다고 말하라고. 배포 전에 내게 사전 승인받고. 인터뷰는 전혀 관심 없어. 신문이든 텔레비전이든 뭐든."

"하지만, 크리스천, 이건 굉장한 기회⋯⋯."

"내 대답은 '안 한다'야. 보도 자료나 보내."

그는 잠시 침묵했다. 홍보 매춘부, 이것이 그의 정체다. "그러죠, 그레이 씨." 그가 퉁명스럽게 말했다. 그는 망설였고, 나는 그의 말을 한 귀로 듣고 한 귀로 흘렸다. 하지만 새 홍보 책임자를 구해야겠다는 생각이 들었다. 그의 예전 상사들에게 확인한

결과 그의 이력은 상당히 부풀려져 있었다.

"고마워, 샘." 나는 전화를 끊었다.

나는 인터폰으로 테일러에게 전화했다.

"안녕하십니까, 그레이 사장님."

"무슨 소식 없나?"

"제가 건너가죠."

테일러는 찰리 탱고가 발견되었다고 말했다. 복구반이 항공청과 찰리 탱고 제조사인 에어버스 직원과 협업 중이었다.

"그들이 원인을 찾아내면 좋겠는데."

"찾아낼 겁니다, 사장님." 테일러가 말했다. "사장님이 전화하셔야 할 명단을 이메일로 보내뒀습니다."

"고마워. 한 가지 더. 이 상점에 가쳤으면 해." 나는 보석상과 나눈 얘기를 그에게 전했다. 테일러가 환히 웃었다.

"기꺼이 그러죠. 더 없으십니까?"

"지금은 없어. 고마워."

"천만에요. 생일 축하드립니다." 그는 내게 고개를 끄덕인 후 나갔다.

나는 전화기를 들고 테일러의 목록에 있는 사람들에게 하나하나 전화하기 시작했다.

항공청에 자초지종을 설명하는 중에 아나의 이메일이 떴다.

보낸 사람: 아나스타샤 스틸

제목: 점심

날짜: 2011년 6월 18일 13:12

받는 사람: 크리스천 그레이

그레이 씨,

점심 준비가 거의 다 끝나감을 알려드려요.

아까는 정말이지 뿅 가는 변태 섹스였다는 것도 알려드릴 겸.

생일맞이 변태 섹스는 추천할 만해요.

하나 더. 사랑해요.

A x

(당신의 약혼녀)

미소가 절로 났다. 내가 웃고 있다는 걸 전화기 너머 항공청의 월슨 씨가 분명 알아챘을 것이다. 나는 한 손가락으로 톡톡 답장을 쳤다.

보낸 사람: 크리스천 그레이

제목: 변태 섹스

날짜: 2011년 6월 18일 13:15

받는 사람: 아나스타샤 스틸

어떤 측면에서 뿅 갔는데?

메모해두려고.

크리스천 그레이

아침에 힘 쓰고 나서 굶주리고 기진맥진한 CEO, 그레이 엔터프라이즈 홀딩스 Inc.

추신: 네 서명 마음에 들어.

추추신: 대화의 기술은 어디 팔아먹었어?

윌슨 씨와의 통화를 마친 후 아나를 찾으러 서재를 나갔다.

아나는 뭔가에 열중한 상태였다. 나는 까치발로 살금살금 식탁으로 다가갔다. 그녀가 휴대폰 자판을 두드렸다. 전송 버튼을 누르고 고개를 들다 나를 보고는 화들짝 놀랐다. 나는 그녀를 보고 쿡쿡 웃다 식탁을 돌아가 그녀를 품에 안고 키스했다. 또 그녀를 놀라게 만들었다. "이게 다야, 스틸 양." 그녀를 놓아주고 서재로 슬렁슬렁 돌아가는데 어이없게도 나 자신에 대한 만족감이 들었다.

그녀의 이메일이 대기 중이었다.

보낸 사람: 아나스타샤 스틸
제목: 굶주려요?
날짜: 2011년 6월 18일 13:18
받는 사람: 크리스천 그레이

그레이 씨,

방금 전 내 메일의 첫 줄, 점심이 거의 다 되어간다는 사실에 주목해주시죠…… . 굶주리고 기진맥진하다는 말은 다 헛소리인가보죠. 변태 섹스의 뽕 가는 측면에 대해선…… 솔직히 전부 다예요. 그 메모 읽어보고 싶네요. 괄호 안의 내 서명은 나도 마음에 들어요.

A x
(당신의 약혼녀)

301

추신: 언제부터 그리 수다스러워진 거예요? 게다가 통화까지 하면서!

꽃 얘기를 해주려고 엄마에게 전화를 걸었다.

"애, 좀 어떠니? 기운은 좀 차렸어? 언론이 온통 네 얘기만 해."

"알아요, 엄마. 난 괜찮아요. 말씀드릴 게 있어서요."

"뭔데?"

"아나에게 결혼하자고 했고, 아나가 승낙했어요."

어머니가 놀라 말을 잇지 못했다.

"엄마?"

"크리스천, 미안하구나. 기쁜 소식이야." 말은 그렇게 했지만 망설이는 목소리였다.

"갑작스럽다는 거 저도 알아요."

"확신이 있는 거니? 내 말 오해하지 말고. 엄마도 아나 좋아해. 하지만 이건 너무 급하잖니. 아나는 첫 여자 친구인데……."

"엄마. 아나는 내 첫 여자가 아니에요. 엄마가 처음 만난 제 여자일 뿐이지."

"아."

"맞아요."

"어쨌든 네게 잘된 일이야. 축하한다."

"한 가지 더 있어요."

"뭔데, 우리 아들?"

"보트하우스로 꽃 배달을 시켰어요."

"왜?"

"청혼을 너무 허접스럽게 했거든요."

"아, 알겠어."

"그리고, 엄마……. 아무에게도 말하지 마세요. 깜짝 발표하려고요. 오늘 저녁에 발표할 거예요."

"원하는 대로 하렴, 아들. 미아가 생일 파티 물품 구매를 도맡아 하고 있어. 미아 데려올게."

기다리는 시간이 영원처럼 느껴졌다.

빨리 와, 미아.

"어이, 오빠. 오빠가 우리 곁에 있다니 하늘에 감사해. 용건이 뭐야?"

"엄마 말이 네가 오늘 파티 구매 담당자라고 해서. 오늘 파티 얼마나 크게 할 거야?"

"오빠가 죽다 살아 돌아왔으니 거하게 축하해야지."

아, 망할.

"내가 보트하우스로 배달을 시킨 게 있어."

"그래? 뭔데?"

"벨레뷰 플로리스트."

"왜? 무엇 때문에?"

맙소사, 거 참 성가신 누이다. 고개를 드니 아나가 짧은, 아주 짧은 원피스 차림으로 나를 빤히 보고 있었다. "그냥 안으로 들이고 신경 꺼. 알겠어, 미아?"

아나는 고개를 한쪽으로 기울인 채 가만히 듣고 있었다.

"알았어. 사소한 일에 발끈하시긴. 꽃은 보트하우스로 보낼게."

"그래."

아나가 먹는 흉내를 냈다.

음식. 좋았어.

"나중에 보자." 나는 미아에게 그렇게 말하고 나서 전화를 끊었다. "한 통화 더해도 되지?" 내가 물었다.

"그럼요."

"그 원피스 너무 짧지 않아?"

"마음에 들어요?"

아나가 문간에서 한 바퀴 휙 돌자 치맛자락이 들리면서 얼핏 레이스 팬티가 감질나게 보였다.

"그거 입으니 환상적으로 아름다워, 아나. 근데 다른 사람에겐 보여주고 싶지 않아."

"참 나!" 그녀가 성을 냈다. "여긴 집이잖아요, 크리스천. 직원 외에 아무도 없다고요."

그녀를 화나게 하고 싶지 않았다. 나는 최대한 관대하게 고개를 끄덕였고, 그녀는 돌아서서 부엌으로 돌아갔다.

그레이, 정신 바짝 차려.

다음 전화 상대는 아나의 아버지였다. 따님과 결혼하고 싶으니 허락해달라고 했을 때 그가 어떤 말을 할지 전혀 예상이 되지 않았다. 나는 아나의 서류철에서 레이의 휴대폰 번호를 찾았다. 호세의 말에 의하면 지금 낚시 중일 것이다. 그가 휴대폰 신호가 잡히는 곳에 있기를 바랐다.

실패. 연결이 되지 않았다. 통화는 음성 메시지로 넘어갔다. "레이 스틸입니다. 메시지 남겨주세요."

본론으로 직행해 짧게 말했다.

"안녕하세요, 스틸 씨. 크리스천 그레이입니다. 따님 일로 전화 드렸습니다. 전화 부탁드립니다."

무얼 기대한 거야, 그레이?

그 사람은 지금 베이커 산림 국립공원에 있다.

책상에 펼쳐진 아나의 서류철을 보며 그녀의 은행 계좌로 돈을 얼마간 송금하기로 했다. 그녀는 이제 넉넉한 통장 잔액에 익숙해져야 할 것이다.

"2만 4천 달러!"

"아름다운 은색 옷 숙녀분께서 2만 4천 부르셨습니다. 2만 4천, 2만 4천. 낙찰되었습니다!"

아나가 경매에서 얼마나 대담했던가 기억이 나 큭큭 웃음이 터졌다. 이걸 알면 또 어떻게 나올지 궁금했다. 분명 흥미진진한 대화가 될 것이다. 나는 컴퓨터로 5만 달러를 그녀의 계좌에 입금했다. 한 시간 내에 알게 될 것이다.

위장이 요동쳤다. 배가 고팠다. 하지만 휴대폰이 울리기 시작했다. 레이였다. "스틸 씨. 답신 주셔서 감사합니다……."

"아나, 괜찮나?"

"괜찮아요. 괜찮은 정도가 아니죠. 아주 잘 있습니다."

"다행이군. 용건이 뭐죠, 크리스천?"

"낚시 중인 줄 알았는데요."

"하고 있는데 오늘은 입질이 신통치가 않아요."

"안타깝네요." 생각보다 긴장되고 초조했다. 손바닥에서 땀이 났다. 스틸 씨가 아무 말도 하지 않아 불안감이 치솟았다.

반대하면 어쩌지? 그런 상황은 고려해본 적이 없었다.

"스틸 씨?"

"듣고 있어요, 크리스천. 본론을 말하길 기다리고 있소."

"네, 물론이죠. 음. 제가 전화 드린 이유는, 음, 따님과의 결혼을 허락받고 싶어서입니다." 평생 거래의 협상이나 성사 경험이 없는 사람처럼 말이 어색하게 굴러 나왔다. 설상가상 내 말은 침묵과 맞닥뜨렸다.

"스틸 씨?"

"내 딸 좀 바꿔주겠나?" 그가 대뜸 말했다.

제기랄.

"잠깐만요." 나는 서재에서 아나가 기다리는 곳으로 달려가 그녀에게 휴대폰을 내밀었다. "레이 아버지가 바꿔달라셔."

그녀의 눈이 충격으로 커다래졌다. 그녀는 휴대폰을 받아 들고 송화기 쪽을 손으로 덮고 말했다. "아빠에게 말했구나!" 그녀가 버럭했다.

나는 고개를 끄덕였다.

그녀는 숨을 크게 들이켜고는 송화기에서 손을 치우고 말했다. "안녕, 아빠."

그녀가 경청했다.

차분히.

"아빠 뭐라고 말했어요?" 그녀는 묻고 나서 다시 귀 기울였다. 시선은 내게 두고. "네, 급작스럽긴 하죠. 잠깐만요." 그녀는 또 속을 알 수 없는 표정을 내게 짓더니 방 반대편으로 가서 발코니 밖으로 나가 통화를 계속했다.

그녀는 이리저리 서성이긴 했지만 창문 옆에서 벗어나지 않았다.

나로서는 속수무책이었다. 그저 지켜보는 수밖에.

그녀의 몸짓은 아무런 단서를 주지 않았다. 그녀가 갑자기 걸음을 멈추고 환히 웃었다. 그녀의 미소에 온 시애틀이 환해지는 것 같았다. 아버지가 허락한 것이다……. 혹시 반대했나.

망할.

젠장, 그레이. 부정적인 생각은 그만둬.

그녀는 더 말하지 않았다. 울음을 터뜨릴 것 같았다.

젠장. 불길한데.

그녀가 쿵쿵거리며 돌아와서 내게 휴대폰을 휙 내밀었다. 성질이 난 것처럼.

나는 초조하게 휴대폰을 받아 귀에 댔다. "스틸 씨?" 내 등에 꽂힌 아나 시선을 의식하며 나쁜 소식일 경우에 대비해 서재로 돌아왔다.

"크리스천, 이젠 레이라고 부르게. 우리 딸이 자네에게 푹 빠진 것 같고 내가 끼어들 일이 아닌 것 같네."

나한테 푹 빠졌다고. 심장이 펄쩍 뛰더니 질주하기 시작했다.

"고맙습니다."

"그 애에게 상처 줬다간 내 손에 죽을 줄 알아."

"그만한 각오는 돼 있습니다."

"애들이 완전 미쳤어." 그가 중얼거렸다. "이제 우리 딸 잘 보살펴주게. 애니는 내 삶의 빛이야."

"저에게도 그렇습니다……. 레이."

"그 애 엄마에게 내가 행운을 빌더라고 전해주고." 그가 웃음을 터뜨렸다. "이제 그만 낚시로 돌아가야겠어."

"19킬로그램 기록 경신하시길 바랍니다."

"그거 알고 있었나?"

"호세가 말해줬습니다."

"녀석이 쓸데없는 말을 했군. 즐거운 하루 보내게, 크리스천."

"네, 이미 그러고 있습니다." 나는 환히 웃었다.

"아버님이 좀 못마땅해하시면서도 결국 축복해주셨어." 나는 부엌에서 아나에게 전했다. 그녀는 큭큭 웃으며 고개를 절레절레 저었다.

"레이 아빠가 기겁했을 거예요." 그녀가 말했다. "이제 엄마한테 말해야겠네요. 우선 배부터 채우고 나서." 그녀가 음식이 차려진 식탁 쪽으로 손짓했다. 연어, 감자, 샐러드. 맛나 보이는 소스도 있었다. 그녀는 와인도 골라두었다. 샤블리. "와하, 굉장한데." 나는 와인을 따고 우리의 작은 잔에 각각 따랐다.

"이런, 요리 솜씨가 대단하네요, 아가씨." 나는 아나에게 와인 잔을 들어 감사를 표했다. 그녀의 얼굴에서 밝은 표정이 점차 사그라지고 오늘 아침 놀이방에서 지었던 표정이 되살아났다. "아나? 아까 사진 찍지 말라는 말은 왜 한 거야?"

그녀의 얼굴이 점점 더 어두워져 나는 걱정이 됐다. "아나, 왜 그래?" 뜻하지 않게 말이 퉁명스럽게 나갔고, 그 바람에 그녀가 깜짝 놀랐다.

"당신 사진을 봤어요." 그녀가 큰 죄를 지은 사람처럼 말했다.

무슨 사진? 그 생각과 동시에 그녀가 무얼 말하는지 감이 왔다. 그러자 잘못을 저지르고 아버지 서재로 불려가 근엄한 가운 차림의 아버지를 기다리는 기분이 들었다.

"금고에 들어갔었어?" 대체 거기에 어떻게 들어간 거지?

"금고요? 아뇨. 난 금고가 있는 것도 몰랐는데요."

"영문을 모르겠군."

"옷방에 있던데요. 상자 안에. 당신 넥타이를 찾다가 청바지 밑에 있는 그 상자를 봤어요. 대개 오락실에서 입는 청바지 말이에요. 오늘은 아니었지만……."

망할.

그 사진은 아무도 봐선 안 되는 건데. 특히 아나는. 그런데 그게 어떻게 거기 있었지?

레일라.

"네가 생각하는 그런 거 아냐. 까맣게 잊은 일이야. 그 상자는 치워뒀어. 그 사진들은 내 금고에 있어야 해."

"누가 옮겼는데요?" 그녀가 물었다.

"그런 짓을 할 사람은 한 사람밖에 없지."

"어머. 누군데요? 그리고 무슨 뜻이에요, 내가 생각하는 그런 게 아니라니?"

털어놔, 그레이.

네 타락의 깊이는 이미 들켰어.

올 게 왔구나. 50가지의 빛깔.

"냉혹하게 들릴지 모르지만 그건 보험이었어."

"보험요?"

"폭로하는 걸 막기 위해서."

그녀의 얼굴에 아하, 하는 표정이 떠올랐다. "아." 그녀는 내 말을 머릿속에서 지우려는 듯 눈을 감았다. "네. 맞네요." 그녀가 조용히 말했다. "냉혹하게 들려요." 그녀가 일어서서 그릇을 치우기 시작했다. 나를 피하기 위해서.

"아냐."

"그들도 알아요? 그 여자들. 서브들?"

"물론 알지."

그녀가 개수대로 탈출하기 전에 나는 그녀를 두 팔로 끌어안았다. "그 사진들은 금고에 있어야 해. 오락의 용도가 아니야."

그리고 아주 오래된 일이지, 그레이.

"그 사진을 찍었을 땐 그랬을지도 모르지. 하지만…… 지금은 아무 의미도 없어."

"그걸 옷장에 넣어둔 사람은 누군데요?"

"레일라일 수밖에 없지."

"그 여자가 금고 비밀번호를 안다고요?"

나는 추측했다. "충분히 그럴 만해. 비밀번호는 엄청 긴데 난 잘 쓰지 않거든. 한 번 정해놓은 후로 바꾸지 않았어. 레일라가 또 뭘 아는지, 다른 것도 꺼내 갔는지 모르겠어." 확인해야겠다. "그 사진은 다 없앨게. 네가 원한다면."

"당신 사진이잖아요, 크리스천. 알아서 해요." 기분이 상한 게 분명했다.

참 나.

아나. 이건 모두 너를 만나기 전 일이야.

나는 그녀의 머리를 두 손으로 감쌌다. "그런 식으로 말하지 마. 이제 그런 삶은 원치 않아. 난 너랑 함께 하는 삶, 우리의 삶을 원해." 그녀는 자신이 내게 부족할지 모른다는 불안감과 싸우고 있었다. 내가 그런 것들을 그녀에게 하고 싶어 하고 그런 그녀를 찍고 싶어 한다고 생각하는 것 같았다.

그레이, 솔직하게 굴어. 너 그러고 싶잖아.

하지만 그녀의 허락 없이는 절대 그럴 생각 없었다. 서브들의 사진은 모두 그들의 허락을 얻고 찍은 것이다.

아나의 상처받은 표정이 그녀의 여린 마음을 드러냈다. 그 문제는 함께 극복했다고 생각했는데. 나는 지금 이대로의 그녀를 원한다. 그녀는 내게 과분한 사람이다. "아나, 그 유령들은 오늘 아침 모두 물리친 줄 알았는데. 내 마음은 그런데, 넌 아닌 거야?"

그녀의 눈빛이 부드러워졌다. "아니긴요. 나도 그런 기분이에요."

"됐군." 나는 그녀에게 키스하고 그녀를 품에 안았다. "전부 찢어버릴게. 이제 난 일하러 가야겠다. 미안하지만 오늘 오후에 처리해야 할 일이 산더미야."

"그래요. 난 엄마한테 전화해야 해요." 그녀가 얼굴을 찌푸렸다. "그리고 장을 봐 와서 케이크 만들어줄게요."

"케이크?"

그녀가 고개를 끄덕였다.

"초콜릿 케이크?"

"초콜릿 케이크 먹고 싶어요?"

나는 빙그레 웃었다.

"한번 해볼게요, 그레이 씨."

나는 다시 그녀에게 키스했다. 내겐 과분한 여자다. 언젠가는 내가 그녀에게 걸맞은 남자라는 걸 증명하고 싶었다.

아나의 말대로 그 사진들은 내 옷방에 있었다. 레일라가 이것들을 옮겼는지 플린 박사를 통해 확인해야겠다. 다시 거실로 돌아오니 아나는 없었다. 어머니와 통화 중일 것이다.

책상 앞에 앉아 그 사진들을 찢으려니 심경이 복잡했다. 그것들은 내 과거의 유물이었다. 첫 사진은 수재너가 결박당하고 재갈이 물린 채 마룻바닥에 엎드려 있는 것이었다. 나쁘지 않은 사진이었다. 언뜻 호세가 사진작가로서 이런 주제를 어떻게 평가할까 궁금해졌다. 그 생각에 즐거워졌지만 첫 번째 사진 몇 장을 파쇄기에 넣었다. 나머지는 자세히 보지 않고 그냥 휙휙 넘겼다. 12분 후 모든 사진은 파기됐다.

네 부정적인 면은 아직 그대로야.

그레이. 그만.

다행히 금고에서 사라진 것은 더는 없었다. 컴퓨터로 돌아와 이메일로 작업을 시작했다. 첫 번째 작업은 불시착한 사건에 대한 샘의 과시적 보도 자료를 고쳐 쓰는 것이었다. 글이 명료하지도 상세하지도 않아 수정한 후 그에게 돌려보냈다.

그 후엔 문자 메시지를 읽어 내렸다.

엘레나

크리스천, 제발 전화 좀 해.

네가 괜찮다는 걸 네 입으로 직접 듣고 싶어.

엘레나의 문자는 점심을 먹는 사이에 들어온 것 같았다. 나머지는 어젯밤 늦게, 그리고 어제 들어온 문자였다.

로스

발 아파 죽겠어요.

그 외엔 모두 괜찮아요.

사장님도 괜찮기를.

홍보부 부사장 샘

그레이 씨. 전화 주세요. 급합니다.

홍보부 부사장 샘

그레이 씨. 무사하셔서 다행입니다.

가능한 한 빨리 전화 주세요.

엘레나

무사하다니 천만다행이야.
방금 뉴스 봤어.
전화 좀 해.

엘리엇
전화 좀 받아라, 동생아.
다들 걱정하고 있어. 여기서.

그레이스
어디 있는 거니?
전화해라. 엄마 걱정돼.
아버지도 걱정하신다.

미아
크리스천 오빠. 이게 다 뭔 일?
전화해. ☹

아나
우리 벙커 클럽에 있어요.
같이 놀아요.
잠잠하시네요. 그레이 씨.
보고 싶어요.

엘레나
나 피하는 거야?

망할. 나 좀 내려줘, 엘레나.

테일러
사장님, 딸애는 무탈합니다.
시애틀로 돌아가는 중입니다.
오후 3시쯤 도착할 예정입니다.

나는 그것들을 전부 삭제했다. 언젠가는 엘레나를 상대해야
겠지만 지금은 내키지 않았다. 프레드가 보낸 스프레드시트를
열었다. 캐버너 인수 계약을 위한 예산안이었다.

빵 굽는 냄새가 서재로 솔솔 스며들었다. 그 냄새에 침이 고
이고 몇 안 되는 어린 시절의 행복한 추억이 떠올랐다. 달콤하
면서도 씁쓸한 기분이 들었다. 그 약쟁이 창녀. 빵 굽기.

뭔가가 움직이며 나를 상념과 스프레드시트에서 끌어냈다.
아나가 서재 문간에 서 있었다. "나 재료 사러 가게에 다녀올게
요."

"알았어." 설마 그 옷차림으로 가는 건 아니겠지?

"왜요?"

"청바지 같은 거 받쳐 입을 거지?"

"크리스천, 그래 봤자 그냥 다리예요." 그녀의 말투가 오만해
서 나는 이를 악물었다. "함께 해변에라도 갈 땐 어떡하려고 그
래요?"

"여긴 해변이 아니잖아."

"해변에 가서도 반대할 거예요?"

여긴 사유지 해변이다. "아니." 내가 대꾸했다.

그녀는 사악한 미소를 지었다. "그럼 해변에 있다고 상상해

요. 이따가 봐요." 그녀가 돌아서더니 휙 사라졌다.

뭐야? 뛰어가는 거야?

나도 모르게 자리에서 일어나 그녀를 쫓아갔다. 청록색 빛이 출입구 쪽으로 휘릭 움직였다. 나는 그녀를 쫓아 현관으로 갔지만 따라잡았을 때 그녀는 이미 엘리베이터에 타고 있었고 문이 닫히는 중이었다. 그녀는 안에서 내게 손을 한 번 흔들더니 가버렸다. 서두르지 않아도 되는데 허겁지겁 나가다니, 웃음이 났다.

내가 어떻게 할 줄 알았나?

나는 고개를 절레절레 흔들며 부엌으로 돌아갔다. 지난번에 그녀는 술래잡기를 하던 중 나를 떠났다. 그 생각에 정신이 번쩍 들었다. 나는 냉장고 앞에 서서 물을 조금 마셨다. 철로 된 선반 위에서 열을 식히는 내 케이크가 보였다. 몸을 숙여 냄새를 맡으니 침이 고였다. 눈을 감자 약쟁이 창녀의 추억이 떠올랐다.

엄마는 집에 있다. 엄마가 여기 있다.

엄마는 가장 큰 신발을 신고 짧은, 아주 짧은 치마를 입고 있다. 빨간색이고 반짝거린다.

엄마의 다리에 보라색 자국이 있다. 엉덩이 근처에.

엄마에게서 좋은 냄새가 난다. 사탕 냄새 같은.

"어서 들어와요, 덩치 씨, 편히 있어요."

엄마가 어떤 남자와 함께 있다. 덩치가 크고 턱수염이 길다. 모르는 남자다.

"지금은 안 돼, 애벌레. 엄마는 손님이랑 있어. 네 방에서 자동차랑 놀아. 일 마치면 케이크 구워줄게."

엄마가 침실 문을 닫는다.

핑 하는 엘리베이터 소리가 났다. 아나가 들어오기를 기대하
며 돌아섰지만 테일러가 남자 둘을 대동하고 나타났다. 한 남자
는 서류가방을 들고 있었고, 다른 남자는 몸집이 키만큼이나 옆
으로 딱 바라져 걸어 다니는 근육 같았다.

"그레이 씨." 테일러가 서류가방을 든 더 젊고 더 말끔한 차
림의 남자를 소개했다. "'애스토리아 파인 주얼리'의 루이스 애
스토리아 씨가 오셨습니다."

"아. 와줘서 고맙습니다."

"천만에요, 그레이 씨." 그는 활달한 남자였다. 까만 눈동자
가 따스하고 다정해 보였다. "보석 몇 점을 보시라고 가져왔습
니다."

"좋습니다. 서재에서 보도록 하죠. 따라오십시오."

단번에 눈에 드는 플래티넘 반지가 있었다. 알은 가장 크지도
가장 작지도 않았지만 가장 정교하고 가장 우아한 반지였다. 티
클 하나 없는 완벽하게 투명한 최상급 품질의 D등급 4캐럿 다
이아몬드였다. 아름다운 타원형 다이아몬드였고 세팅은 단순했
다. 다른 반지들은 너무 요란하거나 너무 촌스러워 내 여자에게
는 어울리지 않았다.

"훌륭한 선택이십니다, 그레이 씨." 그가 내 수표를 주머니에
넣으며 말했다. "약혼녀께서 좋아하실 겁니다. 필요시 사이즈
는 조절해드립니다."

"와주셔서 다시 한 번 감사드립니다. 테일러가 배웅해드릴
겁니다."

"고맙습니다, 그레이 씨." 그는 내게 반지 상자를 건네고 테

일러와 함께 서재를 나갔다. 나는 반지를 다시 보았다.

아나가 좋아해야 할 텐데. 나는 그것을 책상 서랍 안에 넣고 앉았다. 아나랑 짧게 통화할까 했지만 그 생각은 떨쳐버렸다. 대신 그녀의 메시지를 다시 듣기로 했다. 안녕……. 저기…… 나예요. 아나. 당신, 괜찮은 거죠? 전화해요.

그녀의 목소리를 듣는 것으로 족했다. 나는 하던 일로 돌아갔다.

에어버스 엔지니어와 통화하면서 창밖의 하늘을 내다보았다. 하늘이 아나의 눈처럼 파랬다. "유로콥터 전문가는 월요일 오후에 방문한다고요?"

"그는 본사가 있는 마리냔 인근의 마르세유 프로방스에서 파리를 경유해 시애틀로 갈 겁니다. 그게 가장 빠른 길이에요. 다행히 우리 태평양 연안 북서부 지부가 보잉 필드에 있습니다."

"알겠습니다. 계속 소식 알려주세요."

"헬기가 여기 도착하는 대로 우리 쪽 사람들이 다각도로 작업에 들어갈 겁니다."

"월요일 저녁이나 화요일 아침까지 최초 보고서가 필요하다고 그들에게 전해주세요."

"그러죠, 그레이 씨."

나는 전화를 끊고 책상 쪽으로 의자를 돌렸다.

아나가 문간에 서서 나를 바라보고 있었다. 골똘하고 약간 근심이 어린 표정이었다.

"안녕." 그녀가 말했다. 그러고는 서재로 들어와 책상을 돌아서 내 앞에 섰다. 왜 달아났는지 묻고 싶었지만 그녀에게 선수를 빼앗겼다. "다녀왔어요. 나한테 화났어요?"

나는 한숨을 쉬고는 그녀를 무릎에 앉혔다. "그래." 내가 중얼거렸다.

너 내게서 달아났어. 지난번에 그랬을 땐 그대로 나를 떠났지.

"미안해요. 뭐에 씌었나봐요."

그녀는 몸을 옹송그려 내 품에 파고들면서 손과 머리를 내 가슴에 댔다. 그녀의 무게감이 위안을 주었다.

"나야말로. 네가 원하는 대로 옷 입어."

나는 그녀를 달래려고 손을 그녀의 무릎에 얹었지만 손이 닿는 순간 그 이상을 바라는 욕망이 고개를 들었다. 감전된 것처럼 욕망이 전신을 훑었다. 온몸이 깨어나고 활력이 돌았다. 나는 손을 그녀의 허벅지에 올렸다. "이 원피스는 이점이 있네."

그녀가 연회색 눈을 들었다. 나는 고개를 숙여 그녀에게 키스했다.

서로의 입술이 닿았다. 내 혀가 그녀의 혀를 간지럽혔다. 내리비도가 태양 표면처럼 활활 타올랐다. 그녀도 나와 같다는 것이 느껴졌다. 그녀는 두 손으로 내 머리를 감쌌고 그녀의 혀가 내 혀와 뒤엉켰다.

나는 신음했다. 내 몸이 반응하며 점점 단단해졌다. 그녀를 원했다. 그녀가 필요했다. 나는 그녀의 아랫입술과 목, 귀를 깨물었다. 그녀가 내 입안에서 신음하고 내 머리카락을 움켜쥐었다.

아나.

나는 지퍼를 열고 발기한 놈을 풀어주었다. 그리고 그녀가 두 다리를 벌리고 내 위에 올라타게 했다. 레이스 팬티는 옆으로 당겨 비키게 한 후 그녀 안으로 들어갔다. 그녀의 두 손이 의자

등받이를 움켜쥐었고, 의자 가죽에서 삐걱대는 소리가 났다. 그녀는 나를 응시하다 움직이기 시작했다. 위아래로. 빠르게. 빠르고 광적인 리듬으로.

그녀의 동작에는 절박함이 있었다. 보상하고 싶은 것처럼.

천천히, 자기야, 천천히.

나는 그녀의 엉덩이를 붙잡고 속도를 늦추었다.

천천히. 아나. 난 널 맛보고 즐기고 싶어.

나는 그녀의 입술을 덮쳤다. 그녀가 더 얌전히 움직였다. 하지만 그녀의 키스에는 열정이 가득했다. 내 머리를 움켜쥐고 뒤로 젖히는 그녀의 손길에도.

아, 자기야.

그녀가 더 빨리 움직였다.

더욱더 빨라졌다.

아나는 이것을 원한다. 그녀는 점점 고조됐다. 느껴졌다. 그녀가 높이높이 올라갔다. 더 빠르게 더 빠르게.

아.

그녀는 내 품 안에서 부서지며 나를 함께 데려갔다.

"네 사과 방식이 마음에 들어." 내가 속삭였다.

"나도 당신 방식이 마음에 들어요." 그녀가 내 가슴에 얼굴을 비볐다. "끝난 거예요?"

"세상에, 아나. 더 하고 싶어?"

"아뇨! 당신 일."

"30분쯤 걸릴 거야." 나는 그녀의 머리에 키스했다. "네 음성 메시지 들었어."

"어제 보낸 거?"

"걱정하는 목소리더라."

그녀가 나를 껴안았다. "그랬죠. 답장을 안 하다니 당신답지 않잖아요."

나는 그녀에게 다시 키스했다. 우리는 잠자코 앉아 있었다. 평화롭고 단란하게. 그녀가 이렇게 내 무릎 위에 영원히 앉아 있었으면 싶었다. 그녀는 완벽하게 들어맞았다.

그녀가 움직거렸다. "30분 후면 당신 케이크도 준비돼 있겠네요." 그녀가 일어서며 말했다.

"기대할게. 아까 굽는 중에도 맛있는 냄새가 나서 군침 돌았어." 그녀는 몸을 숙여 내 입가에 부드럽게 키스했다.

나는 그녀가 서재를 나가는 모습을 보며 청바지 지퍼를 올렸다. 기분이…… 한결 가벼웠다. 몸을 돌려 창밖 풍경을 바라보았다. 늦은 오후라 해가 푸젯 사운드 쪽으로 가라앉기 시작했지만 아직 환했다. 아래쪽 거리에는 그늘이 드리워져 있었다. 이미 땅거미가 내려앉았지만 여기 위는 아직 황금빛 햇살이 가득했다. 어쩌면 이것 때문에 여기 사는지도 모르겠다. 빛 속에 머물고 싶어서. 나는 꼬마 때부터 늘 빛을 찾아다녔다. 한 특별한 여성을 만나고 나서야 비로소 그걸 깨달았지만. 아나는 내 삶의 등대다.

나는 헤매다 길을 찾은 소년, 그녀의 소년이다.

아나는 겉에 초콜릿을 입힌 초콜릿 케이크를 들고 서 있었다. 케이크에 꽂힌 양초 한 개의 촛불이 일렁였다.

그녀가 내게 생일 축하 노래를 불러주었다. 목소리가 감미로운 음악 같았다. 그동안 들어본 적 없는, 처음 듣는 그녀의 노랫소리였다.

마법 같았다.

나는 눈을 감고 촛불을 불어 끄면서 소원을 빌었다.

아나가 항상 내 곁에 있었으면. 절대 나를 떠나지 않았으면.

"소원 빌었어."

"초콜릿이 아직 부드러워요. 당신 입맛에 맞았으면 좋겠어요."

"얼른 맛보고 싶다, 아나스타샤."

그녀는 한 조각씩 자른 후 접시에 담아 포크와 함께 내게 건넸다.

바로 이거야.

천상의 맛. 겉의 초콜릿은 달콤하고 안의 빵은 촉촉하고 빵 사이의 크림은…… 냠냠. "너랑 결혼하기로 한 거 잘한 거 같다."

그녀는 큭큭 웃더니—안도한 것 같았다—내가 케이크를 싹싹 다 먹는 것을 지켜보았다.

우리는 벨레뷰의 부모님 집으로 향했다. 아나는 차 안에서 묵묵히 창밖만 바라보다 간간이 내게 시선을 던졌다. 에메랄드 색깔로 차려입은 그녀는 매혹적이었다.

오늘 밤엔 도로에 차들이 거의 없었다. R8이 520 다리를 따라 사납게 내달렸다. 다리를 중간쯤 지났을 때 아나가 내게 고개를 돌렸다. "오늘 오후 내 은행 계좌로 5만 달러가 더 입금됐어요."

"그런데?"

"제발 그러지……."

"아나, 넌 내 아내가 될 거야. 부탁할게. 이 문제로 싸우지 말자."

그녀는 숨을 크게 들이마시더니 잠시 입을 다물었다. 우리는 레이크 워싱턴의 분홍빛이 도는 거무스름한 물 위를 나아갔다. "알았어요." 그녀가 말했다. "고마워요."

"천만에."

나는 안도의 한숨을 내쉬었다.

거봐, 그리 힘들지 않잖아. 그렇지, 아나?

월요일에는 그녀의 학자금 대출을 처리할 생각이다.

"우리 가족 만날 준비는 됐어?" 나는 R8의 엔진을 껐다. 우리는 부모님 집 진입로에 차를 세웠다.

"네. 부모님에게 말할 거예요?"

"물론. 부모님이 어떤 반응을 보이실까 기대돼." 신이 났다. 나는 차에서 내려 그녀 쪽 차 문을 열었다. 저녁 공기가 조금 쌀쌀해 그녀는 어깨에 두른 숄을 여몄다. 나는 그녀의 손을 잡았고 우리는 현관문으로 나아갔다. 진입로에 엘리엇의 트럭을 포함해 차들이 즐비했다. 생각보다 거창한 파티가 될 것 같았다.

내가 문을 두드리기 전에 캐릭이 먼저 현관문을 열었다.

"크리스천, 어서 와라. 생일 축하한다, 아들." 아버지가 내 손을 잡더니 느닷없이 나를 포옹했다.

전에 없던 일이었다. "음…… 고맙습니다, 아버지."

"아나, 다시 만나 정말 기쁘구나." 아버지는 그녀도 다정하게 살짝 안아주었고, 우리는 아버지를 따라 집 안으로 들어갔다. 요란한 힐 소리가 나서 미아가 복도를 달려오겠거니 했지만 힐 소리의 주인공은 캐서린 캐버너였다. 그녀는 화가 난 듯 보였다.

"당신들 둘! 나랑 얘기 좀 하죠." 그녀가 툴툴거렸다.

아나는 나를 멍한 얼굴로 보았고, 나는 어깨를 으쓱거렸다. 캐버너의 불만이 뭔지 알 수 없었지만 우리는 그녀를 따라 빈 식당으로 들어갔다. 그녀는 문을 쾅 닫더니 아나에게 퍼부었다. "대체 이 쓰레기는 뭐야?" 캐버너는 씩씩거리며 종이 한 장을 아나에게 흔들어댔다. 아나가 종이를 받아 읽었다. 그녀의 얼굴이 하얗게 질렸고 그녀의 놀란 눈이 내 눈과 만났다.

무슨 일이지?

아나는 나와 캐서린 사이로 끼어들었다.

"뭔데 그래?" 내가 물었다. 불안감이 밀려왔다.

아나는 내 말을 무시하고 캐버너에게 말했다. "케이트! 너랑 아무 상관 없는 일이야." 캐서린은 아나의 반응에 깜짝 놀랐다.

대체 무슨 말을 주고받는 거지?

"아나, 무슨 일이야?"

"크리스천, 당신은 가줄래요, 네?"

"아니. 그거 보여줘." 내가 손을 내밀자 그녀가 마지못해 종이를 건넸다.

그것은 아나가 우리의 계약에 대해 보낸 답장이었다.

젠장.

"저 인간이 너에게 무슨 짓을 한 거야?" 캐서린이 나를 무시하며 물었다.

"네가 상관할 바 아니야, 케이트." 아나가 버럭했다.

"이건 어디서 났지?" 내가 물었다.

캐버너가 얼굴을 붉혔다. "어디서 났든 상관없잖아요." 내가 그녀를 계속 응시하자 그녀가 말했다. "재킷 주머니에 있었어요. 아마 당신 재킷이겠죠. 아나의 침실 문 안쪽에 걸린 재킷."

그녀가 내게 인상을 쓰며 전투태세를 갖추었다.

"누구에게 얘기했나?" 내가 물었다.

"아뇨! 당연히 안 했죠." 그녀가 딱딱거렸다. 뻔뻔하게도 모욕당한 얼굴로.

됐군. 나는 벽난로로 가서 벽난로 선반에 있는 작은 도자기 단지에서 라이터를 꺼내 종이 귀퉁이에 불을 붙인 후 그것을 떨구었다. 종이가 활활 타면서 나풀나풀 벽난로 난간 안쪽으로 떨어졌다. 두 여자는 잠자코 보기만 했다.

종이가 재로 변하자 나는 그들에게 돌아섰다.

"엘리엇에게도 말 안 했지?" 아나가 물었다.

"아무에게도." 케이트가 힘주어 말했다. 조금 어리둥절하고 상처받은 표정이었다. "난 그저 네가 괜찮은지 알고 싶었을 뿐이야, 아나." 그녀가 걱정하는 투로 말했다.

나는 두 사람의 눈을 피해 눈알을 굴렸다.

"난 괜찮아, 케이트. 사실 괜찮은 것 이상이야. 부탁해. 크리스천과 나는 잘 지내, 아주 잘 지내. 이건 지난 일이야. 부탁이니 무시해줘." 아나가 간청했다.

"무시하라고?" 캐버너가 말했다. "이걸 어떻게 무시해? 이 사람이 네게 무슨 짓을 한 거니?"

"아무 짓도 안 했어, 케이트. 정말이야, 나 괜찮아."

"정말?" 그녀가 물었다.

제발 좀 나가라.

나는 팔을 아나에게 두르고 캐서린을 빤히 응시했다. 적개심을 숨기려 했지만 뜻대로 되지는 않았다. "아나는 내 아내가 되기로 했어요, 캐서린."

"아내!" 그녀가 외쳤다. 터무니없는 소리라는 듯 눈이 커다래졌다.

"우리 결혼할 겁니다. 오늘 저녁에 약혼 발표할 거예요."

"어머!" 캐서린이 놀라 아나를 멍하니 바라보았다. "나 없이 너 혼자 지낸 그 16일 사이에 이렇게 됐단 말이야? 너무 갑작스럽잖아. 그래서 어제 그랬구나, 내가 말했을 때……." 그녀가 말을 멈췄다. "그 이메일은 지금 상황과 맞지 않는데?"

"안 맞지, 케이트. 잊어버려, 제발. 나는 이 사람 사랑하고, 이 사람도 나를 사랑해. 이러지 마. 이 사람의 파티와 우리의 밤을 망치지 말아줘." 아나가 부탁했다.

캐서린의 눈에 눈물이 차올랐다.

젠장. 이젠 울려고 하네.

"응. 말하지 않을게. 너 괜찮은 거지?"

"이보다 더 행복한 적은 없었어." 아나가 중얼거렸다. 내 가슴이 두근거렸다.

내가 아나를 감싸고 있는데도 캐서린은 아나의 손을 잡았다.

"정말 괜찮은 거지?" 그녀가 물었다. 이번에는 희망적인 목소리였다.

"그렇다니까." 아나는 행복한 목소리로 말하고 나서 어깨를 움직여 내 포옹을 풀고 캐서린을 안았다.

"오, 아나……. 그걸 읽었을 때 정말 걱정됐어. 어떻게 생각해야 할지 난감했어. 나한테 설명해줄 거지?"

"나중에. 지금 말고."

"그래. 아무에게도 말 안 할게. 널 정말 사랑해, 아나. 넌 내 친자매나 같아. 난 그걸……." 그녀가 고개를 저었다. "그걸 어떻게 생각해야 할지 몰랐어. 미안해. 네가 행복하다면 나도 행복해." 캐서린은 나를 쳐다보았다. "정말 미안해요. 방해할 생각은 아니었어요."

나는 그녀에게 고개를 끄덕였다. 아나를 정말 아끼는 것 같긴 하지만 엘리엇이 이 여자를 과연 인내할 수 있을지는 자신 못 하겠다.

"정말 미안해. 네 말이 맞아. 내가 상관할 일은 아니지." 그녀가 아나에게 속삭였다.

문을 두드리는 소리에 다들 깜짝 놀랐다. 엄마의 머리가 문 뒤에서 쑥 나타났다.

"얘, 별일 없는 거니?" 엄마가 나를 쳐다보며 물었다.

"아무 일 없어요, 그레이 부인." 캐서린이 말했다.

"괜찮아요, 어머니." 내가 대답했다.

어머니가 안심하며 안으로 들어왔다. "그럼 우리 아들 꼭 안고 생일 축하해줘야지."

어머니는 우리 모두에게 환히 웃고는 두 팔을 벌리고 기다리는 내게로 다가왔다. 나는 어머니를 꼭 안았다. "생일 축하한다, 아들. 네가 변함없이 우리 곁에 있어줘서 얼마나 기쁜지 몰라."

"엄마, 전 괜찮아요." 나는 온화한 적갈색 눈을 들여다보았다. 어머니의 눈은 모성으로 반짝였다.

"정말 잘된 일이야. 엄마는 정말 행복해." 어머니는 손으로 내 뺨을 감쌌다.

엄마. 사랑해요.

어머니가 내 포옹에서 벗어났다. "자, 젊은이들. 이제 비밀 얘기 끝났으면 갈까. 네가 정말 무사한지 보려고 많이들 몰려왔단다, 크리스천. 네 생일 축하도 할 겸."

"곧 갈게요."

어머니의 시선이 캐서린에게서 아나에게로 이동했다. 잘못된 건 아무것도 없다는 걸 알고 만족한 것 같았다. 어머니는 모두를 위해 문을 열어줄 때 아나에게 윙크했다. 아나가 내 손을 잡았다.

"크리스천, 진심으로 사과할게요." 캐서린이 말했다.

나는 그녀에게 고개를 까딱거렸고 우리는 복도로 나갔다.

"어머니가 우리 일 아세요?" 아나가 물었다.

"아셔."

"아."

아나가 눈썹을 추켜올렸다. "하. 오늘 저녁은 시작부터 흥미롭네요."

"늘 그렇지만 스틸 양, 뭐든 대수롭지 않게 넘기는 재주가 있군." 나는 그녀의 손가락 관절에 키스했고 우리는 거실로 들어갔다.

거실에 들어가자 박수 소리가 와락 터져 나왔다.

젠장. 사람들이 정말 많았다! 사람들이 왜 이리 많지? 가족들에 캐버너 가의 아들, 플린 내외. 맥까지! 바스티유. 미아의 친구 릴리와 그녀의 어머니. 로스와 그웬. 엘레나.

엘레나가 박수를 치는 와중에 살짝 거수경례를 해 내 주의를 끌었다. 어머니의 가사도우미에게 눈길이 갔다. 샴페인 잔들이 놓인 쟁반을 들고 있었다. 나는 아나의 손을 꽉 쥐고 있다가 박수 소리가 잦아들자 놓았다.

"고맙습니다, 여러분. 우선 한잔해야겠네요." 나는 샴페인 잔을 두 개 집어 하나를 아나에게 주었다.

그리고 방 안 사람들을 향해 잔을 들어 경의를 표했다. 모두들 앞으로 나왔다. 어제 사건 때문에 다들 열렬히 나를 맞이했다. 엘레나가 가장 먼저 우리에게 다가왔다. 나는 잔을 들지 않은 아나의 손을 잡았다. "크리스천, 얼마나 걱정했는지 몰라." 미처 반응할 새도 없이 엘레나가 내 양쪽 뺨에 키스했다. 아나가 손을 빼려고 했지만 나는 그녀의 손을 더 꽉 쥐었다.

"나 괜찮아요, 엘레나." 내가 대답했다.

"왜 나한테 전화 안 했어?" 그녀는 격앙된 목소리로 나와 시선을 맞추려 했다.

"바빴어요."

"내 메시지 못 받았어?"

나는 아나의 손을 놓고 그녀의 어깨에 팔을 둘렀다.

엘레나가 아나에게 빙긋 웃었다. "아나." 그녀가 살랑거렸다. "참 예쁘네요."

"엘레나. 고마워요." 아나가 과장되게 다정하면서도 꾸민 말투로 말했다.

이보다 더 어색할 수 있을까?

나는 어머니와 시선이 마주쳤다. 어머니가 인상을 쓰면서 우리 셋을 바라보고 있었다.

"엘레나, 나 발표할 게 있어서. 그럼 이만." 나는 그녀에게 말했다.

"알았어." 엘레나가 냉소가 어린 얼굴로 말했다.

나는 그녀를 무시했다. "여러분." 나는 외치고 나서 웅성거리는 말소리가 잦아들 때까지 기다렸다. 모두 주목하자 숨을 한껏 들이마셨다. "오늘 와주셔서 고맙습니다. 조용한 가족 모임을 기대했는데, 즐거운 깜짝 파티가 됐네요." 나는 미아에게 뾰족한 시선을 던졌다. 미아가 내게 손을 흔들었다. "로스와 나는……." 나는 로스와 그웬에게 고개를 끄덕였다. "어제 사고로 큰일을 당할 뻔했습니다." 로스가 내게 잔을 들어 보였다. "그래서 오늘 이 자리에서 대단히 기쁜 소식을 여러분과 나눌 수 있게 돼 무척 기쁩니다. 이 아름다운 여성……." 나는 옆에 있는 내 여자를 내려다보았다. "아나스타샤 로즈 스틸 양이 제 아내가 되기로 했습니다. 여러분에게 처음으로 알려드립니다."

내 발표에 몇몇은 숨을 컥 들이켰고, 한 명은 환호성을 올렸다. 곧 일제히 박수가 터져 나왔다. 나는 아나에게 몸을 돌렸다. 얼굴이 빨개진 아름다운 그녀의 턱을 들고 점잖게 입을 맞추었다. "넌 곧 내 것이 될 거야."

"이미 당신 거예요."

"법적으로." 나는 입 모양으로 그녀에게 말하면서 짓궂은 미소를 지었다.

그녀가 큭큭 웃었다.

어머니와 아버지가 가장 먼저 축하를 해주었다.

"우리 아들. 네가 이리 행복해하는 건 처음 본다." 엄마가 내 뺨에 키스하더니 눈물을 훔치고 나서 아나에게 말을 쏟아냈다.

"아들아, 네가 정말 자랑스럽구나." 캐릭이 말했다.

"고마워요, 아버지."

"아나는 사랑스러운 애야."

"알아요."

"반지는 어디 있어요?" 미아가 아나를 포옹하며 외쳤다.

아나는 놀란 눈으로 나를 보았다.

"둘이 같이 고를 거야." 나는 누이동생을 흘겨보았다. 얘는 정말이지 가끔씩 사람 속을 뒤집어놓는다.

"아, 그런 눈으로 좀 보지 마, 오빠!" 미아는 툴툴대더니 내게 두 팔을 감았다. "오빠가 결혼해서 내가 얼마나 신이 나는데.

언제 결혼할 거야? 날짜는 잡았어?"

"몰라. 아직 안 잡았어. 아나와 상의해봐야지."

"여기서 성대하게 식 올리면 좋겠다!" 미아가 정신없이 몰아붙였다.

"내일 라스베이거스로 날아갈지도 몰라."

내 말에 미아는 토라진 것처럼 보였지만 다행히 엘리엇 형이 나를 덥석 안으며 구해주었다.

"잘했어, 동생." 형이 내 등을 세게 탁 쳤다.

엘리엇은 아나에게 돌아섰고, 이번에는 바스티유가 내 등을 쳤다. 더 세게.

"고마워, 클로드."

"그럼 약혼녀 훈련은 언제 시작할까요? 약혼녀분이 사장님 엉덩이를 걷어차는 생각만 해도 희망과 기쁨이 새록새록 솟는 데요."

릴리의 엄마 애슐리는 내게 축하 인사를 건넸지만 조금 쌀쌀맞았다. 릴리와 릴리의 모친이 이제 그만 내 약혼녀에게서 손 떼기를 바랐다.

내가 미아에게서 아나를 구출했을 때 플린 박사와 그의 아내가 다가왔다. "크리스천." 플린이 손을 내밀었고 우리는 악수했다.

"존. 리안." 나는 그의 아내에게 입을 맞추었다.

"당신이 우리 곁에 있다니 참 다행입니다. 크리스천." 플린이 말했다. "당신이 없으면 내 인생은 무료할 거예요. 쪼들리는 건 말할 것도 없고."

"존!" 리안이 나무라는 바람에 나는 그녀를 아나스타샤에게 소개했다.

"드디어 크리스천의 마음을 사로잡은 여성을 만나게 됐군요. 정말 기뻐요." 리안이 아나에게 따뜻하게 말했다.

"고맙습니다." 아나가 대답했다.

"그날 구글리(크리켓에서 투수가 스핀을 주어 던지는 속임수 투구-옮긴이)로 결국 득점을 올렸군요, 크리스천." 플린이 즐거워하면서도 못 믿겠다는 듯 고개를 절레절레 저었다.

뭐?

"존, 크리켓 용어 그만해요." 리안이 핀잔을 주고는 내게 생일 축하의 말을 건넸다. 그리고 우리에게 결혼을 축하한다고 말했다. 곧 리안과 아나는 즐거운 대화에 푹 빠져들었다.

"엄청난 발표였어요, 참석한 청중을 고려하면 말이죠." 플린이 말했다. 엘레나를 뜻하는 말이 분명했다.

"네, 그 여자는 꿈에도 몰랐을 테니까." 내가 대답했다.

"그 얘긴 나중에 하기로 하죠."

"레일라는 좀 어떻습니까?"

"좋아졌어요, 크리스천. 치료 경과가 좋아요. 2주 후에는 외래진료로 바꿀까 생각 중입니다."

"그거 다행이네요."

"우리 병원 미술 치료에 흥미를 보이고 있어요."

"그래요? 레일라는 예전에 그림을 그린 적 있어요."

"그녀도 그렇게 말하더군요. 미술 수업이 큰 도움이 될 것 같아요."

"잘됐군요. 식사는 좀 합니까?"

"네. 식욕이 좋아요."

"됐군요. 나 대신 그녀에게 뭘 좀 물어봐주세요."

"뭐죠?"

"내 금고에 있던 사진을 다른 곳으로 옮긴 적 있는지."

"아하. 알겠습니다. 제가 물어보죠."

"그녀가 그랬을까요?"

"레일라가 얼마나 짓궂은지 잘 알잖아요. 아마 아나의 마음을 흔들려는 심산이었겠죠."

"그렇다면 효과가 있었어요."

"그것도 나중에 얘기하죠."

우리는 로스와 그웬에게 갔고 나는 아나를 소개했다.

"마침내 만났네요, 아나. 만나서 반가워요." 로스가 말했다.

"고마워요. 큰 고초를 겪었는데 좀 어떠세요?"

로스는 고개를 끄덕였고, 그웬은 로스에게 팔을 둘렀다. "참 대단했어요." 로스가 말했다. "크리스천이 헬기를 무사히 착륙시킨 건 정말 기적이었죠. 훌륭한 파일럿이에요."

"운이 좋았어요. 내 집, 내 여자에게로 돌아가고 싶은 마음뿐이라." 내가 대꾸했다.

"왜 아니겠습니까. 약혼녀분을 만나본 사람이라면 아무도 당신을 나무라지 못할 겁니다." 그웬이 말했다.

어머니가 부엌에 만찬이 마련됐다고 알렸다.

나는 아나의 손을 잡아 꽉 쥐었다가 풀면서 그녀가 잘 견디고 있는지 확인했다. 우리는 손님들을 따라 부엌으로 향했다. 복도에서 미아가 칵테일 잔을 두 개 든 채 아나를 습격했다. 뭔가 꿍꿍이가 있는 게 분명했다.

아나는 겁먹은 눈초리로 나를 슬쩍 보았지만 나는 그녀를 놓아주고 두 사람이 부엌에 딸린 방으로 들어가는 것을 바라보았다. 미아는 안으로 들어가서 문을 닫았다.

부엌에서 맥이 내게 다가와 축하 인사를 건넸다.

"맥, 크리스천이라고 불러요. 당신은 내 약혼 파티에 초대된 사람이에요."

"추락 사고 얘기 들었어요." 나는 그에게 끔찍한 사고를 상세히 말해주었고 그는 내 말을 경청했다.

어머니는 모로코 요리를 위주로 성찬을 차려두었다. 나는 접시에 음식을 담으며 맥과 그레이스 호에 대한 환담을 나누었다.

양고기 타진을 두 번째 덜어 먹고 있을 때 문득 아나와 미아가 무얼 하고 있을까 궁금해졌다. 아나를 구해주기로 하고 방문에 다가갔을 때 안에서 그녀의 고함이 들렸다. "당신이 뭔데 감히 내 처지에 대해 이러쿵저러쿵하는 거예요!"

젠장. 무슨 일이지?

"언제쯤 정신 차릴 거예요? 주제넘게 끼어들 일이 아니라니까!" 아나가 격분했다.

나는 문을 열려고 했지만 누군가가 앞을 가로막고 있었다. 그 사람이 비키고 문이 활짝 열렸다. 아나는 분노로 덜덜 떨고 있었다. 벌겋게 달아오른 얼굴로. 분해서 몸을 부들부들 떨었다. 그 앞에 엘레나가 젖은 꼴로 서 있었는데, 아나의 음료수를 뒤집어쓴 것 같았다. 나는 문을 닫고 두 사람 사이에 끼어들었다.

"지금 이게 뭐 하는 짓거리죠, 엘레나?" 내가 쏘아붙였다.

내 여자 건드리지 말라고 내가 말했을 텐데.

그녀가 손등으로 얼굴을 닦았다. "이 여자는 네게 어울리지 않아, 크리스천."

"뭐라고?" 내가 고함을 질렀다. 내 목소리가 하도 커서 아나마저 놀란 것 같았고 엘레나는 펄쩍 뛰었다. 나는 눈 하나 깜빡하지 않았다.

이 여자에게 이미 경고했다. 그것도 여러 번.

"내게 뭐가 어울리는지, 젠장, 당신이 뭘 알지?"

"네겐 욕구가 있어, 크리스천." 엘레나는 더 누그러진 목소리로 말했다. 나를 달래려는 것 같았다.

"이미 말했어, 당신이 이러쿵저러쿵 상관할 일이 아니라고!" 나도 모르는 격렬함이 분출됐다. "대체 왜 이러는 거야?" 나는 엘레나에게 인상을 썼다. "그게 당신이라고 생각하는 거야? 당신이? 나한테 어울리는 사람이 당신이라고 생각하냐고!"

엘레나의 표정은 냉혹했고 눈은 번뜩였다. 그녀가 똑바로 몸을 세우더니 내게 다가왔다. "나는 너에게 일생일대의 행운이었어." 그녀가 씩씩거리며 오만함을 발산했다. "지금의 너를 봐. 미국에서 가장 부유하고 가장 성공적인 사업가 중 한 명이야. 자제력과 추진력을 갖췄지. 뭐가 더 필요할까. 넌 네 우주의 주인이야."

그 말을 하려는군.

제기랄.

나는 물러섰다. 역겨웠다.

"너도 좋아했잖아, 크리스천. 너 자신을 속이려 하지 마. 자기 파멸의 길을 가던 널 내가 구했어. 철창 안에서 평생 썩게 될 널 내가 구했다고. 내 말 들어, 자기야. 내가 아니었으면 넌 그렇게 끝장났을 거야. 지금 네가 아는 것, 지금 네게 필요한 것 모두 내가 너에게 가르쳤어."

난생처음 느껴보는 분노가 치솟았다. "당신이 나한테 가르친 건 섹스야, 엘레나. 하지만 그건 공허했어, 당신처럼. 링컨이 떠난 것도 무리는 아니지."

그녀가 충격을 받아 숨을 들이켰다.

"당신은 날 한 번도 안아준 적 없었어. 한 번도 날 사랑한다고 말한 적도 없었어." 그녀의 연파란색 눈이 가늘어졌다. "사랑은 바보나 하는 짓이야, 크리스천."

"내 집에서 나가!" 어머니가 냉혹하고 격노한 목소리로 명령했다.

우리 셋이 펄쩍 놀라 돌아보니 어머니가 복수의 화신처럼 문간에 서 있었다. 엘레나에게 꽂힌 어머니의 시선에 살기가 돌았다. 엘레나를 그대로 불태워 바닥에 한 줌의 재로 만들어버릴 것처럼.

나는 시선을 엘레나에게 돌렸다. 그녀는 얼굴에 핏기가 하나도 없었다. 자신을 향해 성큼성큼 다가오는 어머니를 빤히 바라볼 뿐, 내 어머니의 서슬이 퍼런 시선 앞에서 움직이거나 말할 기운이 없는 것 같았다. 어머니가 엘레나의 뺨을 대차게 후려치는 바람에 모두들 기겁했다. 그 소리가 벽에 울려 퍼졌다. "내 아들한테서 그 추잡한 손 치워, 이 매춘부야. 내 집에서 나가, 당장!" 어머니가 이를 악물고 쏘아붙였다.

돌겠네. 엄마!

엘레나는 뺨을 부여잡고 충격에 휩싸였다. 눈을 파르르 떨며 어머니를 가만히 보다 돌아서서 방을 뛰쳐나갔다. 문을 닫지도 않고.

어머니는 내게 돌아섰다. 나는 감히 눈을 피할 수 없었다.

"아나, 내 아들을 넘겨주기 전에 1, 2분쯤 내 아들과 단둘이 있어도 괜찮죠?" 그것은 부탁이 아니었다.

"그럼요." 아나가 조용히 말한 후 방을 나가 문을 닫았다.

어머니는 아무 말 없이 나를 노려보았다. 생전 처음 보는 사람 대하듯 낯선 눈빛으로.

낳지는 않았지만 본인이 기른 괴물을 바라보듯.

제길.

큰일 났다. 머리카락이 쭈뼛 서고 얼굴에서 핏기가 사라졌다.

"얼마나 된 거니, 크리스천?" 어머니가 나직하게 물었다. 폭풍 전야의 고요함을 닮은 투로.

어디서부터 들은 걸까?

"몇 년 됐어요." 나는 중얼거렸다. 어머니가 아는 건 싫었다. 어머니에게 말하고 싶지 않았다. 어머니에게 상처 주고 싶지 않았는데 결국 상처 주게 될 것 같았다. 열다섯 살 때부터 줄곧 예감했던 일이 현실이 됐다.

"너 몇 살 때?"

나는 마른침을 꿀꺽 삼켰고 내 심장박동은 경주차의 엔진처럼 펄떡였다. 살얼음을 걷는 것 같았다. 엘레나를 곤경에 처하게 해선 안 된다. 나는 엄마의 얼굴을 살피며 엄마가 어떻게 반응할지 가늠했다. 거짓말을 해야 할까? 엄마에게 거짓말을 할 수 있을까? 엘레나를 만나고 올 때마다 친구와 공부했다고 매번 엄마에게 거짓말을 했다는 사실이 마음 저편에서 꿈틀댔다.

엄마의 눈이 나를 파고들었다. "말해. 네가 몇 살 때 시작된 거야?" 어머니가 이를 악물고 물었다. 이제껏 거의 들은 적 없는 목소리였다. 나는 막다른 골목에 몰렸다. 어머니는 대답을 들을 때까지 절대 멈추지 않을 것이다.

"열여섯 살 때." 내가 중얼거렸다.

어머니가 실눈을 뜨더니 고개를 한쪽으로 기울였다.

"다시 말해봐라." 차갑고도 나직한 목소리였다.

환장하겠네. 대체 엄마가 어떻게 안 거지?

"크리스천." 어머니가 경고하며 재촉했다.

"열다섯 살 때."

어머니가 비수에 찔린 듯 눈을 감더니 한 손으로 입을 막고 터지는 울음을 틀어막았다. 어머니가 눈을 떴을 때 눈에는 고통과 흘러내리기 직전의 눈물이 가득했다.

"엄마……." 나는 그 고통을 없애고 싶어 무슨 말이든 하려고 입을 열었다. 어머니 쪽으로 다가갔지만 어머니는 손을 치켜들어 나를 제지했다.

"크리스천. 지금은 너한테 너무 화가 나. 더 가까이 오지 말아라."

"어떻게 아신 거예요? 방금 내가 거짓말한 거?" 내가 물었다.

"하느님 맙소사, 크리스천……. 난 네 엄마야." 어머니가 쏘아붙였다. 눈물방울이 어머니의 뺨을 흘러내렸다.

얼굴이 화끈거렸다. 바보가 된 것 같으면서도 살짝 불쾌한 기분이 들었다. 어머니만이 내 기분을 이렇게 만들 수 있다. 내 엄마만이. 아니도.

거짓말하는 편이 더 나을 줄 알고 그런 건데.

"그래, 부끄러운 얼굴이로구나. 얼마나 오래 지속된 거니? 얼마나 우리에게 거짓말을 한 거야, 크리스천?"

나는 어깨를 으쓱거렸다. 어머니에게 알리고 싶지 않았다.

"말해!" 어머니가 다그쳤다.

"몇 년 정도."

"몇 년! 몇 년!" 어머니가 소리치는 바람에 나는 움츠러들었다. 여간해선 고함을 지르지 않는 분인데.

"믿을 수가 없어. 그 나쁜 년."

나는 숨을 들이켰다. 어머니가 욕하는 것은 들어본 적이 없었다. 한 번도. 충격이었다.

어머니는 돌아서서 창가로 갔다. 나는 우두커니 서 있었다. 무력하게. 말문이 막혔다.

어머니가 방금 욕을 했다.

"그럼 그 여자가 여기 올 때마다⋯⋯." 어머니가 신음하고는 두 손으로 얼굴을 가렸다. 더 이상 서 있을 수만은 없어서 어머니에게 다가가 어깨에 팔을 둘렀다. 어머니를 안았지만 느낌이 낯설었다. 어머니를 품에 안자 어머니가 조용히 눈물을 쏟기 시작했다.

"이번 주에 죽다 살아오더니 이젠 이런 일까지⋯⋯." 어머니가 흐느꼈다.

"엄마⋯⋯. 엄마가 생각하는 그런 거 아니에요."

"어림없어, 크리스천. 네 말 다 들었어. 네가 하는 말 들었다고. 그 여자가 네게 섹스를 가르쳐줬다는 말."

어머니가 절대 입에 담지 않는 말을 또 하시네!

나는 주춤했다. 어머니답지 않았다. 어머니는 욕을 입에 담을 줄 모르는 분이다. 내가 이렇게 만들었다는 사실에 굴욕감이 들었다. 어머니에게 상처를 줬다는 생각에 몹시 괴로웠다. 어머니를 상처 주고 싶었던 적은 한 번도 없었다. 어머니는 나를 구해준 사람이다. 별안간 치욕감과 후회가 걷잡을 수 없이 밀어닥쳤다.

"너 열다섯 살 때 네게 어떤 일이 일어났다는 건 알고 있었어. 그 여자가 원인이었구나, 그렇지? 그때 네가 갑자기 차분해지고 마음을 잡기 시작한 게 그 여자 때문이었어? 아, 크리스천. 그 여자가 네게 무슨 짓을 한 거니?"

엄마! 왜 이리 과민반응을 하시지? 엘레나가 내게 통제력을 길러주었다고 말해버릴까? 자세한 방법까지는 말할 필요 없겠지. "네." 내가 중얼거렸다.

어머니가 다시 신음했다. "아, 크리스천. 엄마는 여러 밤 그 여자랑 술잔을 기울였었어. 내 속을 다 털어놨단 말이다. 그 생각을 하면……."

"그 여자와 내 관계는 엄마의 우정과 아무 상관 없어요."

"그런 헛소리는 그만둬, 크리스천! 그 여자는 내 신뢰를 더럽히고 이용했어. 내 아들을 더럽히고 이용했어!" 어머니의 목소리가 갈라졌다. 어머니는 다시 두 손에 얼굴을 묻었다.

"엄마……. 나 그렇게 느껴본 적 없어요."

어머니는 물러나더니 내 머리를 때렸고, 나는 목을 움츠렸다.

"말문이 막히는구나, 크리스천. 말문이 막혀. 대체 내가 뭘 잘못한 거니?"

"엄마, 엄마 탓이 아니에요."

"어쩌다가? 어디서부터 꼬인 걸까?" 어머니가 손을 쳐들고 얼른 말했다. "알고 싶지 않아. 네 아버지는 뭐라고 할까?"

망할.

캐릭은 길길이 날뛸 것이다.

순간 나는 열다섯 살 소년으로 돌아갔다. 책임감과 적절한 행동에 관한 무시무시한 장광설. 맙소사, 그것만은 피하고 싶었다.

"그래, 그이는 불같이 화를 낼 거야." 어머니가 끼어들어 내 표정을 정확히 대변했다. "우리도 알고 있었어, 분명 무슨 일이 있는 거라고. 네가 하룻밤 사이에 바뀌었으니까……. 그런데 이제 보니 내 친한 친구와 잠자리를 한 것이 그 원인이었어."

바닥 밑으로 꺼지고 싶다.

"엄마……. 그런 일이 있긴 했지만 모두 지난 일이에요. 그 여자는 내게 아무런 해도 끼치지 않았어요."

"크리스천, 네가 한 말 다 들었어. 그 여자의 냉담한 대답도.
그렇다면 그게……." 어머니는 다시 두 손으로 얼굴을 가렸다.
별안간 어머니의 눈이 내 눈으로 날아오더니 공포에 질려 동그
래졌다.

젠장. 또 뭐지?

"안 돼!" 어머니가 숨을 몰아쉬었다.

"뭐예요?"

"아, 안 돼. 사실이 아니라고 해다오. 만약 그게 사실이면……
네 아버지의 오래된 권총을 가져와서 그년을 쏴버릴 거야."

엄마!

"뭐냐고요?"

"엘레나의 취향은 별스럽단 말이다, 크리스천."

순간 눈앞이 캄캄해졌다. 오늘 저녁에만 벌써 두 번째다. 제
길. 이건 정말 어머니가 알아선 안 되는데.

"그냥 섹스였어요, 엄마." 나는 재빨리 중얼거렸다. 이쯤에서
그만 봉합하자. 어머니에게 내 삶의 그런 측면까지 노출할 순
없다.

어머니는 실눈을 뜨고 나를 보았다. "추악한 것들을 일일이
알고 싶진 않아, 크리스천. 이건…… 지저분하고, 더럽고, 추잡
해. 대체 어떤 여자가 열다섯 살짜리한테 그런 짓을 한단 말이
냐? 역겨워. 그 여자랑 흉금을 터놓고 지낸 생각을 하면. 앞으
로 그 여자는 두 번 다시 이 집에 얼씬도 못 할 줄 알아라." 어머
니는 단호하게 입을 꾹 다물었다. "너도 그 여자랑 연락 딱 끊
어."

"엄마, 그게……. 엘레나랑 나는 대단히 잘나가는 사업체를

함께 운영하고 있어요."

"안 돼, 크리스천……. 엄마 진지해. 안 그러면 엄마가 경찰에 신고할 거야."

나는 창백해졌다. "그러지 마세요."

"그럴 거야. 그땐 막지 못했지만, 지금은 할 수 있어."

"엄마, 지금은 화가 너무 나서 그런 거예요. 화가 날 만도 하고요……. 하지만 엄마, 이건 너무 지나쳐요."

"내가 너무 지나치다는 말은 하지도 마!" 어머니가 소리쳤다. "방황하는 미성숙한 아이를 더럽히고 이용하는 사람과는 그 어떤 관계도 맺어선 안 돼! 그 여자, 건강한지도 장담 못 해." 어머니가 나를 노려보았다.

"알았어요." 나는 방어적으로 두 손을 치켜들었다. 어머니는 마음을 가라앉히는 것 같았다.

"아나도 아니?"

"네, 알아요."

"됐어. 비밀을 안고 결혼 생활을 시작해선 안 돼." 어머니는 개인적 경험에서 우러난 생각인 듯 얼굴을 찌푸렸다. 나는 무슨 일일까 언뜻 궁금했지만, 어머니는 마음을 추슬렀다.

"그 애가 엘레나를 어떻게 생각하는지 들어보고 싶구나."

"아나는 어머니와 같은 입장이에요."

"현명한 애로구나. 그래도 네가 그 애와 난관을 헤쳐나간 셈이니 다행이야. 그 나이치고는 정신이 똑바로 박힌 애야. 너와 함께 행복을 누릴 만해."

내 표정이 부드러워졌다.

맞다. 아나는 내 예상을 깨고 나를 더 행복하게 만들어주었다.

"엘레나와는 완전히 끝내야 해. 모든 인연을 끊어. 알겠니?"

"네, 엄마. 아나스타샤에게 결혼 선물로 그걸 줘야겠어요."

"뭐? 제정신이니? 다른 걸 생각해봐라! 낭만이라고는 눈곱만큼도 없구나, 크리스천." 어머니가 꾸짖었다.

"난 아나가 좋아할 줄 알고."

"참 나, 남자들이란! 가끔은 뭘 몰라도 한참 모른다니까."

"아나에게 뭘 줘야 할까요?"

"아, 크리스천." 어머니가 한숨을 쉬고는 희미한 미소를 지었다. "너 한마디도 납득이 안 되지, 응? 내가 왜 화가 난 건지 알겠니?"

"물론 알죠."

"그럼 말해봐."

나는 어머니를 보며 한숨을 쉬었다. "모르겠어요, 엄마. 이제야 알아서? 그 여자가 엄마 친구라서?"

어머니는 손을 올려 내 머리카락을 쓰다듬었다. 내가 꼬마일 때 그랬던 것처럼. 머리카락은 어머니가 내 몸 중 유일하게 만졌던 곳이다. 내가 거기에만 엄마의 손길을 허락했으니까.

"그렇기도 하지만 무엇보다 그 여자가 널 더럽히고 이용했기 때문이야. 넌 사랑을 받을 자격이 충분한데. 넌 정말 사랑스러운 사람이야. 항상 그랬단다."

내 눈시울이 뜨거워졌다.

"엄마."

어머니가 팔을 내게 둘렀다. 이제는 차분했다. 나는 어머니를 포옹했다.

"그만 가서 예비 신부를 찾아봐. 나는 네 아버지에게 가서 파티가 끝났다고 알릴 테니. 네 아버지도 너랑 얘기하고 싶어 할 거야."

"엄마, 제발. 꼭 아버지에게 얘기해야겠어요?"

"물론이지, 크리스천, 말해야 해. 그이가 널 눈물 쏙 빠지게 혼내줬으면 좋겠어."

난 죽었다.

"엄마, 너한테 아직 화났어. 그 여자한테 더 화가 나지만." 어머니의 얼굴에는 웃음기가 하나도 없었다. 어머니가 이렇게 무서운 사람일 줄은 상상도 못 했다.

"알았어요." 내가 중얼거렸다.

"가봐. 어서 가봐. 네 여자를 찾아봐." 어머니는 나를 놓아주고 물러나 번진 화장을 지우려고 눈 밑을 문질렀다. 어머니는 아름다워 보였다. 이 멋진 여성은 나를 진정으로 사랑한다. 내가 이 여성을 진정으로 사랑하듯.

나는 숨을 크게 들이켰다. "엄마에게 상처를 줄 생각은 없었어요."

"알아. 가."

나는 고개를 숙여 어머니의 이마에 살짝 키스했다. 어머니가 깜짝 놀랐다.

나는 방에서 나와 아나를 찾으러 갔다.

젠장. 한참 애먹었다.

아나는 부엌에 없었다.

"어이, 동생, 맥주 한잔?" 엘리엇이 물었다.

"이따가. 아나부터 찾고."

"정신이 번쩍 들어 도망친 건 아니겠지?"

"시끄러, 렐리엇."

그녀는 응접실에도 없었다.

그녀는 떠나지 않을 것이다. 떠나려나?

내 방? 나는 계단을 뛰어올랐다. 층계참을 지난 후 다시 계단을 올랐다. 그녀가 위층 계단 옆에 서 있었다. 나는 꼭대기 계단에 도달해 걸음을 멈추었다. 우리의 눈이 마주쳤다.

"안녕."

"안녕." 그녀가 대답했다.

"걱정했어, 혹시……."

"알아요." 그녀가 말을 끊었다. "미안해요. 파티에 참석할 기분이 아니어서. 잠깐 자리를 피해 있고 싶었어요. 생각 좀 하려고." 그녀가 내 얼굴을 어루만졌고, 나는 뺨을 그녀의 손에 비볐다.

"내 방에서 생각을 하려 했다고?"

"그래요."

나는 계단을 올라가 그녀 옆에 서서 손을 내밀었다. 우리는 손을 잡았다. 그녀에게서 향기가 났다……. 그것이 내 마음을 달래주었다. "그런 일 겪게 해서 미안해."

"당신 잘못이 아닌걸요, 크리스천. 그 여자가 왜 여기 왔던 거예요?"

"집안 친구니까."

"이젠 아니겠죠. 어머니는 좀 어떠세요?"

"나한테 완전히 뚜껑 열렸지, 뭐. 네가 여기 있어줘서 정말 다행이야. 파티가 한창인 것도 다행이고. 그렇지 않았으면 난 이미 저세상 사람이었을 거야."

"그 정도로 심각한 거예요?"

완전히 과민반응이지.

"어머니 탓을 할 수 있을까요?" 아나가 물었다.

나는 잠시 생각에 잠겼다. 어머니의 입장에선 가장 친한 친구가 아들과 섹스를 한 사건이다.

"아니."

"우리 앉을까요?"

"그래. 여기에?"

아나가 고개를 끄덕였고 우리는 함께 꼭대기 계단에 앉았다.

"기분이 좀 어때요?" 그녀가 물었다.

나는 한숨을 쉬었다.

"해방된 기분이야." 나는 어깨를 으쓱거렸다. 사실이었다. 짐을 내려놓은 기분이다. 엘레나가 무슨 생각을 하든 이젠 아무래도 좋았다.

"정말요?"

"우리의 사업 관계는 끝났어. 종료."

"미용 사업을 청산하려고요?"

"그렇게 복수할 생각은 없어, 아나스타샤. 전혀. 그 여자에게 선물로 주려고. 월요일에 변호사와 상의할 거야. 난 그 여자에게 그 정도 빚은 졌어."

그녀가 묻는 듯한 눈빛으로 나를 보았다. "이제 로빈슨 부인은 없는 건가요?"

"사라졌어."

아나는 생긋 웃었다. "당신이 친구를 잃게 된 건 유감이네요."

"진심이야?"

"아뇨." 그녀가 코웃음을 쳤다.

"가자." 나는 일어서서 손을 내밀었다. "우리가 주인공이니까 파티에 참석해야지. 흥청망청 확 취해버릴까봐."

"당신도 취해요?"

"망나니 10대 시절 이후론 그런 적 없어." 우리는 계단을 내려갔다. "뭐 좀 먹었어?"

아나는 찔리는 표정을 지었다. "아뇨."

"뭐 먹어야지. 엘레나의 몰골과 그 냄새로 봐서는 네가 아버지의 특제 칵테일을 끼얹은 모양이던데."

"크리스천, 난……."

나는 한 손을 쳐들었다. "싸우지 말자, 아나스타샤. 술을 마시든 내 옛 애인에게 끼얹든 밥부터 먹고 해. 제1 규칙이잖아. 이건 첫날밤을 보낸 후 같이 논의한 얘기야."

히스먼 호텔 침대에 누워 잠든 그녀의 모습이 떠올랐다. 우리는 복도에서 걸음을 멈추었다. 나는 그녀의 얼굴을 어루만졌다. 내 손가락이 그녀의 턱을 쓸었다. "네 옆에 누워 네가 자는 걸 몇 시간 동안 보고 있었어." 내가 중얼거렸다. "그때부터 너를 사랑했는지도 몰라."

나는 몸을 숙여 그녀에게 키스했고, 그녀는 내게 몸을 붙였다.

"먹자." 나는 부엌 쪽으로 손짓했다.

"좋아요." 그녀가 말했다.

나는 플린 박사 내외에게 작별 인사를 한 후 문을 닫았다.

드디어. 이제 아나와 단둘이 있을 수 있다. 가족들만 남았다. 어머니는 술을 잔뜩 마시고 미아, 캐서린과 함께 노래방 기계로 〈극복할 수 있어〉를 엉망진창으로 열창하는 중이었다.

"어머니 탓을 할 수 있겠어요?" 아나가 물었다.

나는 실눈을 떴다. "지금 나 비웃는 거지, 스틸 양?"

"맞아요."

"대단한 하루였어."

"크리스천, 최근 들어 당신과 보낸 날들은 하루하루가 다 대단했어요."

"좋은 지적이야, 스틸 양. 가자. 보여줄 게 있어." 나는 그녀를 데리고 복도를 지나 부엌으로 들어갔다.

캐릭과 엘리엇, 이든 캐버너가 마리너스에 관해 옥신각신했다.

"산책 나가?" 우리가 전면 유리문 쪽으로 향할 때 엘리엇이 놀렸다. 나는 형에게 가운뎃손가락을 들어 보이고 무시해버렸다.

밖은 온화한 밤이었다. 나는 아나를 데리고 돌계단을 올라 잔디밭으로 나갔다. 그녀는 신발을 벗고 잠시 경치를 감상했다. 반달이 메이든바우어 베이 위에 높이 떠올라 수면을 가로지른 환한 은빛 길을 은은히 비추었다. 그 뒤로 시애틀의 환한 불빛들이 배경처럼 반짝거렸다.

우리는 손을 맞잡고 보트하우스로 걸어갔다. 보트하우스 안팎으로 불이 켜져 있었는데, 그 불빛들이 손짓하며 우리를 인도했다.

"크리스천, 나 내일 교회에 가고 싶어요."

"응?"

내가 마지막으로 교회에 간 게 언제였더라? 아나의 신상 정보를 소환했다. 그녀의 종교가 기억나지 않았다.

"당신이 살아서 돌아오게 해달라고 기도했는데, 그대로 됐잖아요. 그래서 그 정도는 하고 싶어요."

"그래." 나도 아나와 같이 가볼까.

"호세가 찍은 내 사진은 어디에 걸 생각이에요?"

"새집에 걸까 생각했어."

"그 집 샀어요?"

나는 걸음을 멈췄다. "응. 네가 좋아하는 줄 알고."

"좋아요. 언제 샀어요?"

"어제 아침. 이제 그 집을 어떡할지 결정해야 해."

"부수지 말아요, 제발. 정말 아름다운 집이에요. 그저 사랑과 관심으로 보살펴주기만 하면 돼요."

"알았어. 엘리엇에게 얘기해볼게. 형이 좋은 건축가를 알거든. 아스펜의 내 집을 손본 여자 건축가가 있어. 형이 직접 리모델링을 할 수도 있고."

아나가 미소를 짓더니 큭큭 웃었다.

"왜?" 내가 물었다.

"저번에 당신이 나를 보트하우스로 데려갔던 때가 기억나서요."

아, 그때가 기억났다. "아, 그거 재미있었지. 있잖아, 사실은……." 나는 멈춰 서서 그녀를 어깨에 둘러멨고, 그녀가 비명을 내질렀다.

"그땐 당신이 진짜 화났을 때였잖아요. 내 기억이 맞다면." 아나가 내 어깨 위에서 몸을 비틀면서 말했다.

"아나스타샤, 내가 화내면 진짜 화난 거야."

"아니, 그렇지 않아요."

나는 그녀의 엉덩이를 찰싹 때리고는 보트하우스 문간에 도달해 그녀를 내려놓고 그녀의 손을 잡았다. "그래, 더 이상은 아니지." 내 입술과 혀가 그녀의 입술과 혀를 찾았다. 나는 내 안의 모든 근심을 열렬한 키스에 쏟아냈다. 내가 놓아주었을 때 그녀는 가쁜 숨을 몰아쉬었다.

내 예상대로 그녀가 좋아해줘야 할 텐데. 그녀가 좋아해주었으면. 아나는 세상을 가질 자격이 있다. 그녀는 조금 설레는 표정으로 내 얼굴을 쓰다듬었다. 그녀의 손가락이 내 뺨을 쓸어내려 옆 턱으로, 턱 중앙으로 움직였다. 그녀의 집게손가락이 내 입술 위에서 멈추었다.

공연을 시작해, 그레이.

"이 안에 네게 보여줄 게 있어." 나는 문을 열었다. "가자." 나는 그녀의 손을 잡고 계단 꼭대기로 올라갔다. 위층 문을 열면서 안을 슬쩍 보니 정말 근사했다. 나는 옆으로 비켜서서 아나를 먼저 들여보내고 뒤따라 방 안으로 들어갔다.

그녀는 눈앞의 광경에 놀라 숨을 들이켰다.

플로리스트가 솜씨를 제대로 발휘해놓았다. 야생화가 사방에 가득했다. 분홍색 꽃, 흰 꽃, 파란 꽃. 요정의 불빛처럼 작고 은은한 분홍빛 등불들이 빛나고 있었다.

좋았어. 이 정도면 됐어.

아나는 말문이 막혀 멍하니 있다가 휙 돌아 입을 딱 벌리고 나를 보았다.

"마음과 꽃을 원한다며."

그녀는 믿기지 않는다는 듯 나를 바라보았다.

"넌 내 마음을 가졌어." 그리고 방 안을 휙 가리켰다.

"꽃도 여기 있고요." 그녀가 중얼거렸다. "크리스천, 아주 예뻐요." 잠긴 목소리였다. 눈물을 터뜨릴 것 같았다.

나는 용기를 끌어모아 그녀를 방 안쪽으로 이끌었다. 꽃밭 한가운데서 한쪽 무릎을 꿇었다. 아나가 숨을 들이켰다. 그녀의 두 손이 입가로 날아갔다. 나는 재킷 안주머니에서 반지를 꺼내 그녀에게 내밀었다.

"아나스타샤 스틸. 널 사랑해. 남은 평생 널 사랑하고 아끼고 보호해주고 싶어. 내 것이 되어줘. 언제까지나. 나와 삶을 함께 해줘. 결혼해줘."

그녀는 내 일생의 사랑이다.

오직 아나만이.

눈물방울들이 그녀의 얼굴에 뚝뚝 떨어지기 시작했지만, 그녀의 미소가 달과 별들, 태양, 이 보트하우스 안의 모든 꽃들을 뒤덮어버렸다.

"좋아요."

나는 그녀의 손을 잡고 손가락에 반지를 끼웠다. 딱 맞았다.

그녀는 신기한 눈으로 그것을 내려다보았다. "아, 크리스천." 그녀가 울음을 터뜨리며 주저앉아 내 품으로 쓰러졌다. 그리고 내게 키스하며 모든 것을 내게 주었다. 그녀의 입술을, 그녀의 혀를, 그녀의 연민을. 그녀의 사랑까지도. 그녀의 몸이 내 몸에 밀착했다. 언제나 그렇듯 그녀는 내게 주고 또 주었다.

착하디착한 아나.

나는 그녀에게 키스를 돌려주었다. 그녀가 주는 것을 받아들이고 그것에 보답했다. 그녀는 내게 그 방법을 가르쳐주었다.

이 여자는 나를 빛 가운데로 인도했다. 이 여자는 나를 사랑해주었다. 내 과거에 아랑곳하지 않고. 내 허물에 아랑곳하지 않고. 이 여자는 평생 내 것이 되겠다고 약속했다.

내 여자. 나의 아나. 내 사랑.

옮긴이 황소연

말 수집가, 글 노동자. 연세대학교를 졸업하고 출판 기획자를 거쳐 전문번역가로 활
동하고 있다. 옮긴 책으로 《호오포노포노의 비밀》, 《인생의 베일》, 《가진 자와 못 가진
자》, 《브루클린으로 가는 마지막 비상구》, 《사랑은 지옥에서 온 개》, 《위대한 작가가
되는 법》, 《셰익스피어도 결코 이러지 않았다》, 《모든 것을 기억하는 남자》 등이 있다.

DARKER
심연
2

2018년 2월 5일 초판 1쇄 인쇄
2018년 2월 14일 초판 1쇄 발행

지은이 | E L 제임스
옮긴이 | 황소연
발행인 | 이원주

책임편집 | 박윤희
책임마케팅 | 조아라

발행처 (주)시공사
출판등록 1989년 5월 10일(제3-248호)

주소 | 서울특별시 서초구 사임당로 82(우편번호 06641)
전화 | 편집(02)2046-2852·마케팅(02)2046-2883
팩스 | 편집·마케팅(02)585-1755
홈페이지 www.sigongsa.com

ISBN 978-89-527-7997-7(04840)
    978-89-527-6643-4(set)

이 도서의 국립중앙도서관 출판예정도서목록(CIP)은 서지정보유통지원시스템 홈페이지(http://
seoji. nl. go. kr)와 국가자료공동목록시스템(http://www. nl. go. kr/kolisnet)에서 이용하실 수 있
습니다. (CIP제어번호: CIP2018003639)